炮

朱苏进◎著

中国言实出版社

图书在版编目(CIP)数据

炮群 / 朱苏进著 . -- 北京 : 中国言实出版社 ,
2022.6
ISBN 978-7-5171-4204-1

Ⅰ . ①炮… Ⅱ . ①朱… Ⅲ . ①长篇小说 - 中国 - 当代
Ⅳ . ①I247.5

中国版本图书馆 CIP 数据核字（2022）第 103325 号

炮群

责任编辑：王蕙子
责任校对：代青霞

出版发行：中国言实出版社
地　址：北京市朝阳区北苑路180号加利大厦5号楼105室
邮　编：100101
编辑部：北京市海淀区花园路6号院B座6层
邮　编：100088
电　话：010-64924853（总编室）　010-64924716（发行部）
网　址：www.zgyscbs.cn　电子邮箱：zgyscbs@263.net

经　　销：新华书店
印　　刷：北京温林源印刷有限公司
版　　次：2023年1月第1版　2023年1月第1次印刷
规　　格：710毫米×1000毫米　1/16　15印张
字　　数：235千字

定　　价：62.00元
书　　号：ISBN 978-7-5171-4204-1

序言：回想

我的生活世界和作品世界基本上是军人世界，我一出生就在军队，至今仍然在这个环境中生活，生存经验决定了我创作中的某些特征。幸运的是，那个世界养育了我，但我并没有被那个世界彻底融化掉，仍然存有个人的心律与声音，否则我也不能够创作任何东西了。

从 16 岁开始，我当过炮手、瞄准手、计算员、侦察班长和指挥排长。这一系列职务都依附着某个强大的火力中心，就像一个个零部件配属在火炮身上。假如相互脱离，那么零部件完了，火炮也完了。有生命的人与没有生命的钢铁相互拥有，就是战斗力的实质，也是任何军队的实质之一。

我们图板作业非常优美，而炮口喷泻出的却是密集的死亡。七个炮手都不得不在口令鞭策下浓缩成一个长着十四只手的士兵，才能操纵一门巨炮。一个单独的人在生命意义上可能非常伟大，但是在一门巨炮前没有价值，起码是没有火力价值。“我属于你！”是军队的最高口令。这意味着你必须放弃你的自由，自愿投入那近乎极端的集中统一。否则，你将失败，你将被剔除。集中程度越高的军队越有战斗力。然而，把所有人浓缩成一个人，这个过程犹如一只炼丹炉，痛苦而灿烂。

我们的思维如同弹道那样弯曲并且直指敌方要害，而肉体像弹丸那样整齐地排列着而且完全束缚在无形的弹药箱中。我们常年保持在待击状态，就好像挽弓满月却引而不发，就好像导弹倒计时至“零秒”却不升空，就好像眼睛瞄准靶心食指勾住扳机却不扣动……一天天，一年年，待击状态也许持续你的终生，而你在任何一秒里还不能失误。这状态是一支武装力量的理想状态。

我曾被训练到这种境界，但是，同许多和平年代的军人一样，我也没有打过任何一仗……这情况，对于一个国家一个民族来讲，是幸事，但对于一个军人来讲，只能讲是不完整。因为他无数次设计过一个作品但从来不允许他实现；他无数次模拟战争却是为了没有战争。他献身于一个美丽的悖论，他陷入了一个光辉的黑洞。

这恐怕不仅是军人的命运，而是人类的一种生存境遇。这恐怕也不仅是生命缺憾而且是审美上的意义。生命原本无限深奥了，生命旅程更奇妙。伟大的东西常常是暗藏着的东西，而且就在你我身边。

这就是《炮群》的创作契机。

1996 年仲秋于南京

目录

第一章

1. 坚硬的渴望

今夜好没着落。

苏子昂佯做深思的表情，沿过道走出宿舍大楼，在院内站了站，感到不压抑了，又沿过道走回宿舍。途中，某扇窗户一响，他赶紧又做出深思的表情，似乎正被“战役想定”所困扰。

三十多米长的过道上，竟没碰见一个人，这太罕见了。整幢大楼都给他以堆满心思的感觉，军官们都在谁也瞧不见谁的地方运筹帷幄。事实是，一旦谁也瞧不见谁了，那么大家肯定忙于同一件事。假如大家全泡在一块，那说明大家都不太妙。T 集团军的陈团长，已得知确切消息，回集团军升任副参谋长，便不好意思和大家呆在一块，这心理很微妙。本届高级指挥班四十名学员还有一周就毕业，之后，是提拔是调动是返回原职还是到某部帮忙去，应该尽快确定下来，起码也要撑出副胸有成竹的含蓄姿态。

苏子昂相信自己比周围人更有质量，所以他准备此生比别人多倒霉。一个人飞出众人太远，看起来肯定渺小。相反，贴着人家鼻尖站着往往被人承认巨大。苏子昂赏识自己的沉着，到目前为止，他没有打电话，写信，找首长秘书，或是踱入某人客厅。他有许多令人羡慕的关系，但他一处也没运用。他在来自全军的四十名优秀军官中，确信自己是最优秀的，那么，当然也是全军之精萃。

倘若他得不到应有的前景，那不是他的问题，是驾驭他的人出了问题。他不提醒上层注意他，以此来观察在正常情况下他能否获得公正对待。还有，尽管他已多年坎坷，但自尊与自信一直跟随他。他认为自尊与自信本身就是一种幸福，缺乏它们等于背叛生命。

后来他睡了，和往常一样压制着自己的性欲。他对此已经习惯了。

上半夜很平淡，窗外星月不明，天穹朦胧而僵硬。苏子昂醒了一下，认为它很像 1944 年 6 月 5 日诺曼底登陆前夜，当时艾森豪威尔上将对天气的苦恼曾深深感动他。他抛开夜空接着睡，预感黑夜中有不祥之物逼近。它和他，有一个将碰伤。

凌晨 1 时 20 分——苏子昂在梦中估计，院内响起一股长啸，啸声狂放至极，余韵摇曳不已。啸声熄灭后，便觉出铺天盖地的悲怆。好冷呵！苏子昂裹着被子坐起身，暗想，最好大家全别动，就我一个人冲出去。

他去了，步伐极快。

一个硕大身影，背倚着院角的法国梧桐树，盘腿席地而坐，正在号啕大哭。夜宿的鸟儿从枝叶里惊飞。那银白色的树身在夜里极像泡在水中的大理石雕塑，几米外就能触到它的光辉，伴着光的寒冷。

罗布朗？真是罗布朗。令人难以置信。

罗布朗是新疆军区某旅参谋长，哈萨克人。在高级指挥系里是唯一的少数民族同胞，他骨架大身材高，由于过度粗壮而看上去不高。他的军帽永远戴不正，但是歪得有味道，别人谁也模仿不了，他一歪，威风就让他歪出来了。他的勇气与智慧也是学员里第一流的，苏子昂曾为之惊叹，那晃荡的大草原怎么跑下个佩衔的大猩猩呢？居然在很多学术问题上与苏子昂意气相投。罗布朗从不隐瞒自己的仕途，他公开宣布回去后就当旅长。他保证明年邀请各位同学去作客，让大家晕倒在哈萨克姑娘的热情怀抱里。但是前天，他得知旅长位置没有了，而且是被一个他素来瞧不上的家伙谋占了，他返部后只能等分配或者转业。整整两天，他微笑着一声不吭，相当沉着相当精彩，像在磨砺胸中的锋芒。今天半夜，他忽然裂开了，奔进院里仰天长啸，接着疯狂地大哭。大伙们统统出来，彼此交换信息，明白后，有人咬住嘴，有人背手踌躇，剩下人便围去劝。罗布朗毫不为动，仍然大哭不止，他甚至不屑于瞧劝他的人们一眼。渐渐地，劝解者们感到了自己多余，感到受了轻慢，陆续离开他。议论方式也不一样了。

苏子昂在近处欣赏罗布朗的状态，深深被他震撼：一位勇猛的哈萨克军官，在银色月光下，倚住女人腰肢一样的梧桐树身，放肆地痛哭，毫无常人的羞耻，他哭得太豪迈太壮阔了！他左手扶膝，右拳捅在腰间，犹如驭马，昂首挺胸，全不抹泪，喉核跟鸡蛋似的在他脖子上滚来滚去。泪水将他衣襟弄湿了一大片，军帽端端正正搁在身前，帽舌儿按规定冲着他。痛哭声中夹杂些哈萨克语，听来像诗的碎片。从来没见过男人的哭泣那么壮美，如同雪山融化露出了山的本色。呵，哭到这个境界，确实是卓越的哭，也才配叫做哭！

苏子昂感到心里湿漉漉的，被感染得也几乎落泪。罗布朗不光是失去一个旅长职位，他离开草原和哈萨克姑娘也太久了。他必定还为着一些连自己也说不清楚的东西而哭。哭泣是他的精神需要，这可以从他的哭声中觉察到，他哭得真是又痛苦又舒服。谁去劝，谁就是亵渎。苏子昂浸沐在哭声中喟叹：他们，还有我，何时能够学会像他这样随心所欲地哭泣呢？

一阵咕噜噜响，罗布朗用力清理喉咙和鼻腔，噗地吐出口老痰。那痰跟手榴弹落地似的，打着滚儿走了。罗布朗抓过军帽扣在头上，站起身，骨节咔咔响，轩昂地四处望，然后迈着大步进宿舍楼，像刚刚下操，边走边松腰带。苏子昂伫立院中，胸腹间意气翻涌，一个波次连一个波次顶撞上来，不可遏制。蓦然，他昂首收腹，对着月亮纵情地狂嗥……他自我感觉那几乎是非人类的声音，精气倾泻而出，充溢于天地间。从未有过的痛快！

宿舍里的人探头骂娘，仍是骂罗布朗的娘。罗布朗在门口呆住，惊望着苏子昂，随即大赞一声，他很佩服。

东方犹如挨了一鞭子，破了，绽出一抹红光，红得又突兀又含蓄。几枚沾着露水的梧桐叶飘落，半途中碰撞几下。就在此刻，苏子昂决定了：当官，一定要当官！

2. 似乎不屑于当官

指挥学院的南门，每天有两种班车发往市内。一种国产大客车，供团以下干部和家属乘坐；一种是十五座日产空调中轿车，专供师职干部乘坐；至于军以上学院领导，各有专车接送。中轿车的发车时间，比大客车晚二十分钟。如此安排的用意，是避免两车同时出现在南门登车场，形成对比。不过，这用意每每被证实是多虑。中轿车总以其优良性能后发而先至，它在途中超越大客车时，两车的乘客都很平静地对视着，平静得像不曾对视。

苏子昂赶到停车场，大客车已经发出。他看看表，中轿车快要露面了。他站在显眼的地方估计中轿车不会无动于衷地从他面前开过去。果然，中轿车在距他几米处停住，车窗无声滑开，一个老头探出婴儿那样红通通的脸，苏子昂想起来，他是兵种教研室正师职主任，名叫孙什么……唉，既然记得职务，一般也就不记得名字了。

“进城吗？”孙主任问苏子昂，不等他回答就朝车内说声，“是进城。”再回头对苏子昂道，“上车吧，大家挤一挤。”

苏子昂上车后看到车内一点也不挤，六七位部长、研究员每人独居一排座位，仿佛谁也不愿挨着谁。他漫天道谢一声：“各位首长，本人口头敬礼喽。”说着便和孙主任坐进同排座位。

孙主任微笑：“苏子昂同志，你刚才站立路旁的姿态像在检阅嘛，我很感动。周围既无部队又无领导，你还能保持正规形象，天生的军人标本。我再不感动就不像话啦。”

“首长挖苦得好！”

“我不是首长，是教员。”

“教员挖苦得好！”苏子昂略停，“比首长还好。”

“我疑心，你不是有意漏乘大客车的吧？”

“开始不是，后来真给漏掉了，我才发觉可能是故意漏乘。刚才叫你一说，我断定自己是蓄意漏乘，不然怎么把自己提拔到这辆车上？”

“瞧瞧高级班学员的灵魂深处！你们在部队发号施令惯了，目前挤在学院里，一无小车二无公务员，还得出操种菜，熬不住了吧。”

“硬撑着呗，目前心底正发虚。我发现我们和别人没什么像样的区别。”

“好，你给了你这类人狠狠一击。哎，昨夜学员楼方向有一声怪叫，怎么回事，院里跑进什么怪兽来啦？”

“怎么传得这么快？事情本身没什么了不起，但是传播的速度比事情本身更可怕。”

“一早就知道啦，到底什么事？”

“背叛，有人给狠狠地背叛了。”

“莫名其妙。天亮前又有一声大嚎，是不是背叛者又投诚了？”

苏子昂兴奋地：“两声你都听见啦？哪一声更响？”

“没有比较，”孙主任讥讽地斜望他，“就性质而言，都属于谋害。我丈母娘被吓得差点中风。我比较沉得住气，临毕业的学员发生什么事，我都不意外。”

“丈母娘！”苏子昂夸张地拍击大腿，“多大岁数了？”

“理论上的。”

两人笑了，身体一松，肩头也靠住了。后排把昨夜的事件接过去，议论学院近年出现的几个精神病例，都是因为研究跟不上，自感有负部队领导期望，压力太大造成的。再后排又把后排的话题接过去，议论战场心理学，“失常”“悸动”“疯狂战斗”……总之话题不详，且都是以学员为分析对象。

苏子昂两脚跺地——军鼓节奏，然后舒适地靠住后背，抑扬地高声道：“这车才真叫个车呐，前辈坐惯了它，一旦没得坐了，怎么办？”

“你戳到了我的痛处。我就没有几天好坐喽。”孙主任提高声音，故意让后面的人听见，“让我退下来，同时移交研究课题。”

车内顿时寂静。苏子昂从后视镜里看到，有好几个人脸上略有尴尬之色。

“孙老，这种事，别求人。”苏子昂说。

“对，不求人！”孙主任显示出深藏多年的老野战军指战员气派，“我们哪，在敌人面前坚定勇敢，在自己组织面前，往往软弱不堪。”他回头问，“哎，这算不算心理学内容？或者我这话本身就是病例？”又回过头来哈哈大笑，对苏子昂说，“邀请你上车，也带点告别的意思。我们这类老家伙，一生中要死两次。一次退休，一次是去世。而告别嘛，一次足矣，谁也不必唱十八相送的戏文。”

很久无人说话，中轿车已驰入一条宽阔的林荫道，两旁的梧桐树封闭了天空，气息水似的从车窗缝隙透进来，路面有少许早凋的叶片，车轮碾过，发出细碎的噼叭声，这情境使人沉默。不知何人浓浓地一叹，很忧郁，仿佛搁了许久才终于叹出来。孙主任听到了，眼内有些潮湿。

苏子昂低声道：“我刚读过《麦克阿瑟》，他逝世的前两年最后一次来到西点军校，他在这里当过学员也当过校长，他发表了毕生最动人的演讲，他说：‘我的生命已进入黄昏，昔日的风采和荣誉，跟太阳的余晖一起消失。昔日的记忆真是奇妙，我尽力地徒然地倾听起床号那迷人的旋律……今天是我同你们进入最后一次点名。我愿你们知道，当我到达彼岸时，最后一刻想的是学员队，学员队，还是学员队。’”

孙主任呻吟一下：“麦克阿瑟是卓越的军人，与他作战的对手总感到自豪。朝鲜仁川登陆是他军人生涯中最精彩的一笔。后来他在鸭绿江被志愿军击败！他的毛病也是职业军人的致命毛病：对战场的热爱高于一切。杜鲁门不得不撤掉他。”

苏子昂接着说下去：“被撤职后他回到美国，像就职的总统那样前往国会山，数万欢呼人群簇拥在人行道上。他对两院发表的演讲，使凡有无线电的美国人都热泪盈眶，他最后一句话是：我仍然记得年轻时军营里一首歌谣：‘老兵们永远不会死，他们只是慢慢地消失……’”

孙主任猛然低下头，过会儿喃喃道：“好极了，完全是为我唱的，一百年前就摆那了。还有其他歌词呢！”

“书中只写了这一句，我也遗憾。”

“我十天之内查清楚，再告诉你完整的歌词。”

“啊，太感谢了。”苏子昂知道他和西点军校有学术交流关系。

“昨夜究竟是谁？”孙主任轻声问。

“罗布朗大吼一声。天亮前，我又吼了一声。”

“为什么？”

“挣扎呗。”

孙主任理解地点头：“所以你今天进城了。在我印象中，你很少外出。一旦外出，必有所谋吧？”

“我想觐见大军区新任副司令宋泗昌。”

“哦，拜佛。刚才谁建议我不求人哪？”

“是我。两个都是我。”

两人再不说话。各自保持姿态坐着。车经过武陵路停在一个院落外侧面，苏子昂拉开门跳下去，并不走开，站立凝视着孙主任，用目光告别。

孙主任慢慢从院落深处转回目光，说：“我们的约定仍然有效。十天之内查清完整歌词，然后送你两份，一份英文一份中文。你可以对照欣赏。”

3. 宋泗昌星座

一个军人的忠诚和一个人的忠诚有所区别。军人忠诚中的显著特色，就是将自己无条件交给了最富有魅力的指挥员，也即贡献给自己的楷模。这是凝炼的、一对一的忠诚，仿佛有条脐带将两人贯通，同存同亡。

战场定理之一：最大的战斗力产生于班长阵亡之后。

所有卓越的指挥员，性格中都有着赤裸裸的、班长似的光彩，并且照亮他的下属。很早以前，苏子昂就把自己全部身躯和部分精神，交给了宋泗昌，那时他是军长。

苏子昂 16 岁参军，在军营已服役了二十年。他当过炮手、侦察班长、指挥排长、副连长和连长、副营长和营长、副团长和团长，步幅小但异常坚实。他在炮兵团长位置上也干满四年，正当全团军政素质强壮得如一头公牛时，却被一声号令裁掉了。他在 34 岁时成了编余干部，身边连个通信员也没有，吃了三个月招待所大灶，从四楼跑到一楼接电话，看三天前的军报和一周前的《参考消息》，然后撕掉半片上厕所。那种号令全团叱咤一方的日子消失了，无职无权而又满腔抱负无异于服刑，自由之身竟成了累赘。他身体某处长了包，便以为是癌；看见灿烂异性也无动于衷，同妻子相处两个月竟无半点性欲。他眼见妻子枯萎下去，他等待甚至期待她提出离婚，但是她更加爱他了。以前她总是被爱，现在终于能压倒性地施爱了。苏子昂在最倒霉的时候瞥见了妻子的深度，确信她在任何时候都不会背叛他。他感到自豪的是自己的人格始终没有变节，没有乞求谁，包括肯定会帮助他的上层人物。能够这样寂寞地等待，他确信自己是成熟了，生命得到一次大幅度休憩。有一天，苏子昂坐在明亮的办公室里，等待集团军政治部主任找他谈话。他已经等了近两个小时，主任还在会计室不出来。仅凭这一点，他已判断出自己前景不妙。桌上的电话机响过四次，每次铃响均不超过三声。三声过后，立刻寂灭。保密员进来送过一次文件，苏子昂正欲申明自己为何单独坐在这里，以消除他可能有的疑虑。不料，保密员的目光掠过他时像掠过一件营具，毫不意外，苏子昂才意识到这里常坐着他这样的干部。他想，这辈子还没有如此长久地等过人呐，我以后绝不能让人这样等我。

主任快步进入办公室，伸出双手，抱歉地连声说：“子昂同志，久等喽。军区首长听汇报，怎么也走不开，我是开小差溜出来的，其实完全不必要开那么长的会，完全不必要，唉……征求一下你的意见：是否改个时间再谈？比如说下午，我可以把整个下午交给你。现在谈也行，我只能呆五分钟。怎么样，我听你的。”主任降尊纡贵的一番话，倒更显出无尚气度。

“现在！”

“好，你坐。”主任拽过藤椅，坐到苏子昂斜对面，表情立刻凝重起来，沉默片刻，肯定住内心某个念头，微微颔首，“子昂同志，集团军党委经过研究决定，推荐你去陆军高级指挥学院学习，职级不变，学期两年。你有什么意见？”

“服从决定。”

“哎，我问你有什么意见嘛。”

“有些想法，但是不说更好。”

“你不信任我？”

“这件事可以做两种理解。首先，可以解释为培养深造，毕业后视情况提拔使用；另外，也可以解释为，把无法使用又难以处理的编余干部推到学院去，挂他两年再说。我算是哪一种呵？首长你连个暗示也没给嘛。”

“这个问题，党委没做研究，我不好说什么。再说，两年之后我恐怕不在位了，说了也没用。相信你会正确理解。”

苏子昂明白他被搁浅了，一种含义不明的搁浅。凡是强调正确理解的时候，就意味着只有委屈服从。于是苏子昂先站起身来，在败局已定的时刻，他仍想争取主动：“首长还有别的指示么？”主任把愠怒掩藏得很彻底，也可能他早有预料。他笑了一下，像履行计划中的笑。沉思着。沉思完毕后，起身同苏子昂握别：“不送啦。下次再谈。”

苏子昂沿着宽阔的过道走向楼梯口，途中产生了告别之感，不过他只是对这幢大楼有感情。楼内的人，在他看来是配属给大楼的。一个个小牌子挂在门楣上，秘书处、组织处、宣传处、干部处……统统用繁体字写着，使人要费点眼力才能认明白。脚下是翠绿色橡胶地毯，落步无声催人快走。一楼有人在通电话，声音透过水泥预制板传到三楼来，听着蛮紧迫的。苏子昂目光前视，感到不时有人看自己。二楼是集团军司令部所属的各处，各种通讯、指挥、办公设备从门窗内闪射出来，有种拒人千里之外的气氛。一楼门口设置一扇两米高的整容镜，他在镜子前站立片刻，想记住自己此时的神态，他一直认为自己的容貌最难记。他想：回去冲个冷水澡！

当时正是严冬，室外气温零下九摄氏度，招待所没有暖气，也就是说，反而要人给招待所冷冰冰的屋子添暖。苏子昂站在结冰的卫生间里，打开水管猛冲，水流如刀锋刺入肌肤，再蒸发出大团热气。他咬住牙关像野兽那样哼唧着，用力拍打身躯，直到它变成个硕大的“红辣椒”，血几乎从皮下冲出来。

外面有人敲门，似乎敲了有段时间。苏子昂大喝：“等着！”又拖延时间，擦干红通通身子，穿条裤衩去开门，希望是招待所女卫生员，希望她大惊之中转不动圆圆的眼珠。

宋泗昌军长站在门外，哼一声道：“苏子昂，我见军区首长也不必等这么长时间。”

炮兵处长抬起手腕亮开表面，批评说：“军长等了十七分钟多，你怎么一点不敏感。”

“对不起，确实没听见。下午我等政治部主任等了两个小时。”苏子昂盯住炮兵处长说。

三年前曾要调苏子昂任炮兵处长，只是他更喜爱部队，炮兵处长的位置才到了这厮的臀下。苏子昂不愿见到他，更不愿见到他在宋泗昌身后搔首弄姿、总是蛮有主意的样儿，诸如“敏感”之类的辞汇，极符合这厮的心机。此人跟在谁后头就使谁贬值。

宋泗昌对炮兵处长说：“你到车里等一会，我和苏子昂谈几分钟。”说毕，手套啪地抽到苏子昂背上，“快穿衣服，什么样子？冻不死你。”

“军长找我，一个电话就行，何必亲自跑。”

苏子昂迅速着衣，手臂运动时凸起了几块硕大胸肌，宋泗昌盯住苏子昂肌腱看，像看电报一样专注，要是手里有根棍儿，肯定会戳过去。苏子昂感觉到了，故意鼓动身躯，显示他的肌群和力度。

“刚才，”宋泗昌点头，“我钻进臭烘烘的新兵澡堂去了。唔，实地考察一下。他们哇，光看眉眼还蛮精神，脱光了一看，一群小鸡崽子，个个瘦骨嶙峋，不行！素质太差了，怎么扛枪操炮。我把军务处长训了一通。他还挺委屈，说今年兵源全这样。怎么搞的！”

“军长，你可以把这群小鸡崽子交给我，半年之内，我给你带出一个优秀团队。”

“野心不死，免了你团长，你不服气嘛。不过叫人服气也不容易。我认为，这个学习机会很好，我都想离职学习，换言之，养精蓄锐，思考他一至两年，把问题搞通了再回来工作。你无非是放心不下职务问题。我实话实说，别看你入学期间耽误一点，将来可能找回来还有富裕。我宋泗昌基本上是量才用人，你说呐？”苏子昂抑制兴奋，这分明是暗示。

“三条要求：一、不得癌病；二、不给车撞死；三、各科成绩优秀。有困难吗？”

“没有。军长，只要你在，我一定回军里。”

“学习期间，后勤部会关照你家属生活。毕业之后，直接来找我，任何部门调你，都不许答应。”宋泗昌朝天空挥一下白手套，以示告别。

4. 一枚金色子弹

两年里，苏子昂没有见过宋泗昌。临结业了，他含蓄地沉默着，他相信宋泗昌不会食言。如果他们俩之间连这一点默契也没有，简直不配做军人。什么都可以遗忘，但是别人对你的忠诚无法遗忘，忠诚是根刺，始终扎在你身上。苏子昂希望觐见宋泗昌时不要有旁人在场，特别不要有学院的学员在场。据他所知，已经有几个学员找过宋泗昌，要求调华东军区工作，宋泗昌的腰包恐怕早给人掏空了。

半年前，宋泗昌从A集团军的军长升任大军区第一副司令员，中央军委授予他中将军衔，并在上届中央代表大会上当选中央委员。这一切明确显示，宋泗昌正逐渐进入人民解放军新一代高层领导人的核心圈子，他可以自豪。

宋泗昌今年54岁，直接战争经历不多，全国解放时任副营长。他所在部队的前身是红二方面军某团，历史上出过不少将军和英模连队，凡是在这个军任主官者，几乎都不会久居其位，多数迅速升迁，少数落马离职。其原因，也在于A集团军太受重视。宋泗昌戎马半生，没有离开过A集团军，唯一的一次离任，是赴北京军事学院做合成军战役进修，结业后，又归位任职。A集团军的军政建设，他起决定性作用，其他的军政领导，明显地、自然地成为以他为核心的班子。现在他调大军区工作，有两点可以断定：一、A集团军将出现巨大空白，不是补个军长就立刻能填满的；二、A集团军在大军区的地位会进一步上升。宋泗昌不吸烟，适量饮酒，生活严谨，从无桃色传闻，喜欢打猎，爱读战史和外军统帅传记，熟知全军营以上干部情况，偏爱山东河南籍兵员，憎恶长发蓄须墨镜，在地方党政部门和知识分子当中有许多朋友。这些方面粗粗一看与其他将军并无大区别，然而偏偏是他而不是别人在这个年龄取得巨大成功，足以眺望未来。可见他胸襟与谋略里必有些不为人识的异处，就是识了也破不了仿不来。

宋泗昌是苏子昂距离最近的天外星宿，他给苏子昂军人生涯提供一个范本，使他总想接近他最终超越他。苏子昂并没有发昏到非当将军不可的程度，仕途上不可测因素太多了，许多人在那条道上弄丢了自己。苏子昂追求的是军人的个体质量和军人的精神境界。这方面，他暗中自诩，已经高于宋泗昌了，至少是等高的。他把这种现象当做一个乐趣来品味。

宋泗昌喜爱苏子昂，并且容忍他适度的不恭。苏子昂父亲去世后，苏子昂正在倒霉，宋泗昌把他叫到家里吃饭，本想抚慰他。不料，苏子昂竟将位置颠倒过来，几杯酒下肚，大谈起国家周边战略态势，肆意评论当时军队的某些决策，仿佛失去父亲的痛苦撕开了他的锋芒。宋泗昌稍微质疑几句，他又把话锋转向宋泗昌，说他内心埋藏两个欲望：第一渴望获得机会。宋泗昌从来没有在图板外指挥过真正的战役，作为高级指挥员，便不曾辉煌过。这也是当今许多少壮将军的共同遗憾，肩佩将星，士卒相随如云，却无甚战功可言。这方面，他说，你们远不及比你们高半辈的、打天下的老军人。第二渴望有个儿子。夫人为宋泗昌生下一个女儿后便失去生育能力，不久前去世了。宋泗昌痛爱女儿因而不肯再婚——起码外界这么认为。但是，对儿子的渴望差不多成了宋泗昌人格的一部分，你对士兵们的垂顾，让你甚至可以钻进新兵澡堂子，那臭烘烘的地方连团长都不去。还有你对年轻军官过度的爱与愤，对女儿的异性选择老是不满意，老是想自己给她找一个，换句话说是想复制一个儿子。于是，身为军人而无征伐，身为父亲而无子息，这两类遗憾一直带着你冲刺，你必须在其他领域获得双倍补偿，你对自己从来没真正满意过，却又想周围人个个强盛，个个朝你倾倒……

宋泗昌截断他："小子你打乱仗！"

苏子昂道："我确实挺坏的。要敢于坏一坏嘛。看见那些老实巴交的好人，我心里就来气，我父亲就是那样人。"

武陵路是城市最幽静的地段，路面不甚宽阔，两旁是高大的梧桐树，少有的几个行人，也是从树的缝隙中渗漏出来的。这里不通公共汽车，没有嘈杂的服务行业，以其明净的气韵而言，像从山野中移置过来的。省委和大军区主要领导多数住在路两旁的高墙内。

甲九号是宋泗昌的住宅，银灰色铁门紧闭，外面没有卫兵，环境本身就令人寂静。苏子昂找到门铃，按了一下，没听到铃声，但是铁门打开了，一个军容严整的卫兵道：“你找谁？”

苏子昂一看，就知道是个初食军粮规矩守职的农村兵。“宋泗昌。”随即递上证件。

卫兵看过证件，又朝他身后望。

“没有小车。”苏子昂主动告诉他。

卫兵犹豫着，苏子昂道：“约好的。”拿过证件就往里走。他虽然没进过这个院子，但对这一类住宅的布局相当熟悉。走着走着，感到这里越走越大。他看见一幢说不准是二层还是三层的小楼，便从门厅迈进。

宋泗昌俯卧在一张长榻上，一位女军医在为他做理疗，榻前方立着个精致的根雕花架，架上头没有盆花却摆了个半导体收音机，像在播送新闻。宋泗昌趴在那儿听，瞥见苏子昂进来，粗声招呼一下，费力地从身下抽胳膊，送给他去握。苏子昂看出来了，他心里高兴，但掩饰着。他发生了很大的、又是难以形容的变化，好像脸上有一部分老了，但另一部分反而年轻了。大致说来，眉宇间的气韵淡薄了，神态也更平和，粗硬的短发仍黑亮如昔。

苏子昂发觉自己深深想念他，长久不来看望他实在太无情了。自己的矜持、自重，在一位通达的老人面前是很荒谬的。

宋泗昌扭着裸露的脊背，问军医：“快弄完了吧，啊？”

“快了。首长，我们耐心点嘛。”

“新闻联播完毕，说明半小时够了。”

“我们感觉怎样？”

“没感觉。哦，我是讲很好，感觉很好！”

“我们要按时服药。”

“按时。”

“我们最好练一练气功，配合治疗。”

“气功！”

“我们还要保持充足睡眠。”

“睡眠！”

女军医收拾器械，顺带着朝苏子昂笑一下，苏子昂还以一笑，觉得这个女人不笑时反而好看些，一笑便如同飘过来个谜，就把自己和其他女人拉平了。宋泗昌迅速穿衣，女军医帮他拽领口扣衣纽，动作跟收拾器械一样自然。

“首长，我可以走了吗？”

“走好，好走。”

宋泗昌客气地直把她送到院内，然后喊驾驶员，待“奔驰”载着她离去，才掉头走来。刚进门，宋泗昌便跺足，指着花架子道：

“又死了一个，才 73 岁，二方面军老人。”他抑郁地说出死者那万众皆知的姓名，又道，“上个月我去北京开会还专门看过他，好好的嘛，还说要来军里看看旧部，怎么说死就死了。新闻联播摆第二条，估计报上总得头版吧？今天下午遗体告别，八宝山！就看中央谁个去。如何评价他这一生，极为要紧呐，好多人都在看！唉，这篇悼词不好弄，尤其是开头几句更难弄。子昂啊，你看我该不该发个唁电送只花圈？他是我们军第一任军长，我是第十七任！你看差多少。”

“不必！”苏子昂断然否决，“你现在位置不同，不是军长是大区副司令。唁电与花圈让军里办，以军党委的名义暨全军指战员。军区方面自然会有人考虑，‘党办’有一套传统礼仪，你连问都不必问。如果你个人一定要发唁电的话，也不要发给北京‘治丧办’，直接发给老军长的遗孀。事情全做了，别人也无话说。”

“有道理，就照你说的办。唉，死得可惜啊。”

苏子昂想：我不说你也会这么办的。何必。

宋泗昌头里走，苏子昂相随着，两人进入隔壁客厅，宋泗昌站下，正欲坐，又一摆手：“上楼。”

苏子昂随宋泗昌进入楼上的小客厅，这比楼下的那个精致多了，而且气氛好。宋泗昌坐下，苏子昂在他斜对面落座，两人之间隔了盆形体奇妙的仙人掌。这是合适的间隔。

“好吧，谈谈吧，来此有何贵干，是念及旧交看看我，还是别有用心？”

“当然是看看首长，也有些事想直接向首长汇报。”

“趁早说，拣重要的说，不然来了人，你就言不由衷了。我现在也是身不由己，四处当差。某些方面，不如军里。”

“我也不怕羞了。首长，还有一周我们就该毕业，很近切的就是工作安排问题。最近我想的很多，过程就不谈了，直接讲结论吧。我给自己定的决心是：希望组织上使用我，否则，希望放我转业。我选择的机会已经不多了。”

“你说的‘使用’，具体指什么？”

“比如进入师级领导班子。”

宋泗昌沉吟道：“你是最后通牒嘛，是破釜沉舟嘛！两年前，我确实有这个意思，你讨债来了。唔，你有才干有优势，虽然年轻但资历也够了，应该提拔你，这话我在任何场合都敢公开说。不过，现在我官大了，不介入他们的干部安排，不当婆婆。”

“那我决心转业，也想请首长私下里发话，让师里放行。”

“太可惜了。子昂啊，我阅历非浅，虽然判断人事不敢说十拿十稳，但是谁适合当军人，我还是能看准的。你呀你，干什么都不如干军人合适。你自己就真不明白这点吗？”宋泗昌摇头，有些动情。

“我准备犯一次决策错误，总比守成好。”

宋泗昌淡淡地：“跟我当秘书如何？我正准备把办公室配给我的那个娃娃换掉。”

苏子昂惊异了，首先对宋泗昌感到惊异：这个建议对两人都非常重大，说明宋泗昌一直把自己储备在内心某个角落里。而且，跟宋泗昌当秘书，即是进入一个相当复杂、相当可为的领域。前途既危险又灿烂——两者都是苏子昂所喜爱的。苏子昂全部身心都已同意了，但口里竟说不出话，他再次观看宋泗昌表情。

宋泗昌完全取消了表情，显得对自己的提议甚为自信。

苏子昂道：“这件事对我太重大了，让我考虑几天行吗？”

“不行，马上考虑，马上答复。”宋泗昌微笑着，手足都在微笑中摊开了，不以为意地回道，“太重大的事，考虑起来是没个头的，不如不考虑，当机立断。”

“我非常愿意做你的秘书，相信自己能做得很出色。但是，”苏子昂脸红热，“提两个保留条件行吗？”

“说说看吧，我愿意为好助手付代价。”宋泗昌十分巧妙地将“秘书”一词换成了“助手”。

“我不能把自己全部交给你，我希望能少许保留一点思想上的独立性，有时候甚至当一当你的对立面，当然是在私下场合。另外，我希望你能准许我保持同外界的各种联系，这看起来是信息渠道，实际上又不止是信息。我觉得，给我一点特殊，对你也是利大于弊。”

宋泗昌断然道：“不行，我要就要个百分之百。不能把自己全交出来的秘书，我敢要么？”

苏子昂不作声。宋泗昌又说：“此事不谈了。你毕业之后的工作安排问题，我会考虑。你耐心等待，我想不会等太久。”他站起身，松弛四肢，踱了几步，“这屋里有股地毯味道，才换的。新东西用起来并不舒服。哎，我们出去活动活动？”

“打猎？”苏子昂欢喜道。

“城里到处是人，有什么猎可打！今天我没事，想到107射击场打打枪去。半年多没放松了，筋骨涩得很。你要是没其他事，跟我一道去。”

宋泗昌领着苏子昂走出小楼，在花园里等车。他们所站立的位置，恰恰是一个欣赏小楼的最佳角度。苏子昂视线刚触到它，小楼便莹然生辉。绿色琉璃瓦，米黄色楼墙，茶色落地窗，外墙上攀援着几片藤茎植物，深秋季节竟然开着淡紫色小花。苏子昂不禁道：“秋天看上去很像是春天。”

宋泗昌明白，苏子昂实际上是在称赞这幢楼，另外还奉承自己在人生之秋具备春天那样的力蕴。他耽搁一会才哈哈大笑，又把苏子昂拽回楼里，把每间房子都打开叫他看：卧室、客厅、书房、浴室、晒台，甚至把壁橱都打开了，果然格局迥异，建筑考究，简直比苏子昂父亲以前的住宅还要气派。苏子昂暗中纳罕：宋泗昌今天干吗这么兴奋？他以往并不在乎吃住之类的待遇嘛。

两人又回到花园，又回到刚才站过的地方。宋泗昌道：“看出来没，它最早是美国特使马歇尔的公馆，宋美龄专门为他盖的。”

“哦，五星上将的旧居。”苏子昂豁然了悟，再度欣赏小楼，“好一位历史人物。他绝不会想到留给你了。”

“妈的！”宋泗昌跺足，“从这一点你就可以知道，蒋介石有位好夫人，一个宋美龄，价值三个美械兵团。”

“真是的，八百万大军没得天下，我都有点替他可惜。”苏子昂微笑。

“谁都比不上毛泽东同志呵，”宋泗昌慨叹，“他才是越想越伟大！”

“奔驰”仍未返回，苏子昂建议宋泗昌改乘车库里的另一台车——“北京”吉普，去107靶场。

“没有驾驶员，我有执照。当团长时，我的年驾车公里数全团最高。”

“这个我相信。其实我也会开车，不过是个野路子。”

苏子昂见宋泗昌眼内有跃跃之色，趁机建议：“那么你开车，我在边上给你保驾。万一出点事，我俩必须一口咬定，是苏子昂在驾车，谁改口谁就是背叛。”

宋泗昌快意大笑：“背叛……好，就照你说的办，咱们快走。等驾驶员回来就完啦。”

宋泗昌小跑步进车库，钻入驾驶座，扒掉中将军服，摔进苏子昂怀里，撸撸毛衣袖子，发动引擎，挂挡，很顺利地把小车倒出车库。

“我还行吧？哪一天撤了老宋的职，我有办法弄饭吃。”

苏子昂想：小小的非法是很大的愉快。

“起步慢些，出门鸣笛，市区中速行驶，交叉路口别压着停车线，交警找茬我对付。好，我看你绝对行。”苏子昂注视宋泗昌每个动作，时刻准备补救。假如出了事，不管是谁驾车，倒霉的一定是自己。宋泗昌技术比他想象的好，这主要是内心中的沉稳在起作用。苏子昂很少见到宋泗昌如此高兴，于是他也快活起来，不由地想起那位炮兵处长：妈的，要论拍马屁的功夫，老子比你高明多啦。

小车沿环城西路向郊外驶去。途中，苏子昂几次想替换，宋泗昌不干，说：“你眼红是吧？”

107靶场属于107师轻武器射击场，该师是人民解放军开放师，各种装备在陆军堪称一流，靶场设施齐全，区域相当开阔。凡是来访的外军将领和著名人士，都在这里观看各类军事表演。之后，还可以任意选择枪械，乒乓打一阵。

宋泗昌直接驶往靶场南端的射击台。一张铺着绿呢的长桌上，已放置着两支六三式自动步枪，两支五九式手枪，一支五八式冲锋枪和一支班用轻机枪，旁边还架设了一具高倍望远镜。长桌后面，有一只矮几和几张轻便沙发，饮料和水果也准备好了。射击台前方，百米处设置了全身靶，五十米处设置了半身靶。107师的师长和政委从休息室出来迎接，旁边还有几位担任射击保障的战士。宋泗昌与师长、政委略谈几句，然后请他们回去休息。从师长表情看，他挺想留下。宋泗昌道："不必。统统回去，我又不是来检查工作的。把这几个兵也撤走，我自己打，自己装弹，自己验靶，一切都自己来。"

师长遵命撤出，射击台上只剩宋泗昌和苏子昂。宋泗昌先剥了只香蕉，边吃边说："比赛，不然没意思。先从步枪开始，每样武器十发，然后冲锋枪、手枪。机枪不打了，机枪不如步枪有味道。我们赛三轮。"

"我要赢了呢？"

"回去你开车。"

"奖品太小器了。"苏子昂调整望远镜焦距，发现它是炮兵的观测装备，"而且原本是我的，你拿走后又奖给我。"

第一轮结束，苏子昂在手枪冲锋枪上环数领先步枪输给宋泗昌。第二轮也是，第三轮他在三种武器上都赢了。两人坐下休息，宋泗昌微喘，上半身姿势有点不正常。他说："下次我把女儿带来跟你比，你肯定打不过她。哼，八一射击队要调她，我不同意。"苏子昂真希望宋泗昌有个儿子。真希望。

"听说你近来身体不太好？"

"谁说的？"宋泗昌警觉，"我身体很好嘛。你是听谁说的？"苏子昂一时语塞，其实他根本没听谁说过，只看他做理疗，顺嘴那么说了。

"到底听谁说的？值得保密吗？"

"我想起来了，军区王副司令到学院作报告时，跟我们高级班谈过一次。谈到你患椎尖盘突出，久治不愈，后来用了他荐的一服江湖偏方，立刻控制住了。他的意思是夸奖那服偏方灵验，尤其是他荐的偏方；更尤其是他在不乏名医名药的情况下敢于弃正取奇，敢用偏方；人谓之伪，他谓之奇；人弃我取，我取人弃，进而转入对军事辩证法的咏叹。实际上，绝不是特意讲你身体如何。"

"王副司令常到指挥学院？你们直属总参，不归我们军区领导嘛。"

苏子昂后悔碰撞了宋泗昌心中块垒，不语。

"王副司令还说什么了？"

"有一点印象比较深刻，他强调对北伐战争的研究，认为那是国民党军最生气勃勃的早期阶段。交战各方的关系最为错综复杂。"

"谈到什么人了吗？"

“没有。”

“反响怎么样？”

“很热烈。坦率说，就深刻程度而言，并没有超出我们在学院的研究深度，但是他一个老八路能这么讲，我们很佩服。”

“把他的讲话找一份给我，我要学习学习。至于我的身体，不好就不好吧，上午那个医生，也是他介绍来的，医道不见得高明嘛。苏子昂，你不愿意当我的秘书——我知道你不愿意，我很欣赏你的骨气。这方面，你有三分像你父亲，苏司令去世之前，说过我一句预言：不得善终。”

“这太不像他的话啦！”苏子昂愕然。

“所以说，你小子并不了解你老子。”

宋泗昌走向长桌，取枪、填弹、上膛，卧入射击位置。苏子昂在背后注视他，见他动作稳重，持枪有力，神情十分坦然。他右腮贴于枪托，全身凝定，心神聚于远方靶心，食指慢慢扣动扳机，即将射出他的子弹。

“别开枪！靶区有人。”苏子昂急道。

一个士兵在追一头乱跑的猪，已经闯进射界。猪很壮，看来是头发情的公猪，它东扑西窜，那兵总制不住它。

宋泗昌仿佛没听见，仍然据枪瞄准。苏子昂顺着他枪势一看，正指向运动中的猪！士兵紧追不舍，人与猪相距不到两米。苏子昂不敢出声，此时最忌惊扰。那头公猪奔跑出快活来，竟如马一般跳跃，像团毛茸茸的浪头。砰，那猪在空中扭头，踢腿。士兵收不住脚，撞到猪身上。人和猪都摔倒了，过片刻，又朝这边看，表情不明。

宋泗昌起身提枪，问：“打在什么部位？”

苏子昂用望远镜观察：“击中前胸，好像贯穿了。”

“我瞄的就是那里。叫那娃子过来。”

苏子昂朝士兵打手势，士兵慢慢地、不情愿地过来了，脸上全是恼怒。到面前时，恼怒又变成惊慌。他看见宋泗昌的军衔。

“哪个单位的？”宋泗昌问。

“师部通信营。”

“叫你们韩师长来，跑步！”

战士敬礼，掉头就跑。

宋泗昌大喝："等下，回来！"

战士又回来了。

"刚才那颗子弹，你害怕没有，离你很近呀？"

"没怕！"

"好，去叫师长吧。"

战士跑步离去。

"素质不坏。"宋泗昌赞一句，背着手在射击台上来回踱步。抓了只香蕉欲剥，又放下。

苏子昂想：就算你是中将副司令，这事也干得过分。他诡笑着：

"首长，你好久不打猎喽。"

"刚才不是打了嘛！"

苏子昂竟怔住，无言。

韩师长跑步赶来，呼哧哧直喘，到跟前，咔地敬礼："首长没事吧？"

"韩正亭，你怎么管理靶场的？猫啊狗哇乱窜，刚才又跑进头猪！你们是开放师，一举一动都显示军区部队的素质。如果今天是军事观摩，你也这么乱来吗？好在只是头猪，要是个人怎么办？话又说回来，跑进头猪比跑进个人更丑！你说是不是？要吸取教训，靶场四周，一定要有严密措施。不光是打靶时插几面小旗就算了，平时也要控制人员接近，不要养成菜场风气……"

韩师长连连颔首，脑瓜内像在记录。

"还有你！"宋泗昌猛然转向苏子昂，低吼，"眼珠子塞哪去了？这么大头猪跑你枪口上，你还看不见，一枪把人家的猪放倒了，丢人喽！你当兵也二十年了吧？射击一塌糊涂！你给我向韩师长赔礼道歉。"

苏子昂心跳都没有了，他觉得自己跟傻子一样，朝韩师长挪了两步。韩师长赶紧阻止他。

"那个小战士不错。"宋泗昌侃侃而谈，"弹着点离他很近，他一点不慌。不是吓傻了，是确实有胆子。要搁在实弹学习里，他会相当从容。"

韩师长先笑出一点，再整个儿笑开了："通信营的架线兵，单兵活动能力强。全营个个这样。"

"别吹！"宋泗昌轻轻跺足，"在靶场边呆惯了，也是一个原因。好，我会再来的，告辞啦。"

“饭已经准备好了……”

“谢谢，不吃。下次没通知吃饭就不要准备饭。”

返程是苏子昂驾车，宋泗昌闭目小酣，车身的起伏从他身上反映出来，应该是睡得深透了。快到武陵路时，他突然睁眼问：“你在想什么？”

“今天再次领教了权威与艺术是怎样结合的。”苏子昂眼望后视镜，通过它看宋泗昌。

“哼！我以为是什么了不起的体会呢，雕虫小技。有人连这点本事也没有，老想当官。”宋泗昌又闭目。

进入宋美龄为马歇尔修建的住宅，宋泗昌跳下车。一位少校已在楼厅等候。他迎上前敬礼，匆匆向宋泗昌报告了几句，宋泗昌稍一思索，朝苏子昂走来。

“本来要留你吃饭，现在我有事，不能奉陪了，你自己进去吃吧，我已经让人给你备饭了。听说有活蟹，便宜了你。酒在橱子里，别喝醉。”宋泗昌停顿一会，正色道：“你的任职愿望，我考虑过了，现在给你最终答复，你给我听清楚：毕业之后，你暂时不能提拔，还是干原职，炮团团长。原单位撤并了，再给你找一个，恐怕不如原先部队理想。如果你坚持转业，我不留人，也不发话帮你，你好自为之。”

宋泗昌登上“奔驰”，迅速离去。

苏子昂不等车后那缕蓝烟消失，大步走出马歇尔公馆。内心自语着：孤独而凄凉，和来时一样。

第二章

5. 优秀的生命难以被容纳

苏子昂沿着武陵路左侧人行道行走，与行人的方向逆反。脚踩到落叶时很舒服——他告诉自己应该舒服。现在他没有什么可自责的了，该做的事情已经从容地、厚颜无耻地做了，将来就不会因为没这么做过而后悔。对于苏子昂来讲，宋泗昌是军队的象征，他拒绝自己意味着军队拒绝了自己。苏子昂爱这支军队，因此他不准备向军队低头，他一个人在精神上可以与百万大军对峙，双方谁也不必向谁妥协，正如相互拥有并不是妥协一样。

苏子昂再次感到，过去他所钟爱的军人特有的隶属关系能在军人灵魂上造成怎样的伤痛。他是军人的后代，自己也已服役二十年，但他仍然怀疑自己是否具备军人的最基本素质：服从。他心里笑了一下，军事史上并不乏这类幽默：一些伟大统帅的成功战役恰恰是在抗命中造就的。是的，卓越的军人应当有卓越的抗命。

他必须证明自己比宋泗昌更优秀些，保持更多的自然生命，理解他承受他并同他保持一种遥远的忠诚。哦，遥远的忠诚看上去像是一种背叛。

中国军队里的团职干部实在是太多太多了。左右一望，偌大军营内，只要是微微秃顶者，肯定是团级！在这层面，停滞与淘汰占百分之九十，只有不足百分之十的团职军官能够晋升师以上行列。团职是军人生涯里冷酷的深秋，绝大多数人都枯萎或者转业或者寻找其他宽慰。当他们能够清醒选择时，选择机会已经不多了。

重新回去当团长？再去带兵员缺编、经费不足、半农半训的团架子？不，那样的团不需要我，去一个身揣二等残废证的管理员就足够了。宋中将还邀请我当他的秘书哩，条件是完整地交割掉自己，我拒绝了。那一瞬间他必有些小小的惊怒吧，否则不必故作平静。想想挺痛快，为这点痛快值得付大的代价。既然上不了台面，就去垫桌脚吧。于是着苏某人去山沟某个发锈的炮团任职，那里终年见不到一位将军的面，对于宋泗昌来讲，我基本上消失了。

从武陵路到高级指挥学院三十七华里，苏子昂决定饿着肚子走，折磨一下自己，宣泄一家伙。而且，人在饥饿时思维特别好。他蓦地想起那只中弹的猪，它倒在乱草中翻滚，鬃毛烂银般闪亮，后来它不动了。濒死时的身段相当温柔，简直是一堆白簪菊儿，如果从它体内取出那颗七点六二毫米弹丸，上面将有完整的、鲜活生猛的膛线嵌痕，搁在手掌上感觉就是一根金质毛，要多少幻想有多少幻想，要多么玲珑有多么玲珑。身披这种嵌痕的弹丸证明它已战死，不过作为弹丸它应该骄傲，毕竟它在临终时击碎了另一个生命，而不是在靶纸上捅了眼儿。并不是所有弹丸都如此辉煌过。苏子昂认为自己可与这枚弹丸并论，他也像沿着弹道运行了二十年，身披嵌痕抵达终点，猛然击碎了另一位军人——他自己。

他心里又笑了一下：人呵，没有幽默时就弄点滑稽搁那儿；没有光荣就弄点孤独搁那儿；没有胆略时就弄点善良搁那儿；没有前程哩，就挂一脖子的正义，甩给人瞧。总之，总得使自己和别人不一样，因为人和人还是太一样了，也太够呛了。

告别军队吧，这抉择可能是一次错误，但苏子昂确信即使是错误，也争取是一流的错误。

6. 宋泗昌端坐在自己的墓碑上

苏子昂尿炕一直尿到 13 岁，当然也自卑到了 13 岁，他挺恨那玩意儿。他性成熟期并不很渴望姑娘，而是被英雄崇拜一类的感情骚扰得不轻。他总是先把自己想象成英雄，然后再有位少女飘然而至。从来不会直接想象少女。读小学时，他的考试成绩总保持在前三名内，可平时作业却乱七八糟，还经常忘记上交，或者忘记领取。他总使老师尴尬：一个坏小子居然老有好成绩，这个榜样是歪的。苏子昂记得，每次啪地一响，老师的教鞭准戳在他的课桌上。由于用力过猛，教鞭弯曲着，几乎裂断。他的桌面上布满教鞭戳出的圆点，像胸环靶上的弹孔。老师的头颅在教鞭上方朗朗地阐述某条定律，根本不朝苏子昂看。老师伸出手，唰地把夹在苏子昂大腿根的图书拽走了。即使老师是女的，也不因为藏书的地方不雅而不敢下手。老师把定律讲完，回到讲台，将缴去的书一摔，教鞭按住它，全身保持一个造型：

“苏子昂，站到窗前去！”

四周嗤嗤乱笑，苏子昂走上惩戒位置。

窗外有一片山坡，是烈士陵园，里面埋葬着解放这个城市时战死的一百二十七位烈士，白色大理石墓碑在墨绿色松枝中闪烁，这两样东西总相伴厮守。老师叹息着：

“同学们，一百二十七位烈士在望着我们。他们盼望我们好好学习，长大接他们的班。同学们，我们决不能做对不起他们的事，我们不能让烈士的血白流。苏子昂同学，往前站，让烈士们看看你，你有勇气面对他们吗？”

老师常用他崇拜的东西打击他，老师常把死者弄得比活人强大百倍，并且让双方对视。

有一天苏子昂独自跑进烈士陵园，忽然痛恨这个地方，他便挨个朝墓碑撒尿，觉得异常恐惧异常痛快。他一边尿一边看铭文：某某某江苏如皋人某某部队副营长共产党员1949年7月31日——他记住这日子是因为它和“八一建军节”挨着，他尿停了。猛听见身后有人怒骂，随即被人提着脖领口拽歪去，一串粗硬的巴掌揍到脸上，打得他一片昏花，尿又出来了，全尿在裤子上。揍他的人是一个黑脸膛少校，眉眼绝对凶狠。

“兔崽子，敢朝这上头撒尿，枪毙你！给老子跪下来，面朝它跪下，张开狗眼，大声念。”

苏子昂半跪着，念道：“宋泗昌华东二级战斗英雄……”

“就是老子，老子就是宋泗昌！现在你知道厉害了吧？我没死，每年都来看看它。哈哈，咱们商量个解决办法吧，要么你磕三个头，放你滚蛋。要么抓你去公安局或者学校，两个地方你选一个。”他一屁股坐到墓碑顶上，“我建议你磕头。磕头不丢人。”

苏子昂完全被征服，准备磕平生第一个头。

“你看上去像部队孩子嘛，解放鞋是谁的？在哪个学校读书？”

苏子昂见有希望不磕头了，便如实报上学校名称，那是所干部子弟小学。

“你父亲是谁？”

苏子昂报上父亲姓名，开始傲然注视他。

宋泗昌盯他一会，笑了：“熊孩子！不磕头了，鞠三个躬算啦，就像对国旗那样鞠躬。”他调整身躯坐正，颇有国旗的味道，双脚搁在墓碑两边。

苏子昂朝宋泗昌和宋泗昌之墓，深深三鞠躬。

“耳光疼吧？应该的，你干坏事嘛。不过，我不准备向你学校告状了，也不向你军长爹告状。建议你也别跟你家里说，尤其别跟你妈说。你妈境界不高。”

“没问题。”

“现在你坦白一下，为什么要在这撒尿？”

苏子昂结巴地说出一堆倒霉事。宋泗昌疑惑地听着，道：“不通。意图不明确，小小年纪老奸巨猾。算啦，以后送一把鲜花来上供。”他踢自己的墓碑，“我自己给自己献花不大合适，是吧？你送花是应该的。旁边几个是一级英雄，我二级，清明节少先队送花，老轮不到我这里，妈的。”

7. 父亲，是无法选择的

苏子昂注视着父亲，判断他今晚心情怎样。假如他心情不好，他准备试着使他心情好起来。等到客厅里只剩下父亲和他，父亲在沙发里坐下，探手去摸老花镜时，他叫了声：“军座。”

父亲瞪他一眼：“又有什么毛病。想要钱？找你母亲去，我没钱。”

“我不要钱。我想打听一下，你部下里有没有一个宋泗昌？”

“有，291 师的营长。为什么问他？”

“陵园里有他的墓，但是他依然健在。昨天中午，我和他在墓碑前碰上了。”

“他去那里干吗？”

“昨天是他的忌日，他大概是去给自己扫墓，我想。”

“你去那里干吗？”

“打鸟。”

“不许打陵园里的鸟！”

“当然，我原准备等它们飞出来再打。我有几个问题，问一下行吗？第一，宋泗昌究竟死了没有？第二，陵园正中的纪念碑上记载烈士总数是一百二十七个，大概错了；第三，剩下的一百二十六个当中，还有没有虽死犹生的？”

“你把脚放下来，坐端正，不要装腔作势，否则就滚你屋去。”

苏子昂坐直：“您是好父亲，您训我我爱听。您的缺点和工资一块交给母亲了。您一定要给我讲讲这件事，要不我和同学们总觉得陵园有鬼，或者是有冤案。”

“把裤裆扣好，你短裤都露出来了，发展下去还要露出什么东西。”

“我愿意扣，但是扣子掉了。这条裤子是母亲发配给我的旧军裤，你知道的。顺便建议一下，以后设计军裤不要安扣子，安条拉链更好，又方便又气派。外军都是这样，包括女军裤，我想。”

“你想的不少！你不要嬉皮笑脸。”父亲沉吟着，“我叫她给你做两条裤子吧，唉……那个宋泗昌嘛，倒杯茶来。”

苏子昂朝门外喊：“陈小非，倒两杯茶来。”

警卫员陈小非端进两只高白釉瓷杯，杯子放到茶几上时发出银铃似的一声响。父亲一杯，苏子昂一杯。等他离去后，父亲指点苏子昂：“最后一次警告你，如果你再使用我的警卫员，我就把你送到住宿学校去。”

“我只用了一半，另一半在你面前放着呢。再说，我帮他干的事也不少，我们是老朋友。”

父亲揭开杯盖，又发出叮的一声清响，他啜饮着，忽然侧耳，母亲在外头教训陈小非。

“……两只高白釉值好多钱！景德镇给咱们定制的，你拿给他俩干吗？打了怎办？打了一个另一个也拿不出手了，懂吧？他俩喝茶什么杯子都行，家里有的是杯子嘛。高白釉要留着给上头来人用，你掌握一条原则，少将以上的客人，用！少将以下的客人，我叫用就用，我没叫就不用……”

苏子昂把客厅关上，每当他和父亲单独相处时，母亲总弄出点事来骚扰，以便让两人知道她就在旁边。她恐怕不会相信，他和父亲独处时从来不谈论母亲，仿佛曾有过契约。这也是苏子昂与父亲最隐秘的沟通之处。

苏子昂不是她生的，是父亲前妻生的。这位母亲说自己与他父亲结婚时她已经死了。后来她确实死了，父亲才把苏子昂接到身边，苏子昂就知道这么一点。他暗中期待，父亲在某一天讲出一切，追悔对不住苏子昂生母，并在死后去和她相会。至于目前这位母亲，苏子昂早已决定，一旦父亲去世，他立刻永远离开家，不过目前不能为此伤害父亲。

父亲说，宋泗昌是一位勇士，打厦门岛时担任连长，率领突击队。滩头战斗开始顺利，后来被动，高崎一带尤为艰巨。敌人火力强大，我方火炮够不到他们，突击队大部伤亡。战役结束后，宋泗昌失踪了，有人看见他中弹后被抬走，估计是重伤。但是野战医院也查不到此人。团里后来报了阵亡。结果，他被送到我们右翼部队医院去了，医院又随部队直奔海南岛方向，他也被带走了，同时跟一个女救护搞开恋爱，不想回部队了。他在解放海南时打得不错，出了名登了报，一下被我们查到。我们要他回来，人家不放，说要留他解放台湾，打了好多官司，我们才把他和那女的一并调来。先给他俩办了结婚，再给他一个记大过处分。

"有没有影响升官？"

"当然影响进步，要不他早当上团长了。"

"他胆真大。比如这种事，他敢你就不敢。"

"错误！绝不允许的，随心所欲，目无组织。"

"有个问题，既然宋泗昌不在墓里，那坟墓里埋着谁哩？"

"最初我以为是他的遗物，后来才知道真有个死人埋进去了，尸首不完整，所以团里认为是他了，当时没工夫认真查。后来认真查了，也没查出此人身份。"

"反正他是烈士，死人不会提意见，对吧？"

"你要是能告诉我烈士的真实身份，我马上叫他们另立块碑！你行吗？不行就维持现状，党史还有好些事情搞不清楚呐。"

"如果他不是咱们烈士呢？如果你们把一个国民党兵错埋进去呢？……"

"胡说八道！"父亲实际上在笑。

"你下个命令，把那坟墓刨开来看看。"苏子昂想象着宋泗昌站在自己的被挖开的墓前，又恶心又痛快。

父亲再不理睬。

"宋泗昌烈士之墓"是一个幽默，保留它比更正它更为漂亮。它成了 291 师史上一段著名插曲，名气差不多和那场战斗一样大了。老兵们对此事津津乐道，传统教育也少不得引用它。“那个谁谁死而复生，还带个老婆回来……”领导方面之所以喜欢这个误会，是因为它生动地体现了当年战争的残酷性和传奇感。宋泗昌本人也坚持保留“宋泗昌烈士之墓”，因为它使他名声大噪，不亚于立一座铜像。他旷达地认为自己死过一回——并且得到大家承认，以后的日子全是赚来的！下属们愈发敬佩，同僚们对他也谦让三分。他以“赚来的”心理生活，便活得十分痛快，行事胆略超群，言语坦率得有如一个童稚。不是潇洒也被人认作潇洒了。宋泗昌有异人之秉，剩下的只是机遇问题。

8. 仿佛是来自天外的指令

1963 年，父亲升任大军区第一副司令兼参谋长。宋泗昌也当上了团长。

1967 年 4 月，父亲被停职审查。12 月 26 日，他乘看守不备跳楼自尽。不料未死，只摔断了右臂与左腿。更严重的是，他忘了那天是毛泽东同志的诞辰之日。父亲被判以反革命罪收监。宋泗昌已升任副师长。

1968 年 6 月 1 日，父亲创伤愈合后第二次自杀，他先切断手腕动脉再跳楼，这一次他成功了，脑浆迸裂沾满三米外的墙壁。专案组送来的遗物很少，他们说：没有遗书，他无遗言。

母亲只收到一封表示哀悼的信件，署名：宋泗昌。母亲感动得掉泪。此时宋泗昌已升任师长。苏子昂在部队农场养猪，他佩服宋泗昌：首先，此人不惧邪恶不忘旧主，其次他在犯忌的同时能够继续高升，异人。

1973 年夏天，父亲被平反昭雪，追悼大会已在军区礼堂布置妥当，母亲坚持不出场，她的三条要求有两条没得到满足。一是悼词中对父亲的评价；二是要搬进以前的住宅，让一位现任领导搬走。她像太后那样端坐在客厅里不动，双目微垂，心明如镜。一大群老头围着诱导、威逼、恳求、诈骗……言辞甚为动人。她坚持要看到成果，否则开完会后什么都难哪。追悼会居然被她成功地延期了。

同年 9 月 1 日，军区再度为父亲召开追悼大会，和他的自杀一样，也是两次。母亲的三个条件全部得到满足，于是她在两个妹妹搀扶下步入会场，苏子昂作为长子捧着遗像，他后面有密匝匝的亲属，阵容之大让他吃惊：父亲生前根本看不到他们，生后哀荣之际，居然能被组织上统统搜索出来。治丧办的工作人员都是老手：党旗、军旗、花圈、挽联、话筒、扩音器……纷纷到位，简直过分地有条不紊了，缺乏该有的混乱和失措。他们太精确太熟练，使得悲哀没有位置，母亲却对之满意，她认为准备工作十分充分。

这时苏子昂发起了蓄谋已久的突然袭击。

他将父亲遗像头朝下倒置在灵台上。

治丧办的人员立刻提醒他。他阻止别人碰遗像，参加追悼会的人员已经进场，工作人员用身体围成人墙挡住他们视线。军区首长们上前低声质问他还有什么要求。他说："就这样摆，符合历史！"

司令员十分沉着，每句话既是说给苏子昂听的也是说给大家听的："冤案已经结束，目前最重要的是恢复你父亲的历史地位，我们要珍惜过去但不要纠缠。请你理智一些，和大家配合。快，把遗像正过来！"

"颠来倒去随心所欲！你们谁手干净心里无愧，谁就上来吧。死者的眼睛盯着你们。"

"我叫警卫了。"

"我就摔遗像！"

母亲从容地上前，众人给她让道，她严肃地批评："子昂，咱们要照顾大局，有话会后再说……"领导们都用眼神鼓励她，她叹息一声又说，"适可而止，不要过头……"

"吕天兰！"苏子昂朝母亲大喝一声。他第一次在众人面前直呼其名。母亲脸色惨白，歪靠在身边人的臂弯里。"别跟我做交易，你明白么！"

苏子昂料定没人敢来冒险，否则被他推个跟头岂不大失尊严？还容易被旁人怀疑是冤案制造者。苏子昂既无官职又是单身，一下子就站在制高点上。他稍微有点注意外面的警卫的意思，他已准备夺话筒慷慨陈词。司令员始终不语，过了许久，他说："要动手，你就朝我来吧。"独自走向遗像。人群中突然窜出宋泗昌，他抢在司令员前面，一副庄严之色。他朝遗像深深鞠躬，然后双手托起它，调正放好，再一鞠躬，无言退下。过程中全不望苏子昂一眼，足见他内心多么自信。

苏子昂默然呆立，他发现自己无法反抗宋泗昌，也许是来不及吧……

主持人抓住时机发出指示，哀乐缓缓升起，会场站满大片脱帽军人，一直站到礼堂外头的大操场上。到处是黑亮的眼仁儿，空气中充溢湿热的呼吸，哀乐如潮循环不止，黑幡如死去的叶子悬垂不动。有人轻触苏子昂，示意他站到亲属队伍里。母亲和众亲属已经哀痛地站好了，两个妹妹带点恐怖地望着他，而母亲的悲伤则很合适，她是那群人的首领。

苏子昂对主持人说："对不起，我不想站到那里，我想站到下面去。"

"可以，可以。"主持人并没明白苏子昂的意思就立刻答应了。

苏子昂离开前场，沿着立满花圈的甬道走到人群后面，同奉命前来的战士们站在一起。他右边是一位通信站女兵，臂上的黑纱没有别针，整个追悼会期间她都在不断提它，满脸犯错误的神情。他左边是个班长样的家伙，使劲踮脚朝前看，把嘴扯好大，他不许别人这么看，免得乱了行列。这家伙大概在看遗像上的将星与勋章——父亲穿着将军礼服，这些都早被取消了。

苏子昂置身于他们中，感觉到这只是父亲和他两人的追悼会。尽管无边人海，实质上只有他一个人在悼念另一个人。

追悼会结束后，苏子昂独自离去，在停车场边角蓦然碰见宋泗昌。宋泗昌低声道："苏子昂你干得好！震聋发聩，还懂点出奇制胜。不错不错，有过人之处。你不像你父亲，倒有点像我。死大胆，大胆死。"

"无法和你相比——比如出奇制胜之类。"

"你今天这套只是务虚！以后调我部队来吧，我想，我能把你的本事发挥出来，也能制住你。"

"到你部队担任什么职务？"

宋泗昌低哼一声："你一直很清醒嘛。职务……在你现在职务基础上，先提一级，将来再看你的能力与成绩，我不再许愿。"苏子昂当场接受。他选择了宋泗昌。

在追悼会事件里，得分最高的是宋泗昌，当时有一位军委领导人在场，他对宋泗昌留下深刻印象并开始注意他。这位领导人是父亲红军时期的战友。

9. 痛苦之后是轻松

母亲把三张茶几并列在一起，上面堆满追悼会产品。

签到簿三大册，四开本，缎面精装，宣纸可折叠，打开来足有一丈五尺长，哗啦啦像一排浪头。

“治丧办”印制的精致合页，八开本，刊载悼词、遗照、简历。开会时已用去一千六百份，还剩一千多份，母亲全要来了，留着赠人。

来自各部队的唁电二百多份，已合订成册。至今仍有唁电不断转来，母亲收集成一个增订本。慰问信也有上百，其中十几封信是父亲去世那年就写下了，当时不敢寄，五年之后才寄来。母亲把它们放入一只牛皮箱里。

还有照片。追悼会上，四架相机拍摄了十二卷胶片，除了拍场面和到会领导人外，摄影者还遵从母亲愿望，把每只花圈挽联都拍下来了，统统放大成五寸照片，家中来客无需戴花镜便可观看。

还有剪报集。母亲请人把发在各报刊上的所有有关父亲的报道、回忆录、旧体诗，收拢整理，剪贴成两大册。

母亲沉湎其中，像一朵云浮在纸山上，老也整理不够，连头发也不大做了。就在这种又悲痛又兴奋的整理当中，她光华内敛，显得肃穆而美丽。两个妹妹，总有一个陪伴她，听她轻缓地、无休止地说茶几上谁谁是中央委员，谁谁是候补委员；谁谁以前是中央委员现在是人大常委；以及茶几上有多少大区正职大区副职，多少省市领导，谁是父亲的老部下而后来上去了……妹妹不愿听她缅怀哀荣，她就跟来客们说。最相契者是四个和她地位仿佛的遗孀，她们的丈夫有的已开过追悼会，有的近期平反治丧。母亲内行地指点她们：“《人民日报》要上的，老头子有二百字。军报头条，带消息带悼词全文，五百六十多字，照片搁当中。老头子好像应该不止这个规格，我也不打算反映了，办都办了嘛。你们一定要拿到文件，把文件具体化，光吃精神不管事，事前就把问题理出来，一条条解决了再开会。你老头子哪一年的？1929年？抗战时期的旅长？一级独立勋章？那你一定要坚持这个评价……”

然后她们就揩泪，再后就散漫地闲扯，烟蒂堆满烟灰缸，客厅里充溢蓝色雾障。

两个妹妹天天叫烦死了，要走，但又不订票。苏子昂估计是存款问题，父亲补发了两万元工资。他不说走，他觉得自由。这两天里，他取代了父亲的地位。

夜晚，苏子昂进入母亲卧室，送她五盒治哮喘的进口药剂。这些药用去他一个月的工资。母亲有些意外，躲闪苏子昂的目光：“你比妹妹心好，她们光想我的东西，只有你……”

“我明天离家，回部队。”

“都准备好了才通知我，是不是？”

“是的。”

“对咱们这个家，你有什么要求？老头子和我还有几个钱，你提个数吧。”

“我只想得到父亲那支‘赫斯’猎枪，别的一概不要。”

那支枪真漂亮！一位国民党将军送的。父亲想靠它度过退休以后的生涯。他生前说过，他死后这枪归苏子昂，还有四盒枪弹。他说：“就它还算样东西，看着都舒服。”

母亲不安地：“本来是你的……可大妹也跟我要，是小李怂恿她的。”

“你答应她了？”

“唉……”

“看来我不比一个未婚女婿。”

“我再跟她说说。”

“算了，我对荒唐已经习惯啦。今晚我想跟你谈另一件事。只谈一次，今后再不提。”

“坐下坐下，啊呀，我这连个坐处也没有。”

“我表明一个态度，关于你今后的生活。你今年才 40 岁，或者才 43 岁，我不知道你的真实年龄，你和父亲结婚时多报了几岁，这并不重要。总之你今后日子很长远，没有必要守寡终生。如果你遇见合适的人，我支持你们结合，并且像以前那样尊重你。”

“你要赶我走！”母亲惊叫，“我不走，你父亲尸骨未寒，你就敢……”

“你知道我不是那种意思！”苏子昂厉声道。

“那你是什么意思？”

“再嫁。父亲去世五年，尸骨早已灰飞烟灭。这五年里，你受过不少苦。今后你无需受苦了，日子可能比受苦时更难过。我是父亲的儿子，表这个态不容易，我希望你重新生活。”

在军区首长夫人群落里，母亲的容貌与风度出类拔萃，看上去像 30 岁左右的少妇，如果不是近年的磨难使她略显憔悴，简直就像苏子昂的姐姐。

母亲揩着眼泪：“我和你父亲生活了半辈子，我死活都是他的人。你放心好了，我绝不失节。”

“果真如此，我也尊重你的意见。”

苏子昂告辞回屋，继续痛惜那支猎枪。他的行李很少，要告辞了才发觉并无真正属于他的东西。但家是一团气氛，裹着人。周围的门窗、地板、营具、大幅世界地图、隔壁父亲卧室……都散发温馨气味。父亲去世五年，痛苦使他和家人靠拢，现在父亲平反昭雪，这个家一下子也变质了。追悼会等于宣告：父亲是真的死了。苏子昂听到父亲卧室有响动，过一会，母亲在敲门。

“睡了么？”

苏子昂打开门，母亲提一个长皮套进屋，苏子昂熟悉它，里面是猎枪。他无语。

“大妹是跟我要过，但我没有答应她。”

“谢谢你。”

“你刚才的话，是不是真心话？你以前老是喜欢说我不懂的话，我分不出真假来。”

“哦，那是我的毛病。刚才和你说的全是真心话，经过反复考虑的。”

“你比你妹妹体贴人。我问你，我要真改嫁了，你不替你父亲难受吗？”

“没想过，他死了。难受……见面可能有一点吧。”

“唔，一听就知道是真话，你这么说我才放心，我就不怕什么舆论了。你想想，连你也感到难受，那些和你父亲出生入死的战友们能放我过去吗？他们会怎样看我？会怎样对待将来那个人？还不天下大乱吗。想想都怕，你父亲地位不一般，我在那方面舒服点，这方面就得忍受点。我想过了，我后半辈子吃好点穿好点没病没灾过去算了。你们要愿意，将来接我出去走走，不愿意也就算了，我一个人能过……”母亲噙着泪，掏出一个存折放到桌上，“你小时候，我待你过分点，你恨我也是应该的。怎么办啊，钱呀——说到底还是没啥用的，你拿些去。还有件事，你是父亲的独子，我想带个孩子。要是你有了孩子，交给我带行吗？我总得过呀。”母亲离去了。

凌晨4时，苏子昂提着小皮箱走出房间。他把存折从母亲门下塞进去，猎枪斜挎肩头，轻脚走下楼梯，穿过大门。他在黑暗中走出很远了，忽然产生预感，回头一看，果然：母亲房间灯亮着，她的身影印在窗前，像只瘦伶伶的鸟。她看不见苏子昂，她也许是为了让苏子昂看见自己在看。

苏子昂产生阴郁的直觉，他不会回这个家了。他的直觉几乎每次都成为现实，因此他很尊重直觉，犹如一位彻底的军人尊重战壕。

10. 愉快的行走

从武陵路到指挥学院三十七华里，苏子昂一小时奔出去二十华里，越发感到决策正确，全身畅快，接近于自豪。他看见学院的大交通车靠在路边，内侧轮子压在道外，外侧轮子压着柏油路边缘，无可挑剔。看样子已停靠很久，卖菜的把扁担搭着车尾，就在那一小块阴凉中卖起西红柿来。以往这个时候，交通车早该抵达学院。苏子昂加快步伐超过它，继续前行。一位教官从车窗探出头来唤他，以为他神经出了毛病没认出这辆学院交通车。苏子昂不能告诉他自己想走回去，那会引起各种猜疑。他只说这破车抛锚了而且有得抛呐，干脆甩脚走走到头里等去。教官说，没抛锚，驾驶员洗澡去了，把车扔半道上，叫等。

苏子昂立定，先吃惊然后哈哈笑了。怎么，就这样被扔在半道上，连带一车营团干部和眷属？那个相貌清秀的上海志愿兵也太狠霸了，该教训一下。

学院和部队相反，官多兵少，志愿兵们把火柴棒大的权力挥舞出丈八长矛的气势，官们反而受制于兵。苏子昂认为，对于军人而言，敌人是不固定的，比如美军苏军日军越军，和我军都有过先敌后友或者先友后敌的历史。但是一切目无军纪、藐视规范的兵痞，则永远是军人的敌人。不管他穿何种军装操何种语言，都是包括美军苏军日军越军在内的、全世界军人的大敌！

苏子昂怜悯这群教官，他们只在沙盘旁像个军人，离了沙盘便萎缩。他上车，问等多久了，那教官说不知道多久了，却十分肯定地告诉他：快了快了。

车内很安静，众人昏昏欲睡。有几人眼珠虽然睁着但不转动，处于两次睡眠之间的过渡状态。浓浊的呼吸在车窗上结出一层很厚的雾气，人们安静地无奈地、因为无奈而愈发安静地等待，简直是舒适了。苏子昂上车时碰到了一个人的腿，那人恼怒地看他一眼，不满意被惊动。

钥匙插在电门上。苏子昂跨进驾驶座发动引擎，轰轰。全体人员抬头，幸福地呻吟着，他们以为是驾驶员归来了，等看清是苏子昂，未免又替他不安。苏子昂挂挡起步，驶入快车道，直奔指挥学院。大家发现他竟要把鸟毛驾驶员丢下，让他自己走回去，顿时欢呼了起来。

那位战术教官以熟人的口吻向众人介绍苏子昂：“一大队的，入学前是团长，一级驾驶执照，特种战术也不错，毕业后要当师长了，是不是啊，老苏？”

苏子昂暗想，不幽默，无论我当什么反正不当教官。包括学院在内也没几人真崇拜军事艺术，它过于巨大精美，小器的军人只好像苍蝇叮在上面，还啃不下什么来。他想起英国军史学家富勒，他的思想造就了无数将帅，包括敌国的将帅，而他自己至死只升至少将；还有克劳塞维茨，划时代的军事理论家，也只是个少将。他们的著作至今仍被无数人引用着并且歪曲着，生前却无人给他们肩上加星，这也是军事艺术的宿命，东西方全一样。

战术教官没有指望苏子昂回答，他已使自己成为车内的谈话中心，议论着院务部的苛刻之处。但只要下车，教官们还会和以前一样生活。他们从来不会将怨愤升华为思想。

交通车在爬坡时供油不畅，引擎呜呜咽咽的。苏子昂预感这破车开不到学院了，他的壮举将给他招致难堪。再开数十米，车靠边抛锚。他骂骂咧咧地下车打开引擎盖，骂句：“操他姥姥！”这堆叫做引擎的东西是一堆杂种，发动机是解放130的，分电盘是嘎斯51的，气化器他认不出来路，他们居然敢让这堆破烂跑交通。如此看来，鸟毛驾驶员绝对身手不凡，在倒劈掉他之前，应该先发个勋章，他的放肆是有道理的。

苏子昂朝车上人笑：“完蛋啦，我弄不了它。那小子赢了，我们只好再等他回来。”

车上全无声息。后来战术教员道：“从本质上说，穷啊！”

苏子昂道：“还有荒唐。日本只有二十八万军队，可是拥有的军费比我们几百万军队还多两倍。干吗哩？三分之一高技术，三分之一发饷，三分之一荒唐掉了。我们钱少，但是荒唐的勇气不小。你把它列入下学期教案吧。”他又笑了。

教官不睬，也许是扛不动此类课题，也许是在苏子昂身上丢了面子仍要从苏子昂身上找回来。大家都不说话，这比刚才因为昏睡而不说话难受多了。

苏子昂察觉到众人沮丧，他觉得自己责无旁贷，说：“各位再睡一会，我保证解决问题。”

苏子昂去给学院挂电话，他想找一个不大了解情况又大权在握的人，比如院长。大领导解决小问题，有时跟日本剃须刀一样麻利，当然他必须把问题往大处说。他希望学院院长还没用晚餐，宋泗昌就最烦吃饭时来电话。

苏子昂把电话要到学院张院长家，接电话的是他女儿。“正吃饭呢。”她说，声音怪好听。

“你一进餐厅，他就吃完了。”

有人拿起话筒，传出轻微咀嚼声：“哪位呀？”

苏子昂报姓名，说：“我在九公里处岗亭给您挂电话打搅您用餐了。”

“没关系。她进来时我没吃完，等会再吃。”

“向您报告一个情况，学院大交通车是一堆破烂，不符合上级安全行车规定，这样的车总有一天撞出人命。”苏子昂略讲几句“规定”条条，告诉他驾驶员如何放肆。他说这是一个荒唐。

“应该处理。”张院长语调平稳，“就是此事？”

苏子昂又告诉他：“目前车抛锚了，大家还饿着肚子，有人提议把破车推回学院去，一直推到党委办公楼前，我认为这样做影响不好……”

“谁提议的？”

“是一个叫苏子昂的家伙。”

“不准他扩大事态，我马上叫车去接你们，管理处长亲自去。回来再把问题搞清楚。另外，你刚才说的那人叫什么名字？”

“苏子昂。”

“那么你叫什么名字？”

“苏子昂。”

耳机沉默一会。张院长说：“明白了，再见。”

后果不难预料，两个人将倒霉：一个管理处长，一个苏子昂。苏子昂赶回停车处，四处看，难以置信：车没了，估计叫赶来的驾驶员开走了。他气得哈哈笑，这是出卖！他不怪那个驾驶员，首先他走路的速度不错，其次自己撂过他一回，他撂下自己实属应该。但车上其他人就太没素质了，他们应该扣下破车，等我！“至于我坐不坐，当由我定！”他想。

现在只有再度行走。原先就准备走回去的，经过这次事件没人会相信他的初衷是走路，目击者将一致认为他是被撂下的，他将在误解中贬值。苏子昂继续行走，把此事当做别人的遭遇来品尝，心里偷偷地笑。

“喂，你犯病啦？”接着是高跟鞋击打路面的声音。

苏子昂回头看，叶子追上来了，她是学院图书馆微机操作员，她亲昵地笑着，让人看了就舒服。她说：“我在车上坐了半天，你都没看见我，傻不溜叽的。当着那么多人，我也不好意思跟你打招呼。后来他们要开车，我就溜下来了，我跟你一块走。”

“啊，我原谅他们了，我应该原谅他们了。”

“嘻嘻，看见你栽跟头，我都要高兴死了。真的，我没想到你也有倒霉的时候，老是天神似的样儿，目中无人，原来也照栽不误。”

“这话属于赞美嘛，说明我的失误极为罕见，对吧？”

苏子昂与叶子转入一条小径，从这里通往学院要少走一半路。小径十分僻静，洋溢着田野的气息，其宽度恰可供二人并肩伴行。一男一女踏入小径等于踏入温馨境界。一霎时苏子昂怀疑：这些是不是叶子有意造成的？他轻轻碰她一下，不料这一碰使她乘势挽住苏子昂臂膀，轻笑道：“别走那么快嘛。”

苏子昂走出几步，终于拔出胳膊：“我实在不习惯和人挽臂走路，自己走痛快。别生气，我情愿背着你，也受不了被人挽着。今天是周日，晚上请你跳舞，怎样？”

“跳完舞以后呢？”

“那只能等跳完后再定。我7点10分到府上邀请，等女士出门需要极大耐心，二十分钟够吧？7点25分到俱乐部，27分购票，7点30分进场，35分下舞池……”苏子昂看见学院两台面包车在九公里处掉头，他们没接到人。他继续说，“7点50分到达院务部，8点整见部长，8点40分写检查报告，10点以前交值班室。估计不会错的。”

叶子捏住苏子昂一颗小拇指，轻轻揉着，揉着，好久才说：“你别跟领导吵噢，你别让他们觉得你一套一套噢，你别说任何深刻的话噢，你就装一次可怜嘛……”

“唉，看临场发挥吧。我不愿意解释，解释一件事比做这件事还烦人。”

叶子轻轻拽苏子昂的小拇指，苏子昂会意地停住脚，两人拥抱接吻。叶子高高踮起脚，把腰肢深深投入苏子昂怀中。她的吻跟苏子昂妻子不同，绵密而急促，像挺班用机枪，苏子昂觉得这声音两里外都可以听见。他们吻了很久，口舌都酸了，分开后，苏子昂看见身旁有一株马尾松，气韵很像吃惊的领导，他在心里向它敬个礼。再往远处看，田野焕然一新。叶子眼睫沾着细碎的水滴，腮上的红晕正在消褪。呵，慢慢褪去的红晕才是绝美的红晕，它使她每秒钟都显得不同。

“你只会搂人，不会亲吻，以为这是力气活啊？”

“其实我心里头蛮从容的，意思够了。”

苏子昂凝视叶子，为了不慌乱而故意使自己心肠冷硬。他喜欢她，跟她在一起他觉得自己是个男人，跟随妻子在一起他觉得自己更多的是一个智者，因为妻子老是那么深刻，一点不出错。

苏子昂边走边给叶子讲些部队里的笑话，全是官兵们从乏味的生活中糅出来的。叶子吱吱乱笑，她对幽默要过一会才理解，但不会漏掉，笑得也很是地方。此外，她对关于“性”的露骨笑话也从不尖叫，快活地让自己笑成个小波浪。苏子昂在肆意卖弄中获得愉快，叶子的笑又使他的愉快翻倍。

“你妻子跟你在一起一定很开心吧？你天天给她讲笑话。”

叶子不明白，人只在恋爱时才拼命说啊笑的，一结婚就沉默了。“我们说过，不谈我妻子。”

“我想谈！”叶子固执道，“我太想知道她了。以后我找个机会出差，偷偷看她一眼，不让她知道，行吗？”

“希望有！”

“那我去看一眼你女儿？”

“啊，孩子的眼睛非常纯真，你见了不发慌吗？”

“咦？我有什么错，干吗要不安？”

苏子昂笑了，他喜欢这种稚拙。

叶子问他进城干吗，苏子昂把经过告诉她，说：“想谋一个副师长干干，失败了。”

叶子又攥住苏子昂小拇指，轻轻揉着：“你同宿舍的姚力军，听说要当副师长了。”

“你怎么知道？”

“他姐姐和我同事，神神叨叨的。”

“老姚会当副师长的，我有直觉。我忽视了他。”

“他当了，你就当不上了，对吧？”

“一般来讲是这样，我们是一个军的，没那么多位置。此外我想，即使他不当，我也当不上，我不合时宜。”

“你们就是死盯住官衔，好像要接管天下似的。”

“我们挤在一块时是老虎，分散开来是狐狸。我准备转业。”

叶子默默走一段路，轻声说：“我好难受。”

到达学院南门，叶子用眼直望苏子昂，苏子昂明白这是个暗示：希望晚上约会。他低语：“告辞……”

叶子扭头走了。苏子昂随即镇定情绪，进入营门。

11.“一旦饮尽了酒……”

进入学员宿舍，苏子昂掏出钥匙开216房间。姚力军在屋里，正躺在床上吸烟，苦思着什么。苏子昂相信，他是听到门响后才做出思索表情的。此外，他喜欢锁门，即使人在屋里也要把门锁上，而苏子昂讨厌锁。两人在一个屋里住了两年，居然没人提出调房，这可挺奇怪。

“有什么奇怪，”姚力军仍然仰望天花板，“关键是鄙人处处让着阁下，按你的习惯过日子。不锁就不锁吧，我把自己的东西锁上就是喽。还有，你要是搬走了，肯定搬进一个质量更低的家伙。考虑到这一点鄙人才和你坚持了两年。现在你请吃饭吧，五个肉包，一盆榨菜干丝汤，共计一元六角七分，五两粮票，账报给你，还不还在你。我出的勤务。”

“全凉啦！”

姚力军翻身坐起：“就是嘛，这日子不能过，要走了更觉得不能过。二十年党龄的人还出勤务，快回部队去，我准备拿了毕业证书就走，你定几号的票？”

“你动过我笔记本了。”

“唔，我从上面抄了一小段，关于师团战役机动方面的见解，你不介意吧。”

“反正你这是最后一次抄袭我了，不介意。”苏子昂把厚皮本子递到姚力军前面，“送给你。”

“伙计，别发火。”

“真的送给你。凡是我写下的东西就不必要保留了，我脑子里有的是。”

“谢谢，不要！”

“送你你不要，情愿背着我抄。我向你报告一下，我准备申请转业，办公司去。这本子里是一个小军人的超级思考，烧了可惜。”

“我保管吧。”姚力军拿过本子，很随便地朝窗台上一撂，“子昂，你不能转业，没人放你走。你太计较一城一地的得失。到外头吃饭去，我请你。”

“当然该领导请客。”

“哦，正想告诉你呢。你帮我策划策划，我有多大可能成功，争夺副师长的人多啦。”姚力军说出一串人名，大多是集团军里的干部，“我年龄上占优势，任职年限也够，才华嘛，深造两年刚毕业，新鲜劲还在，我的愿望不过分吧？当然，你不屑于副职，你要干就干师长。”

学院西门斜对过有两家餐馆，一家学院职工办的，另一家是个体户。苏子昂和姚力军经常交替光顾，拿这一家杀那一家，吃得扎实。两人走进军方餐馆，姚力军在过道上不断和人点头、微笑，抬起一只手摇摇，不说一句整话，显得很有涵养，军职以上的气度。他拣一张靠墙的小桌坐下，把邻桌的调味罐拿过来搁在自己面前，再朝柜台望望——又没望出有名堂的人。他问苏子昂今天是星期几？苏子昂告诉了他，他喟叹一声：“情况不明，代价惨重。今天该来的没来，不该来的来啦。只好忍痛点菜了。”

小姐夹了本菜谱过来，撂在两人面前，姚力军将两个指头按在菜谱封皮上，却不看。沉吟着，报出一串名目：“珍珠虾仁，四喜丸子，八宝豆腐，蘑菇菜心，再来两只拼盘，四瓶啤酒，一只火锅……”

“没有火锅。”小姐道。

“老李讲有。”

小姐便记上了。苏子昂说：“少来点吧，你已经吃过饭了。”

“在这里也不敢多要哇。学院的伙食呀……快毕业了还不肯留个好印象，真想给他们来个财务大检查。鲁智深怎么说，‘口里淡出鸟来。’操蛋，他真理解本人。动手。”

姚力军拿出自带的餐巾纸，使劲擦筷子。

苏子昂看见昨夜大哭的罗布朗在那头餐桌，就喊：“罗布朗，过来合作。”

罗布朗正欲起身，姚力军回头望他。他见姚力军在，又坐回去了，朝这边举一下酒碗，不来。他喝白酒用饭碗，一碗起码半斤，喝一口，便凝定不动了，口舌喉咙毫无变化，酒就咽下了，过会儿才夹块肉送送酒。肉到了口里，胡乱嚼几下就吞掉了，再凝定好大一会，又喝一大口酒。

苏子昂想：他要是我的部下多好！

姚力军说："罗布朗今天给部队挂了长途，情况又变啦，旅长位置又是他的了。我们恭喜他，他一点都不高兴。"

"伤害得太厉害了。一个极端到另一个极端，金属也会疲劳。谁知道明天会不会再变。你猜他在想什么？"

"哈萨克姑娘。"

"军人的悲哀。"

"是你在想吧。"

"我已经消化掉了，转业。把自己排泄掉。"

"这么一会工夫，你已经讲过三次转业。嘿嘿，不大像真要转业的人哪。"

苏子昂微窘，他端起酒杯朝罗布朗走去，两人碰了一下，一饮而尽，谁也没说话。苏子昂又回到座位，在远处欣赏罗布朗，和近处不一样。罗布朗具备礁石的气势，酒哗哗扑上去，消失了，他凝定不动。苏子昂禁不住又想：这家伙要是我的部下多好！朝这样的部下望一眼，都他妈有劲。

姚力军也不作声，他盯着杯中泡沫一个个消失，像等待内心情绪，末了他喝口酒，惬意地长叹："子昂，人生有限，容纳不下几次后悔。"

"很耳熟吗。"

"前两年，我真想转业，是你劝我留下来，说过一番很有见地的话，我印象很深。现在我发现，有不少人，包括一些杰出人物，虽然有不凡见解，但是把见解全给了人，自己并没有把见解贯彻下去的耐性。人哪，有时笨些有好处，学一点老农似的现实主义。"

苏子昂不语，任姚力军居高临下。

"就讲任职的事，只有一个副师位置，谁干？你各方面能力比我强，在一大队拔尖，我没疑问。不过，在只有一个位置的情况下，我不会因为你比我强就让给你，甚至不承认你比我强！我老姚就这个境界，下次再碰到这种情况，我还是不让，就算林彪活过来同我争当师长，我也不会让。我不像你那么贵族气，你大概会让一让的。"

"当然，我不能忍受比我差的人来领导我，特别是一旦作战，还得把小命交给他。如果确比我强，我会让的。"

"所以呀！你一进门就要转业，我当时暗暗高兴。我如果当了副师长，首先要担心你。你自以为才华出众，咄咄逼人，当你的领导受得了吗？有权威吗？你我挨得太近，挤坏了怎么办？你把我架空了顶掉了怎么办？你真的转业了，我大笑三声，再怀念你。"

"就像赞扬一个死者，过头些也没关系。"

"这回你丢分了，你没真正长大。刚才我想起宋泗昌，他最倒霉的时候叫我看见了，想不想听听？"

"当年，我家老头在你家老头手下当师长，宋泗昌在我家老头手下当团长。有天夜里，他带火炮到海边朝金门岛打宣传弹，他多喝了几杯，忘了带射表，连地图也忘了。他就用手指遥测确定概略定位，下令装填射击。四发炮弹全打到海里去了，观察所看不到炸点，而金门岛的高音喇叭立刻宣传开了。'前指'方面一个电话摔下来：丢死人啦，谁干的，撤职！宋泗昌不知道自己完蛋了，还不肯撤出阵地，竖着手指头又打了四发，这四弹命中了，但大错铸成，无力回天了。回到师里，他就自觉地朝党委会议室走，师领导全在等他哩。那天下雨，我给我家老头送伞，在窗外看见了。他满身泥水，跌跌撞撞从台阶那儿爬上来，钻进党委会议室，全体党委委员挨个儿痛骂他，英雄主义啦，目无军纪啦，奶奶个蛋啦，全用上了，比外头雷都响。他站在会议室当中地上，谁骂他就咔地朝谁立正，一动不动，瞪大眼听着。最后，他自己扯掉军衔，光着头走了……"

"这是一种英雄境界，"苏子昂想象着当年场面，"敢于为任何灾难付任何代价。"

姚力军靠近，热烈地冒着酒气："居然就是此人当了大区副司令，当年若是一撸到底，有今天这等奇观吗？人家在失败面前多么豪迈！你很少失败，渐渐地，你就害怕失败了。这次争夺副师长一战，你败给我了，比你差的家伙赢了，于是你'哀莫大于心死了'，你忍受不了失败。你把自尊摆在理智上头。"

"嘿嘿，我才发现，你当政委蛮合适。"苏子昂一直在远远地望着罗布朗，"善于击人所短。"

"再去跟罗布朗碰一杯吧，我能忍受这类调情，罗布朗其实是个毛茸茸的女人。"罗布朗在朝碗中倒酒，倒得银光四射，最后一滴挂在瓶口，缓缓落下，苏子昂简直能听见那沉重的叮咚一声。罗布朗朝他俩望，眼中有一片乌云，嘴唇闭成一只蚌。突然，他摇晃着上身，粗声唱起来。开始，歌声显得像在天那边，渐渐地漫开来，似乎山也跟着起步了。他整个人都在共鸣，他用哈萨克语唱着。视线虽还射向苏子昂，但早已不看他了。歌声忧郁而悲凉。姚力军说：“一支情歌。”

苏子昂道：“这是他第二次唱了，上一次在我家唱过。我翻给你听。”

敌人已踏上城头，
我们无险可守。
把兄弟的尸体堆起来，
枪管架上他们冰冷的额头。
哦，一旦有人死去，
就无法停止战斗。

敌人已踏上城头，
我们无险可守。
快饮尽最后一滴酒，
末日已到，酒囊空了，
哦，一旦饮尽了酒，
剩下的只有战斗。

敌人已踏上城头，
我们无险可守。
女人为你唱完最后一支歌，
孩子衔着奶头睡去了。
哦，一旦我们沉默着离去，
就意味着走向战斗。

罗布朗反复唱着，直至将那碗酒饮尽。

苏子昂说：“我们好多军歌和它一比，就黯然失色。我们的歌，每首都是走向胜利，这一首是走向毁灭，但勇士们仍然照直走去，这就表达出一种精神。”

“好歌，想超越胜败。”

“想超越一切不可超越的东西。”

两人又喝一阵酒。姚力军忽然惊道：“几点啦？”看下表，“啊哟，办公室通知，今晚 9 点以前，院政治部找你谈话，现在还有十分钟，你跑步来得及。”

“为什么才告诉我？”

“忘喽。”

“喝酒的时候，你看过两次表！”

现在，苏子昂要么迟到，要么酒气熏天地冲入办公楼，人家会以为滚进个破酒坛了。他骂了两句，或者是三句。姚力军伤感地摇头。

“子昂，你还是滚出军队吧，你这脾气谁也受不了……我是不愿意破坏情绪，才拖到最后告诉你。”

苏子昂想，也许是，也许不是，也许两样都有点。人哪，通常没法把自己的用意认得清清楚楚。他快步离开。

12. 最后关头问一下女人

苏子昂跑步奔向学院办公大楼。他不愿迟到，即使明天早晨退出现役，今天晚上也他妈的不迟到。此外，凡是不愉快的事情，情愿让它早些到，别拖。这一跑，腹内的酒全蒸发出来了，他头上跟着一团熏人的热气。

“报告。”

隔了一会才有人回答：“进来。”

这一小小的延宕，就迫使人把节奏放慢，迫使人持重。苏子昂猜到屋里是谁了，他推门。

政治部主任正伏案用毛笔给一份文件写眉批，示意苏子昂坐下：“还有几个字。”说完又凝神运腕。苏子昂没坐，站在对面看他。

他是以副主任身份代主任职，大校，47 岁。按一般标准衡量，正接近事业巅峰，再稍微一蹬脚，就可进入将军行列。当然，这时候也容易蹬断脚后跟。学员们替他归纳了两个显著而悠久的特点：一、军容整洁，相貌英俊。来自全军各单位的学员一致决定：代主任是全军最漂亮的军人，他确实异常完美。但是，学员在赞叹他的相貌的时候，也等于贬薄了他。全世界军队都流行一条定理：太漂亮的军人不是军人；二、脸上永远在微笑。他的微笑成熟到含义不明的程度，有点“巴顿”，甚至有点“蒙娜丽莎”，最后才有点自己。

代主任微笑着搁笔，轻揉手指：“怎么不坐？哦，一身味道。”他讲得很慢，看得出，他想精炼些，“请你来，耽误你时间了……”

“我十分钟前才接到通知。”

代主任问了问下午发生的情况，谈了三条：第一，驾驶员擅自离职洗澡不对，你开他的车也不对。你是相当一级的干部，是高级学员，这就尤其不对了；第二，你讲过一些政治界限不清的话，虽然是特定环境下的气话，但是能这么讲，说明有情绪基础，要反思一下，在月底小结时谈谈反思成果；第三，毕业前夕不能再出问题，这一点你要作出保证。

苏子昂熟悉这类思想方法，他沉默着。

“就到这里吧。不对之处，你批评指正。”

苏子昂吃惊：这么快就结束啦。

“再到院长办公室去一下。如果他不在了，请你明天上班时再去。”代主任又提起毛笔。

苏子昂想：事件升级了，这才像个事件。他上一层楼来到院长办公室门外，再度履行晋见礼节。忽想起自己入学两年，还没单独晋见过院长呐。

张院长摘掉老花镜，疲乏地凝视苏子昂：“我说，咱们都坐下，好不好哇？”

苏子昂原想站着，使得谈话快些结束。现在只好坐下。他尽量少开口，免得酒气四溢，这个念头把他拘束死了。

“你看上去比实际年龄年轻，爱动脑子的人一般都显老嘛。我看上去就比实际年龄大，人家一口一个张老。”

苏子昂想：他的音色不错，大概他会说一两种外语。苏子昂能够在别人讲汉语时感觉出他是否会说外语。

“谈过啦？”张院长问。

“谈过。”

“那我们换个题目。晚饭时接到你那个电话，我忽然想到，别人向我推荐过你。刚才我调查了你的一些情况，”张院长示意桌上的材料，“包括你入学间发表的几篇论文，还有没发表的。哦，我觉得没发表的比发表的更有意思。”

苏子昂忙道："我也是这个看法。"

"一个人才呀。恰恰是这里面的毛病一再证明这个人是个人才。有时候，缺点比才华更能反映出一个人的真正水平。"张院长皱眉，思索着，"问题是哪个更大些。我刚才还和你们一大队的王队长谈过。苏子昂，你认为他能不能正确评价你？或者说，你认为他的话可信不可信？"

"我完全信任他。"

"那我就不必啰嗦了，我也相信他的话。简略地讲，我建议你毕业后留在学院，从事军事研究和教学。或者以研究为主附带一点教学任务，随你。如果你同意，我们就先谈你爱人的调动，你的职务待遇住房等问题，反正我手里正拿着笔。你想考虑一下吗？"

苏子昂因为激动而口吃了："不，不，我感激您的信任。我……很难开口，我要走了。"

"走了是什么意思？"

"离开军队，转业。"

"哦，原来是我判断失误，我原以为你想在野战军干，那里晋升快一些，没想你是要走。我还以为军事造诣达到这个程度的人，已经无法脱离军队了，就像装得满满的火车无法急拐弯一样。好好，都走，下班吧。"

张院长把材料放回档案袋，脸上没有一点失望的表情。他像掸落一片绒毛那样掸落这个重要问题，使得苏子昂有点沮丧，虽然他想走，可他仍然渴望听到挽留啊，特别是，他所尊敬的人的挽留，自己的价值难道还不值得百般挽留吗。苏子昂敬礼告辞，感觉自己受到了轻微的戏弄。

他在黑暗中独自穿越偌大的草坪。苏子昂过一会才得出结论：他和那位老人实际上是互相伤害了一下，但是谁都没有过错。

有一点再次被证明，自己对军队是一个十分有价值的人，仿佛最不重视这价值的不是别人，恰恰是具备这价值的自己。

苏子昂快坚持不住了，智慧在这时不管用，勇气也不管用，面临太复杂太重大的选择时，只有靠直觉，但他的直觉被感情烧坏了。苏子昂渴望这时有个女人坐在自己对面，她一言不发，安静得只剩下目光。苏子昂不由自主地来到叶子的宿舍门前，他的手刚碰到门把，门就开了。叶子又退回房屋深处，那里亮着一盏乳白色台灯，像被云朵包裹的月亮。

叶子说："我看到你从那条路上跑过去……"

苏子昂无言，他没想到此生还需要借助一个女人的指点，他聚集着自己的勇气。

叶子又说："我又看到你一个人走回来……"

过许久，叶子再说："后来我就等，我想大概没指望了。"

"我想问一个事，你想也别想就告诉我。你觉得，我是转业好呢，还是在军队？"

"在军队干！我就喜欢你现在的样子，你一点也别变，要不你肯定后悔。"

"谢谢你，我走啦。"

苏子昂很感激叶子没有挽留自己。他回到宿舍，姚力军正躺在床上倾听调频音乐，脸上却是毫无关系的思索的表情，好的曲子原本不该思索只应感受，看来他听音乐是为给自己找个会出声的伴儿。

"谈得如何？"

"张院长建议我留校工作。"

"有眼力。你呢？"

"我觉得老头又智慧又孤独，啊，这两点是一回事。"苏子昂顺带想：最突出的智慧——东方军事艺术修养；最突出的孤独——一部解放战争史略，他弄了二十年没通过。

"不是问这，我问你的态度。"

"我拒绝留校，我也不转业了。"

姚力军淡然一笑："早料到了，阁下费时半天，还在原地踏步。"

苏子昂知道他这一番挣扎，对于自己十分珍贵而旁人看来十分可笑。他说："我决定回部队，在你手下当团长，或者随便什么。"

"假如你真这么定了，就是大错临头……"

"哼，假如！"

第三章

13. 对接

告别宴会比较辉煌，甚至称得上是一个意外，它被安排在学院最有名的建筑里：轩武堂。它是国民党定都时修建的军官俱乐部，三重歇山式，金阁琉璃，宝盖飞檐，四周的圆柱极有力度。蒋介石多次在这里为他的高级将领训话、设宴，或者由蒋夫人为美军顾问团眷属们举办舞会，它已成为学院内一处名胜。每届学员入校，都至此观览一番。今天，堂内所有的吊灯全打开了，苏子昂头一次看清绚丽的穹窿形天顶，有点晕眩。他笑了，国民党如果不失败，中国历史就太平淡了。

大理石地面锃亮如新，整齐地摆出十六张圆桌，上面铺雪白的台布，餐具和酒器晶光耀眼，在这里设宴，等于给每道菜都打上了金边。全体学员服装整齐，列队入内，交换着生动的眼神，渐渐发出马群那样的喘息。大家按照各自姓名就座，四周的音箱正播放轻柔乐曲。

院领导们从休息室出来，全体起立鼓掌，掌声主要献给张院长，是他挽救了这次宴会。学院原本不肯上白酒，怕学员们喝醉了失掉分寸，破坏气氛，说出些平时不说的话。只在张院长表示学院全体常委都参加后，规格才一下子上去了，所以学员们才有了真正的酒和堂皇的结尾。

苏子昂忽然强烈地想家，想得很细腻很持久，甚至有点内疚。他决定今夜就离开学院，在如此隆重的宴席之后，继续耽留下去就显得毫无味道了，他不喜欢那种牵扯多日的告别。

深夜两点，苏子昂登上南行的列车，听到乘客的南方口音，他心头颤动了一下，虽然那是土话，还是骂人的土话，他仍觉得亲切。他在那地方当兵十几年，最先学会的也是那几句骂人的话，然后以此为基础，才熟悉其他的话。

确切地说，苏子昂还没有自己的家，妻子归沐兰和女儿至今住在岳父家里，他多次动员妻子搬到单位里住，建立自己的家。他说："住在大家里实际上没有自己的家，搬出来住你就有两个家了。"妻子不愿意，她要苏子昂转业或者调回之后再搬出来另建家庭，否则，她觉得没有依靠。岳父岳母也不愿女儿搬走。

苏子昂自问：自己是否够得上让妻子依靠？他觉得这问题只有死后才知道，生前只能看清某些局部。

今夜月亮很好，两旁的楼房散发着太阳的气味。苏子昂喜欢夜深人静时独处。从大街上走过，耳畔只有自己一个人的近乎陌生的脚步声，仿佛独自占有这条街道。他走进干休所大院，黑暗中也能感觉到这里的温馨。他看见女儿的小衣服挂在阳台上，旁边是妻子的衣服，相互依偎着，她们忘了收回去。

苏子昂揿一下门铃，楼上的灯亮了，他听见妻子下楼时的脚步，就明白她已猜到是谁回来了。归沐兰把门打开，抚着门扇儿不说话，光是笑。她刚从床上爬起来，头发散漫地披着，睡衣敞口处露出白嫩的肌肤，那颗胎痣正好挨在边沿。她抱怨地叹口气，欲言又止。苏子昂快活地道："让我进屋哇。"

归沐兰帮他提旅行箱，刚拎起身子便被坠得一歪。她小声嘀咕："这么重。"

"是子昂呀。"岳母披衣从屋里迎出来，"怎么不先打个电话来家，叫个车接接你嘛。你爸的车公里数不用也就废了。"她进入厨房，煤气灶卟地点着了，接着是油锅滋啦啦响，热气中晃动着她的身影。"吃什么呀，给你煎几个饺子？"

苏子昂朝那团热气道："什么都行。"

岳父服装齐整地从卧室踱出来，像是要出席会议，但脚上还趿着拖鞋。他朝苏子昂点点头，无言地在客厅兜了两圈，再朝苏子昂点点头，又回卧室去了。他把刚上身的衣服脱掉，坐进软椅时，打开收音机听整点新闻。苏子昂想，他大概希望他进去谈点什么。

女儿像只青蛙趴在被窝里，脸蛋睡得火红，肚子下面压着两本图书。苏子昂替她正过来，小小身躯散发出类似巧克力豆的甜香，他的手碰到女儿肌肤时感觉像是碰到一只热水袋，她的小肚子水波儿似的晃动几下，又睡去了。

岳母进来道："你吃去吧，我把她抱我床上去睡。"

通常，女儿跟妻子睡，但是苏子昂回家时，她就得去跟姥姥睡。她已经习惯于经常换被窝，把自己那只熊猫枕头从这张床抱到那张床。她为此指责过妈妈："爸爸一回来，你就不要我了。"

苏子昂道："今晚让她跟我们睡吧。"

妻子待岳母离开后说："醒来她会大吃一惊。"

夜里，卧床经受住了考验。无论他们怎样疯狂，它都不吱一声。有那么一会儿，苏子昂完全忘了女儿，被子和枕头被推到地板上，堆成一座小山，女儿压在下面，但她也不吱声。后来他把她从床下找出来，又惊又爱：这小人儿在暴乱中居然睡得相当香甜相当安稳，如同花生藏在花生壳里。归沐兰说："我们好坏。"苏子昂把女儿一把搂住。归沐兰又说："我最喜欢这样了，睡吧，我一下子就能睡着。"片刻后，她果然睡着了。

每次高潮结束，苏子昂头脑都格外清晰，脉管中的血液也歇息了，此时特别适合于思索一些幽深的问题。并不是想解决什么，而是思索本身就令人愉快。他希望女儿永远不长大，永远不从他和妻子的缝隙里挣脱，而妻子永远不被任何深刻的念头所玷污。他还希望自己在她们前头去世，而不要死在她们后头。他好几次感觉到自己已在另一世界里注视她们了，平静地注视。他的全身都归于尘土，只剩一双眼睛搁置在云端，以保持平静的注视。他想，这才能看懂她们和人们，并且无法把看懂的事说出来。

后来他松弛了，看透自己：把脑子塞满是不想让另一个女人钻进来。那人是叶子。他恼怒地告诉自己，要么别做，做了就别假模假样地痛苦。他正视着那一片叫做叶子的念头，叶子便消散了。

14. 爱情是一个伤口

女儿尖叫着坐起来，圆睁两眼想逃。她辨认出苏子昂后，笑了。苏子昂碰碰女儿的脸庞，哦，一醒来就看见这样一双眼睛，实在美妙。阳光正把窗户鼓起，厨房传出清亮的叮当声，归沐兰在镜前梳理，容光飘溢。女儿把身躯投入苏子昂怀里，父女俩又欲睡去。"起来吧。"归沐兰娉袅地走到床前，她看上去楚楚动人，仿佛从阳光云缕中采集到自然之气，那是爱的功效。

苏子昂道："朝你脸上看一眼，就知道你的丈夫回来了。"归沐兰天生敏感型体质，苏子昂离家日久，她就明显憔悴，像一株缺乏日照的植物，只要一进入夫妻生活，她立刻鲜嫩三分。今后几天里，直到某天吵上一架，她才停止好看。

苏子昂躺着没动，女儿起身张开四肢，让归沐兰替她穿衣服，眼盯着苏子昂。苏子昂问："你想不想放天假？"她急忙道："妈妈，爸爸说放假！"

"幼儿园今天来客参观，所有孩子都要去。"

"他们把幼儿园当动物园了。你可别把孩子培养得太乖，我希望她野一点。"

归沐兰笑："她是女孩……"

"完全可以中和一下，让她某些方面像男孩。这样可能更有女孩的魅力。"

"瞎设计。"

"或者让她想怎样就怎样。至少一个星期里有一天想怎样就怎样。"

"一听就知道，你从来不带孩子。我呢？"

苏子昂见她略显幽怨，急忙抢着给女儿穿衣服。他穿完后，妻子又脱下来重新穿一遍。他很丧气，但承认妻子穿得比他好。

吃罢早饭，归沐兰用自行车载着女儿去幼儿园，女儿在她耳朵上悄悄说些什么。归沐兰吃吃笑："跟爸爸说呀。"

女儿扭过头："爸，和我们一起走。妈妈送我，你送妈妈。"苏子昂居然脸发烧，强言道："这个建议很温柔。"他走过去。女儿坐在车上，把小手插进苏子昂军装口袋："嘻嘻，好大。"归沐兰说："回家了还不换套便衣。"

"就换，军装穿得够够的了。"

在幼儿园门口，女儿跳下车跑进去。苏子昂和归沐兰目送她身影消失在花架后面，然后又并肩行走。苏子昂步态生硬，努力笑着，他不适应这种走法。

归沐兰先看他，目光移开后才说："昨夜你说梦话了……"

"啊，真不好意思。"苏子昂不安了，"说些什么？在我说梦话的时候你还没睡着？"

"挺乱的，好像在逃命，我都替你害怕，推你又推不醒。我发现啊，你平时挺强，梦里头尽是软弱！跟孩子似的，梦里吓自己。"

"妻子最了解丈夫的弱点，我愿意你把我看透。"苏子昂小心翼翼地说，"否则老觉得欠你什么似的。”

“你要是心里有了别的女人，在梦中叫出名字来怎办？”归沐兰微笑，仿佛替他担心。

“我叫出谁的名字啦？”苏子昂立刻沉着了。

“急什么。你叫‘归沐兰’，唉，真奇怪，听你这么叫我的名字，我反而觉得你离我好远好远。叫得我都害怕，我就在你边上嘛。”苏子昂抚摸归沐兰握在车把上的手，她立刻闭口了。妻子太敏感，对感情有类似于动物对天敌的直觉。爱情是一个伤口。假如有两个爱情，那么就有两个伤口。认识叶子后，苏子昂在精神上已经苍老多了。一个情人——他默语到这个词不达意时感到不自在——带来一个新的看待生活的角度：能否对过去忠诚着的东西，保持一种遥远的忠诚呢？只是，遥远的忠诚看起来竟像是背叛。

“还是转业吧。”归沐兰低声说，“否则事业有了，生活却完了。我们结婚六年，一般规律，该有个什么危机了。要是真有，你别瞒我。”

“是有过危机，坦率地说，我前途莫测，转业决心下定了，后来又收回。过去从来没有过这种情况，下定决心后又变更决心。我担心这是我质量上的危机。”

“你没跟我商量过。决心转业时没商量，改变决定时又没商量，为什么？”

“哦，我不想惊动你。”

“骗人，你想也没想到我，还讲什么惊动。你爱人家的时候也是那么傲慢，那么粗心。我老觉得，你这样的人，有家没家都能过。我怎么也不行……”归沐兰眼中潮湿，仍然保持微笑，和熟人微笑点头。她有在任何时候都不失态的本领。她的声音刚好使苏子昂听见，外人会以为两人是在亲密私语。

到公路边，归沐兰恋恋地看苏子昂：“回去吧，我心里已经好多了。回家后别一进门就抱本书看，和爸爸多聊聊，他这几天特别寂寞，跟妈妈也不说话，我不知道为什么。”

苏子昂目送归沐兰骑车远去，发现她的背影很好看，他打算晚上把这发现告诉她。他对自己这种心情也感新鲜。

苏子昂到菜场，选购几只活鱼活鸡。买完后又发现有刚卤制好的鸭四件和鸭肫肝，于是又买了一堆，沉甸甸提回来，想和岳父痛饮一回，就他们两个男人。

苏子昂进家，把东西提进厨房，岳母到单位去了，家里似乎无人，但苏子昂听见收音机在响。他朝那声音走去，看见岳父在屋里，把衬衣袖子挽到肩膀上，露出胳膊，正准备给自己打针。他患有严重的类风湿，每天需注射一种复合针剂。前几天卫生所的小护士叫他等了半小时，他一怒之下把注射器和药品都拿回家，自己给自己打。所长向他道歉也无用，他原谅了小护士但坚持“不给你们添麻烦了”。实际上他把自己打针当做一个乐趣了。他把注射器举在阳光下，排去针管内的气体，瞟一眼在门口吃惊的苏子昂，好像等待评价。

“爸爸，你还是应该到卫生所。你只会用右手往左臂上打针，时间长了，那块肌肉会坏死。”

“谁说的。我也会左手拿针，朝右臂上扎，不信我下午打给你看。”

“哦，不必。我相信。”

岳父拔出针头，用棉签朝针眼上按一按，把针管扔到消毒纱布上，道：“还有几针就完了，想打也没得打了。”

“是不是有点遗憾？”

“我已经很熟练了，卫生所人说不比她们差。我就是想叫她们知道，我们这些老头子不好随便欺负，她们拿不住我们。”

苏子昂告诉岳父，他已在高级指挥学院毕业，去向已经定了，还回部队当团长。同学当中大部分都被提升一级，甚至两级，而他看上去就像犯了错误似的。他建议喝两杯，把打击消化掉。

岳父嗬嗬笑：“喝两杯？我要是倒一次霉就喝一次酒的话，那可算是福气喽。没事没事，有快有慢，正常现象。我当科长的时候，科里的参谋，现在是军区空军参谋长；我当处长的时候，处里的参谋，现在是总参的部长，我呢？离休时才改成个副军，当然还有不如我的。那个谁谁……”

“是不是宋泗昌？”

“就是他。当年成立空军，从陆军抽人，本来该他来，一考核，他数学不行，才没要他，让我来了。要是他数学行了，如今能当上中将吗？说这些没意义。”

“都落到一个人头上，就有意义了。喝两杯？”

“啊，醉醒之后，人更难受。”岳父犹豫着。

苏子昂发现他不是不想喝，而是怕难受。他把酒菜准备好，岳父望一望，也靠过来了："半上午的，喝什么酒嘛。"

两人略饮几盅，都感觉气氛好起来。苏子昂直率地问岳父这些天为什么苦闷，他沉默很久，道："有个熟人死了，上个星期死的。"

苏子昂愕然，过一会，小心地为岳父斟酒。

"我年轻时，爱上了她。她家庭出身不好，组织上不准我们结婚。我坚持要和她结婚，组织上警告我，结婚就是退党，转业处理。我软下来，和她断绝了关系。后来和沐兰母亲成家了。上个星期她去世了，终生没有嫁人，养子为她送葬。我过了几天才知道消息。沐兰她妈不高兴。就这些。"岳父喝酒，不说了。

苏子昂从寥寥数语中，忽然产生出巨大的感激和巨大的渴望，毕竟是两个男人坐在一起呵。他忍不住，将自己和叶子的关系以及苦恼，统统说出来。岳父一次也没有打断他，理解地倾听着，这时他的眼睛和归沐兰的眼睛非常相似。

"其实，你不必告诉我。"

"没准备说的。但是听了你的事情后，我忍不住。我们有一样的苦恼。"

"你爱归沐兰吗？"

"非常爱。"

"现在回到家里了，还想念叶子吗？"

"说不清。你理解吗？"

"三十年前就理解，对此我也没什么办法。"

"我不需要什么办法。"

"和沐兰谈谈吧。"

"谈什么呢？"苏子昂苦笑，"这种事如果能变通圆满了，妈妈在那人去世的时候，还会生你的气吗？我不会再和叶子见面，我也不想让沐兰伤心。"

岳父点点头。苏子昂从中认出信任，共同遭遇使他们彼此亲切，毕竟是两个男人之间的谈心呵，能够像默契那样融合在一起。苏子昂把内心隐秘交了出去，终于感到这个家是他的了，接着感到波浪似的醉意。

15. 隐去的语言

苏子昂和岳父都不再矜持了。岳父常到苏子昂屋里来，摸摸书橱，看看四下，谈一番他将写的回忆录，试图引起苏子昂的兴趣。苏子昂大胆否定他的设想，那一类故事每个抗战干部都有一打。他建议他练练书画什么的，或者和沐兰母亲出去旅游。岳父说：“这一辈子我还没和她一起进过商店呢。”他不干，固执地坚持他的回忆录。

苏子昂惬意地过着自己的假期，发现生活每天都不一样，他浸泡在里头很舒服，生命在自我补充。他想，人懒一懒真好，接下去的勤快也更有味道啦。

这天吃罢早饭，归沐兰坐着不动，待父母都离开时，她对苏子昂道：“送送我们。”话声很低，苏子昂有不祥之感。他抱起女儿放到妻子自行车后座上，同她们一起朝远处走去。女儿爬下车，提提裤子，摆着两条小胖腿跑进铁门，苏子昂胸内有样东西跟着女儿跑。妻子推着自行车径自走开，苏子昂追上去与她同行。

“我在你的书里夹了封信，昨天夜里写的。”

“什么信，是写给我的信吗？”

“你是个最不长眼的人！……我们从来没有为那种事吵过架，我不知道该怎么说，我说不出口，所以写给你看。希望你尊重我的要求，再见。”

归沐兰坚决地扭头，闪出个硬硬的眼神，骑上车走了。苏子昂慢慢归家，收拾着自己纷乱的思绪，灾难已经撕开了口在前头摆着了，他迅速冷却，仿佛一下子站到天边。呵，原来自己对这一刻早有预感，可能在梦境中设想过多次吧。妻子的方式——写信，才最使他意外，再想想又觉得最符合妻子的个性。每天睡在一张床上，有话不说，却站在遥远的地方写给你看，冷静到极致了么？冷静的夫妻关系还能叫夫妻么？

苏子昂在抽屉里找到《西洋世界军事史》第二册，心想灾难总是和著名的思想放在一起。他打开夹在里头的信纸，看见字迹混乱，才稍微舒服点。要是字字工整，一笔不乱，他会恐惧的。他站着读它，想关门，但没去关。

子昂：你和父亲喝酒的第二天，他就把一切都告诉我了。我难受得真想死去，我太伤心了。你怎么会出这种事？既然有了这种事，你也应该告诉我而不该告诉父亲。因为我与这事关系最大而不是他！当父亲告诉我时，我最难受的就是：不是你在说而是他在说。我百思不解，你这样做是什么目的？如果你勇敢，应向妻子坦白，不必用我们的不幸去折磨老人。

你怎么还会指望父亲对我保密？你忘了吗？他是我父亲，不是你父亲！

我太吃惊了，你在这种事上也傻到这种程度，忘了所有的父亲都希望做女儿的幸福。我好多次想和你谈，又开不了口，我在等你主动开口，可你竟然看不见我的心情，你平时的精明到哪儿去了？你粗心得要命！你知道吧，我一直又爱你又怕你，当面说，我一说就乱，就说不下去。你既然不开口，我也不开口，写下来更能表达我的意思。

我是普通女人，我不能忍受你背着我爱另一个女人。这两天夜里我都睁着眼，你一动我赶紧闭上。我觉得你正在想她呢，你的心根本不在这里。我恨你自私能睡得着，恨你怎么没注意到，我们一家都知道了，在等你开口，你就是不开口。你傻到极点。你夜里说什么梦话我都心惊肉跳，我已经糊涂了，真假都分不开了，我们不能这么生活。请你走吧，立刻离开家，你在边上我没法冷静地想事，你马上走，起码离开一段时间。以前你不是老来去匆匆吗？我希望下班回来时，你已经走了。

窗帘被风吹开，阳光响亮地落到信纸上。苏子昂注意一下门外动静，尽管全无声息，但他觉得岳父肯定在附近，他在这个家里像身处前沿了。他觉得自己有时比谁都傻，妻子固守着这么大的痛苦自己竟没看出来。过去，他可一直为自己的洞察力而自豪。即使和一个卓越的、素昧平生的人呆上一会儿，他也能在对方洞察他之前洞察对方，这本领总使他在人际关系方面领先一步。他回到家中就冬眠了，迟钝得像个大伙常说的好人。妻子的抑制力真够骇人了，她怎么没一个泄密的眼神儿，难道女人都这样？他深深感到被伤害的亲人的可怕。

行李很简单，往手提箱中塞两把就可以了。苏子昂敲一敲岳父的房门，像敲办公室的门。他担心岳父又在给自己打针，那种场面初看没什么，回头想想才觉得太尖刻。门开了，岳父在摆弄苏子昂给他买的电动剃须刀。

“子昂啊，这东西不错，就是不知道刀片坏了怎么办？”

“坏了吗？”

“没有，以后总会坏吧。”

“坏了再说嘛。还没坏就老想着坏了，用着多不舒服。”苏子昂站在几步远的地方，看不出岳父有任何尴尬表示，于是他自己反而有点尴尬，不知道该怎样看待岳父的出卖。他原以为他俩是朋友，男人之间的苦恼可以私下交流一下。现在看来不是朋友，是亲属，这一来他背叛自己就是对的了，而且从来没有将丈夫出卖给妻子这一说法。苏子昂明白自己越认真便越可笑。是他误解岳父，他以信任去误解岳父，岳父则一直在俯视他而且俯视着自己的一生，岳父并没有真正不可消化的愧恨。

“沐兰希望我离开一段时间，我想马上回部队去。坦率地说，在部队呆久了想家，在家呆久了又想部队。”

“拔腿就走，不解决问题嘛。”

“是的。”

“以后怎么办？”

“我希望再回来。”

“也好，有危机才有新生嘛，放一放吧，回去好好工作。”岳父过去打开冰箱，提出一只食品袋，“沐兰叫给你带上。”

苏子昂接过去，里面是面包水果茶蛋，还有切成片的香肠。每次他离家，她都为他准备旅途食品，这一次似乎更多些。他看见岳父的谴责的目光。他想说，这些东西不自然，摔盘子打碗才自然。他终究没说便离开了。

苏子昂路过幼儿园时，才真正深刻地意识到他是要走了。孩子们在音乐中做体操，衣着鲜艳生动，闪烁着大大的眼睛，模仿前面的漂亮老师。他找了很久才看见自己女儿，她扑动双臂，弯腰踢腿，认真模仿老师的动作，渴望得到老师的赞扬。后来孩子们一同蹦跳了，把草叶的气息鼓到苏子昂鼻端，他的心一下子掉了。

幼儿园斜对过的松林内，邻居韩老正在发功收气，双臂圆抱，每一举掌都像从地下拔出千斤之物。他闭着眼皮，眼睛大概长到了手指头上，无论怎么运行，都恰恰从枝中缝隙里滑过。苏子昂欣赏他和松树的交流，看了一会，发现他的气势中蕴含漠视一切的意味。

苏子昂从两个境界当中走开，手里提着茶蛋什么的。太阳盯住他不放，他逐渐张开了身体，在行进中透透气。他什么都不想。什么都不想可真舒服。他步子越走越快，逐渐进入了他最喜欢的韵律。

第四章

16. 有所思

宋泗昌用餐巾纸揩揩嘴，放到酒杯旁边。陪同人员也用餐巾纸揩揩嘴，对叠一下或两下，放到不显眼的地方。宋泗昌正欲说话，先打了个嗝，这个嗝立刻使气氛松动。他笑道：“今晚我不找人谈话，不开会也不看文件，我要放松一下，我也是人嘛。怎么样，今晚有什么活动呀？”

师政委刘华峰闻言，仿佛悲伤似的，轻微地摇摇头，以责备的口吻说：“唉，首长不发话，我还不敢说呐。你确实需要放松一下，一个月跑了十几个单位，人停下来脑子也停不下来。都像你这样抓工作，我们也顶不住啊。再说，首长这个节奏——比方首长走后，我们可以放松几下，而首长你一天也没得放松，你还得到下一个单位紧张去。这个节奏绷得太紧啦。”

宋泗昌嘀嘀笑：“刘政委好口才，一个话叫你一说，就说出好几个味道。”

刘华峰估计，宋泗昌心情好转证明他对本师工作基本满意，否则他不会主动提出“放松一下”。这意味着，从现在起，他允许相互关系变得亲密些了，不必提心吊胆了。在宋泗昌离开本师之前，必须安排一个好的结尾，下次见面还不知道是何年何月呐。

刘华峰面呈疲乏状，片刻后又异常精神，道：“我认识首长这么多年了，还不知道首长你喜欢什么娱乐项目。在我印象中，首长个人好像从来没有娱乐。

我承认，下级也有官僚主义，嘿嘿。师里是小地方，有个俱乐部，设施倒不全面，是不是去打扑克看看？”他眼望着陈秘书。

陈秘书道：“宋副司令从来不碰麻将扑克之类的东西。”

“宋副司令和其他军区首长不一样！”刘华峰观察宋泗昌反应，怕此语说得太过。见无异常，又道：“我已经叫电影队准备了几部片子，有《伦敦上空的鹰》《莫斯科保卫战》，还有几部其他方面的。”

刘华峰不说是哪方面的，他打算让宋泗昌到场之后自己选，想看什么就看什么。人员范围小一点就行。

宋泗昌问自己的秘书：“我看过没有？”

刘华峰心中为此语喝彩：问得不凡！

陈秘书回答：“《伦敦上空的鹰》，您在279师看过录像；《莫斯科保卫战》，您看了一半，就去接北京长途了，下半部没看，太长。”宋泗昌淡淡地道：“我听从安排，怎么都行。”

刘华峰真的发急了，自己居然找不到宋泗昌的兴趣点！他迅速考虑着，脸上一点不流露。末了，他以汇报的口吻说：“师医院有一支女子篮球队，水平不错，球路也野，她们几次提出来要和师常委赛一场球。以前赛过一场，我们输了三分。不是输在球技上，她们占女性优势，我们不敢放开手脚，才让她们占了便宜。”

宋泗昌蛮有兴趣地问：“女子队？”

“全是女兵，平均年龄19岁吧。”

“哈哈哈，丫头片子嘛，你们怎么能输给她们。要是我在，才不管他是男是女，我认球不认人。”

“那就邀请首长助我们一臂之力，参加师常委队，今晚就和她们赛一场。”

“给我找套运动衣来，”宋泗昌双目豁然生光，对搓着两手，“还有鞋！我要试试她们野到什么程度。”

“上汤来，”刘华峰朝侍立一旁的管理员叫道，又笑眯眯望着宋泗昌，“穷菜富汤。招待所有两道汤味道不错，首长尝一尝。”

略坐一会，刘华峰亲自去给师医院的院长打电话。“把你们球队的姑娘集中起来，新闻联播之后，也就是7点半，准时到达师部篮球馆。”刘华峰估计宋泗昌要看新闻联播。

“今天是周末，都跑出去了。”

“全部找回来，开车去找！只许多不许少！军区宋副司令加入师常委队和她们赛一场。不过你不要告诉姑娘们有宋副司令，叫她们放开来打。”

院长问：“要我们赢还是要我们输？”

“庸俗！我说了，放开来打嘛，场上不分职务高低也没有男女之别，只有球。你想赢还未必赢得了。”刘华峰最担心她们让球而被宋泗昌看出来。

“明白了。我带队，按时到达。”

“我又考虑了一下，你们提前点，7点整到场等候。”

“去那么早干吗？”

“你照办就是。我让这里准备好水果饮料，来早了你们就在休息室啃香蕉嘛。”

刘华峰又转到篮球馆，把所有的灯全部打开，再一盏盏关掉。全部关掉后，他在黑暗里站立片刻，又全部打开。他踱到中心圆附近，用鞋底搓搓地板，朝四周看看，然后凝定在那里。宣传科长不知何时进来的，蓦然在距离刘华峰很近的地方开口了：“政委，听说宋副司令想活动一下？”

刘华峰望着这位他喜爱的干部，足足两分钟不说话。正是这种不动声色的矜持，立刻把两人之间的距离拉开了。宣传科长过于灵巧，任何事情都能很快知道。对于他的这个本领，刘华峰有时赏识有时却恼怒，觉得不能叫他知道得太多，知道了也要从他脑子里挖出来。还有，也不能叫他觉得自己太重视他了，别老是主动地朝核心部位上靠。

宣传科长在沉默中拘束不安，眼睛不敢对视又不敢转开。他惶惶地思索这几天自己有什么失误：政委要的汇报材料，师里半年工作总结，干部整训的经验汇集……他想不出有什么失误，但又觉得肯定有，否则政委不会这样看人。

“活动一下。”刘华峰淡淡应了一句，解放了宣传科长。刘华峰原地跺跺脚，“你叫公务班来人打扫一下地板，不要有沙子。”

“已经通知了，他们马上来。”

“记分牌啊，供电照明啊，卫生所啊。”

“都交代了。记分牌换新的，仓库里有，很漂亮。发电机也准备好了，万一地方断电，军械所的发电机五秒钟内可以恢复供电。卫生所张军医来，带上必需药品。”宣传科长声音渐渐正常，人也靠近刘华峰，“政委，您看要不要调几个连队来观战？增加点气氛。”

“可以，通知吧，7点半进场。”

“裁判还是叫吴干事担任吧，我告诉他掌握分寸。”

“什么分寸？”刘华峰低声喝问，“不要分，我亲自吹哨。”

“政委，小吴是国家一级裁判，有正式证书的，吹过全国甲级队决赛。师里的一宝哇。”

“我刘华峰是正师职裁判！比他差啦？”刘华峰微微一笑。

“乖乖，今天是超级阵容。场外的事，都交给我办，政委你放心吹哨。”

“有一件事，今晚你专门陪宋副司令的秘书，给他找些录像片看，我估计他对球赛没兴趣。告诉他是我叫你去的，我抽不开身，没法陪他了。”

宣传科长受命离去，刘华峰又转悠一会，待公务班来人了，才离开篮球馆，朝宋泗昌下榻的招待所九号楼走去。

门口的警卫朝刘华峰敬礼。刘华峰回礼，走过去后又停下身来，打量警卫。问：“枪套里有枪吗？拿给我看。”

警卫取下手枪套递给刘华峰，他抽出手枪，退出弹夹，检查一下：空的，合乎规定，又插进去。再拔出枪套外面的备用弹夹一看，压满黄灿灿的子弹。他温和地问：“连里交代过没有？这里的岗哨佩枪不配子弹。”

“我忘了检查……”警卫茫然。他不懂事情的严重性。

“我是问连里交代过没有？”

“说过一次。”

刘华峰把子弹一颗颗退下，放进自己口袋：“有规定就照规定办。下岗后叫你们连长到我这里来领子弹。精神点！”

刘华峰上楼，暗中交代自己：别为此事生气，全师只有一个刘华峰，不能要求别人都跟我一样。又暗叹：我如此处处用心，心已用烂，绝非成大事者……他忽然放慢脚步，暗自惊呼：啊，宋泗昌真敢穿哪！

宋泗昌已换上一套湖绿色运动服，足登雪白的球鞋，在屋里深深地弯动腰身。色彩鲜明的运动服给他增添不少活力，而他给那套运动服增添的似乎更多。在刘华峰看来，那种运动服从来没这么有形有味，穿在宋泗昌身上跟穿在别人身上大不一样。他活动身体时多么从容，每一下都仿佛推开一座山，人若不到某种境界就不会有这种收发自如的气势。刘华峰在边上看着就感动，很想把自己也化进去。他倾心相许并感觉自己升高了，他渴望将自己交给这样一位领导，也就是交给一个亲切的理想、一种不凡的精神。

宋泗昌看他一眼，没有停止动作，说："下部队比呆在军区好，自在。你的人准备好没有？"

"准备好了。"

"我们的人呢？"

"有师长、副师长、参谋长、主任……"

"你呢？"

"我吹哨子。"

"导演？哈哈哈，有劳你喽。在军区时，别人一提280师，我首先想起的就是你刘华峰。同样的事，你办起来总和别人不一样，有点变化。哎，你当年怎么没干军事？要不，该是师长喽。请坐，我一会就完。"

刘华峰欣喜，甚至略见羞涩。宋泗昌从来没这么亲昵地夸奖过他，刚才话中的意思，可能包括对师长不大满意，果真如此就太重要了。师长和宋泗昌同属军事干部，按理讲，血缘更近些。但是宋泗昌竟然将自己单挑出来，"一提280师就想到你刘华峰"，等于轻描淡写地否了师长一下嘛。宋泗昌真有胆子，真痛快。

"我把潘成汉同志当兄长。在大的方面，他的能力比我强。我只有多做些具体工作。"

刘华峰自感这些话极为妥帖，一是表达了对师长的尊重；二是讲明了自己比师长年轻；三是暗示出师里的工作主要由自己抓。和往常一样，心思太满的话一旦说出，他就有些不安。

果然，宋泗昌毫无反应。他继续甩臂弯腰，满意地谛听自己骨节响，运动服散发着新鲜织物的气息，片片光辉乱抖。刘华峰继续期待一会，仍不见回答。他以为谈话结束，宋泗昌收回亲昵了。

忽然，宋泗昌指着墙上一个小黑点："你看，那是什么东西？"

刘华峰以为是个墨水点，要不是个钉子。走近细看，竟是一只苍蝇。它抓着墙壁不动，离地近三米高，挥之不去。

"它已经死了。"宋泗昌在他背后说，"去年冬天我来师里，也是住这间屋，它在屋里乱飞，轰不出去。后来它停在那里不飞了，我也没管它。哦，我一点没有挑剔卫生条件的意思。我想说的是，今年我又来了，一进门就看见它，它还站在生前阵地上，这份顽强劲头够吓人的，虽然只是个小苍蝇，叫我胡乱想起好多东西……”刘华峰生出深远而茫然的感觉，他不适应宋泗昌大幅度的思维跳跃，豹子似的，一闪就到天边了。这种潇洒的踊跃是宋泗昌的权利而不是他的，他只有跟上去，不假思索地跟上去。他从宋泗昌瞳仁里看出晶亮的含义，他因为无词而惶恐，更加叫他惶恐的是，他还不知道宋泗昌迅猛跳跃的思维扑向什么目标，想表明什么目标，想表明什么问题，是否有所指。他敬畏深不可测的领导。

宋泗昌说：“我在心里向这只苍蝇敬礼。你们不要碰它，它要站到什么时候，就让它站到什么时候。”

“首长，每次听你说话都受震动，够我消化半天的。”

“过奖喽。我嘛，有点虎气也有点猴气。有些话是说给别人听的，有些话是说给自己听的。谁没有两种语言？区别只是出声不出声罢。”宋泗昌示意刘华峰坐下，“正常情况下，要是把不该出声的话大声说出来了，人就会跌跤子。可有些情况呢，你们不该出声的话大声说出来，就威震四方，就高人一头！在阁下领地内，我比较随心所欲，说话放松。”

“首长身上有一种大无畏的精神。我最缺这种精神，忧思过度，难成大器。我一辈子恐怕只会举轻若重，战战兢兢，陷在事务堆里。上面指到哪里，我跟到哪里。心里想超越，脑子也会下令停下来。”

“你说得如此透彻，就已经有点大无畏了嘛。可见你这人啊，平时压抑自己，稍许受点刺激，也会提起胆子，甚至胆大过头。我说的对不对？”

“正确。我有时就恨不得把自己摔出去算了个球。不是想出名，是想求个痛快。”

“唔，别让这种念头消失，宁可压抑着也别让它消失。你知道吧，我 30 岁以前人家怎么评价我？一手提着脑壳，一手提着两卵蛋子，冲锋陷阵……”

刘华峰哗哗乱笑，直笑得失态而不自制：“精彩哎！既是军人又是男人，你两样都没丢。”

“嚯，把潘成汉当兄长，把个师长供在那里。这就是你们关系的实质，我说的对不对？”

刘华峰愕然。宋泗昌又在大幅度跳跃了，他被他的速度和锋利弄得目瞪口呆。

“军政一把手的相互关系问题，是我军独有的老问题了，决定一个班子的生命。在这个双一把手问题上，有人出声，有人不出声，也是两种语言两种看法嘛。我的态度很简单，让实践去解决。政委有能力，政委就自然成为一个师的核心；师长有能力，师长就成为名副其实的一师之长。两人都有能力呢，那就相互配合又相互竞争，于是，上一级领导变得更为重要了，有趣吧？其余的我也不想多说，只提醒你一句：一荣俱荣，一损俱损。哈哈哈，大而言之，军事统帅和政治领袖之间，也有不可解的矛盾嘛，天然形成。比如‘二战’中德军统帅和希特勒，朱可夫和斯大林，多啦。将帅们有时最感到苦恼的，不是对付敌军，而是怎么适应自己的领袖。我说的对不对？”

刘华峰声音颤抖：“非常对……”

“对就是对，不必加个‘非常’。你是政治干部，我是军事干部。如果不出现意外的话，我成不了统帅你也成不了领袖。哈哈哈……意外！我的意思是，身为军事干部，一定要有成熟的政治智慧，这样你的军事才干才能发挥作用。同样，你这个政委，也一定要超越本职局限，打进军事领域里去，即使不专，也一定要通！如果一个政委能够以自身的军事素质而自豪的话，哈哈哈，告诉你，其乐无穷，其福也无穷。谋求权位，往上爬，总是有个限度吧？总有上不去的一天吧？而且，也太暴露了吧？人家一眼就盯住你了，偏不让你上。‘官帽子雨点般往下掉，怎么一顶也掉不到老子头上啊。’还是加强一下精神追求，这方面疆野无限宽阔。我说的对不对？”

刘华峰坚定地回答：“对！”

宋泗昌失望地说：“其实，我一直期待你反驳我。这几年来，我少有谈话对手，我原以为你是一个人物。你看上去像有很大内心矛盾的嘛，这是使人深刻的首要因素。”

“我没有……能力。”刘华峰笑着不动。

宋泗昌忽然想起一张熟悉的脸，那张脸上的两眼总含蓄着意味不明的微笑。

“苏子昂没消息吗？”

为什么突然提到他？刘华峰闪电般命令自己轻松下来，再叹口气：“没有消息，我一直盼着他快些到职，估计他还在家里，假期还没完。我不准备催他。”

“你对此人有何看法？”

“坦率上讲，要叫我选的话，我情愿选一个弱些的。他有隐藏很深的傲气，精神上碰不得。”

“大实话。我了解此人，我也坦率地讲点看法，你听后别传。苏子昂是个典型的对现实不满的人，而且相当有深度。既能来严肃的也能来幽默的，既有思想基础又有几十年的军旅生活实践，所以，难改！不过嘛，他对军队现实不满，绝非反党乱军篡权，而是想改变现实，推进现实，是一种积极的不满，渴望有所为，建立一支新型人民军队。但是，有些问题走过头了，大大走过头了。他嘴上不说，心里在想，在质疑。那么，嘴上说的是什么呢？是国防战略思考，是军队的政治形象已经大于军事形象，是大笔军事预算被错误决策浪费掉了，是‘灰色系统’运用于军事领域，是现代军官的智能建设。等等等等。总之，说出来的，是有意义的也是我们能予考虑的最大限度的东西。聪明吧？站在最边边上，再迈一步就掉沟里了。那最关键的一步，不到时候他不会迈的，先把心理位置标定在那里，积极地把别人往前拽。他在军政大学、军事科学院、总参总政总后，有不少朋友，时常搞点学术对话什么的。研究成果和情况报告，能送到连我也递不到的桌面上，甚至能批上几个字来。能量不小，试图影响决策并参与决策。现在他毕业了，渴望有一个更高的位置，我没答应。他失望，想脱军装，放开来搞些在军内不敢搞的研究。后来还是不提转业了，服从组织了。说明他对军队还是抱有希望。对这样的干部，我的方针是：不提拔，不能让他掌大权，也不放他走——要是按他的思想量刑，够坐牢的。不让他走，目的：一是保护他，二是使用他，他的许多思考，确实有价值，确实刺激思想活力，可以转化为军队建设的动力。再者，我们应该有各种人才在手，果真有一天……”宋泗昌沉吟一下，摇摇头，“需要得风气之先的人，也要新型军官，就把他推上去！”

宋泗昌正视刘华峰：“你在想，宋泗昌押宝喽，机会主义喽，老谋深算喽……”

“不，不！”刘华峰悲哀地摆手。其实，他颇有点羡慕和妒忌，甚至想换为苏子昂。像自己这样的干部，哪个军营里都能一抓一大把，大同小异。苏子昂却立于被争议的焦点上，这个地位的特点就是目瞩万众又万众瞩目啊。

“我让他向后转，回到原职，照旧当团长，打击够大的。”宋泗昌想起曾经让他当秘书，却被他拒绝，不禁微微冷笑，“我把他放进冰箱，冷藏起来，钥匙交给你，你给我好好看着他。”

“是。”

“你怎么驾驭他呢，嗯？讲讲你的驭人之道。不要斟酌，立刻说。”宋泗昌噗噗一笑，“苏子昂讲，一思考就变形，三思就变质，有道理。让利弊掩盖真言喽。”

老提他干吗？刘华峰按捺不住与苏子昂斗一下的热望。苏子昂脑瓜子再超前，身子还停留在团长的位置上吧？总算不上是个全面成功的人吧？甚至还得接受脑瓜子不如你的人摆布吧？军队就是军队，你热爱它就得热爱权威，就得把一切指令都给我吞下去。

刘华峰清下喉咙：“首长，我献丑喽。”

“随便说。驭人之道看上去丑，确实丑。实际上可是门艺术，当领导的基本功。”

“我有三抓。第一，抓脑子。就是马列毛！坚持基本原则，树立思想大旗，占领精神制高点，用智慧去征服人；第二，抓心灵。就是关心他的级别待遇、老婆孩子，了解他的苦恼，解决具体问题，让他知道，我是强有力的朋友，依靠我最可靠，用感情去融解人；第三，抓睾丸。就是抓他最见不得人的东西。弱点啊缺陷啊丑事啊，一样也不放过，统统掌握住。让他明白，他的尾巴在我手里，我随时可以把他倒提起来，让他怕我。嗯，抓他的致命处来控制他。嘿嘿，男人身上的三个部位，脑子心脏睾丸，不可偏废。对于领导者来讲，不能就高不就低，不能怕脏了手，缩手缩脚。另外，不能搞错了手法。比如，用抓脑子的劲头去抓睾丸，那就把人掐死喽，手法不同决定成败，也体现出一个领导的水平。”

刘华峰感到，复述自己提炼已久、从不示人的思想时，竟有这么痛快。敢于展示自己——稍稍展示下自己，竟会获得如此强大的感受。他正视宋泗昌，明白自己已经无愧于同他对话。苏子昂不过是被剖析开来的例子，此刻正躺在茶几上，供他们两位领导研究、评价，再决定拿他怎么办。苏子昂知道或是不知道，都无法反抗，都丝毫不影响自己和宋泗昌行使权力、是决定者。他越有力，团就越有力，师就越有力，最终会加强师领导手中的力。应当这样理解。

由于感受到自己强有力，刘华峰生出幽默感了：“对于一般人嘛，抓一两个部位就足够。我重视苏子昂，为了给他充分的尊重，我想，他的脑子、心脏、睾丸，我三样都要抓！”

“这些观点，以前跟别的领导说过吗？”

“没有说过。也没有人问过我。我想，我这些东西算不了高深，一般常识罢了。”

刘华峰认为需要谦虚一下啦。把日积月累的结晶轻妙地言之谓“常识”，很涵养很大度的。他见宋泗昌不说话，没有爆发预期的大笑，顿时紧张起来。暗里思忖：“在宋泗昌眼里，我会不会也是个被研究的典型范例？我已经把自己摔出去了。他该不会接过那‘三抓’来驾驭我吧？我和宋泗昌的关系，不也像苏子昂和我的关系吗。领导都喜欢别人交心，把肝肠肚胆全交给他，他就愈发信任你。难道我把内心交错了人？……”

宋泗昌终于开口了：“刚才我走神了，开了个小差，脑瓜子到北京去了一下。哈哈哈。”像风中大树哗哗地笑，“你是个实干家，双倍的现实主义者。部队里有你这样的政工干部，才叫做有一个是一个。有上那么两三个，稳定一大片。我向你致敬。”

刘华峰很想知道刚才宋泗昌为何走神，想起何人何事，但宋泗昌根本不提，只道：“以后，有什么事，可以直接给我打电话，不要秘书转，报你的大名就行。公事私事大事小事都可以找我，我很愿意和280师的刘政委交流交流。懂吧？”

“首长，我非常珍视你给我的机会。”

刘华峰心儿幸福地呻吟着，终于沟通啦，我不再孤独了。真奇怪，一位军事首长却和手下的一位政工干部心心相印，产生的共鸣居然比同类干部还多，这件事本身就不同凡响。此生此世，我跟定他了。我必须配得上他的期望。

“打球。场地在哪儿？人呢？”

“首长，你不看看新闻？”刘华峰意外。

“不看也知道播些什么。对不对？打球！”

刘华峰想：幸亏我有两手准备，女兵们7点钟就等在那儿了。看来，需要更深入地认识宋泗昌。

现在，这场球已经大为褪色，因为他和宋泗昌已经进行过独到的精神交流了。他渴望球场和女兵老实呆在一边，让他和宋泗昌继续谈下去，一直谈到分不出谁是谁，一直谈到彼此都把终生陷进去拔不出来的地步。最起码，应该让自己把正在建立的新关系敲实在些，铺展得更加开阔些。此时一分钟的收益，大于平时半年的辛苦。倘若就此止步，满足于刚刚开头的袒露，则可能弱不禁风，甚至带来危险。交一点远不如彻底交心那么可靠！要么不交，要么全交出去，让他彻底透视才会彻底信任我。仅仅吐露出那么一点儿，他也许会生疑：埋在肚里的究竟是什么？结果必然是猜测占据上风，“等一等、看一看”的念头代替结论。人蛮以为已经亲如心腹了，不料再行进几步，碰到的竟是模棱两可，还有含义不明的微笑。仿佛奔向月亮，老是那么遥远，又不肯遥远到让你绝望的程度。

唉，宋泗昌究竟有几副心肠？在谈得痴神忘情时，忽然嚷着打球，照样兴致勃勃。让人觉得女兵们捧着球一直在身边侍立着，他谈到哪里心内都惦着她们。和那些丫头打球，果真有味道么？刘华峰道：“可不是嘛首长，你让她们等急啦。她们准在跺脚咂球呐。”

“真的吗？我一个老头子，可以要求她们原谅嘛。”

17. 政委没有走

280 师不但有一个令人自豪的室内体育馆，还有两支半专业化的球队，队员多数是从省少年队里挖来的，占用连队名额，入党提干后，常年打球，在集团军和军区各项球赛中独占鳌头。天下太平，久无战事，体育及体能成了衡量部队战斗力的重要标准。区区数十人，给 280 师带来的荣耀简直超出一个两千人的团。军区首长都认得中锋 7 号，可哪位首长认得你团长政委呀。同样，文艺骨干，新闻人才，照相的画画的唱歌的，刘华峰都养下来，每年都往他们身上扔钱扔待遇，扔得他有时就跟流血一样痛。要是把同量的钱塞进各级干部口袋里，个人日子会多舒服呵。不行，坚决不干，当兵的一旦变成个小财主，立刻就死坐在钱币上动不了屁股。虎的凶狠是饿出来的。刘华峰何尝不知，他早晚会离开 280 师，要是在任期间把丰厚的补贴摔下来，一万五千名干部战士会深深感激本届师党委班子，显赫政绩与颂扬之声会牢牢跟随在他屁股后头，至于下一任班子何以为继，已经与己无关了。刘华峰很欣赏自己顶住了诱惑，真正把军队建设置于个人前程之上，选择一条可能身背骂名的默默无闻之路，双手高举自己的精神。

不过那只是半个精神，他还有半个不举——即：对已经举起的精神的充分补偿。

280 师多像一个王国。所隶部队占据沿海八个县数千平方公里，这一带物产丰富商贸发达，师里办有九个工厂，两个农场，若干不挂名公司和租出去的营区，还有三百多辆军车和强大的后勤维修力量……每年收益四百多万元，几年下来足可以装备一个团，但它不属于军费，属于师的资金。刘华峰有意保持这种局面：师里富，个人并不富。因此，这种“富足”相当安全，相当干净，相当可为。

体育、新闻、文艺、宣传……都是花大钱的事业，还有密密麻麻的接待、安置、迎来送往，最终都要落实到账簿上。刘华峰深谙并默许手下持这种荒谬信念：只要不往自己兜里塞，就可以理直气壮地漫天撒。为了事业。

哦，这些超编的人每消耗一块银子，都会给 280 师的名头铸上一块金。这些拿笔杆的、唱歌画画打球的，天性想出名，这种热情正可以为我们所用，借助他们把这里的工作超常地宣扬出去。

事业不仅是 种责任一种智慧，它还是一种享受。只有体味到享受者的甘甜，你才配占据事业。比如从会议室疲乏地出来，转到俱乐部，叫上一个漂亮女兵，打几局乒乓球，听听她银铃般的尖笑，足以陶醉身心，消除做领导的烦恼，唤出做男人的热力。但是，得把躁动的情欲小心翼翼掖到角落里，不能失态；再比如吃罢中饭，到文艺宣传队走走，看她们上妆卸妆彩排，审查三两个舞蹈，姑娘们拿自己的口杯泡上茶，递过来。你又有涵养又有情趣，又保持权威又养精蓄锐，眼前是一派鲜嫩欲滴的生命；倘若两支师球队赛场相逢，双方师领导必定到场督战，280 师大胜对方。你上前给队员授意：“稍让他们几个，给他们点面子。”败阵的师长强作精神。微妙之处在后头哩，今后，你无论在任何场合再见到该师长，都会觉得自己占心理优势……总之，只要你既是这个王国的主人又在精神上达到某种境界，你就能在军营荒漠里有着俯拾皆是的享受。

体育馆实际上是室内训练馆，没有看台，靠墙摆着十数把藤椅，专为观球的首长保留。球架、地板、灯光、电动记分牌，都不低于专业赛馆标准。东半场，师医院的姑娘们已在蹦蹦跳跳地练球，口里还嚼着什么；西半场，师常委们很有风度地沿罚球弧站了个圈儿，你投一个我投一个，进喽，便自己给自己喝彩，像一群自信而脱俗的专业篮球教练；派来观战的是直属队的战士，他们沿场地四周坐了几圈，目光大都盯住姑娘长腿，就是坐在西半场篮下的战士，也透过常委身体朝东头看。他们兴奋地期待比赛开始，脸上的神采，很像下操时听说今晚吃肉包子。

十几个机关干部，也找到了和自己身份相适应的位置。年轻些的，站在战士后头抱着胳臂；年老些的，大咧咧坐到运动员席上，把她们衣裳推开。

刘华峰在路上一直和宋泗昌保持半步距离，不超前也不落后，快到体育馆时，抢先几步踏进门，朝场地中一站，位置醒目，一言不发。待到全场人目光都转向他了，他又退回门口，宋泗昌恰恰在这时进门，迎头扑来一阵热烈掌声。

宋泗昌朝四周颔首微笑，蹬一蹬地面："场地不坏嘛。花了多少钱？"并不在意刘华峰的回答，径直朝姑娘们踱去。

刘华峰不动，朝师政治部副主任看一眼，副主任连忙追上宋泗昌，为他介绍这是谁那是谁。宋泗昌挨个握手，开些适宜的玩笑，瞬间就成为她们的长辈。

刘华峰默默注视四周，把参赛的师党委们、观赛的战士们，还有场地灯光，以及隐藏在窗外根本无人知晓的岗哨……都扫视一遍，最后才把目光投向姑娘——他的编制之外的女兵。

刘华峰的心被敲击了一下：她们裸露的长腿白得刺眼，以前从没有白成这样嘛！哦，是给深色运动衫衬的。她们站成一排，点足弹腿，轻轻扭腰。有的俏笑有的不俏。短裤后袋塞着小手绢，不时抽出来朝脸上小心地拭一拭，再塞回去，提一下短裤。三两个人留着长长头发，用彩绸束着，一弯腰就搭到脚背，再一后仰，凸起几乎要跳开的乳房，头发飞回脑后，倾泻下去……闪光灯啪啪，吴干事照相。刘华峰暗中叹气：多此一举！叫他们办他们就办过头，不晓得把握一个度数。

果然，闪光灯一亮，宋泗昌就离开女兵，回到西头党委队，抬手接过一个传球，投篮。

吴干事走过来道："政委，我都给你准备好了。"指指记录台上的裁判哨和记时表。

"哦，还是你吹，你是一级裁判，上吧。"

刘华峰认为，已经不必亲自上场吹哨了。

"这场球可不好吹，要挨骂。"

"铁面无私，这是一；第二，把握好一个度，让他们打得快活就行。"

现在刘华峰身边空了，没人。他一眼发现胡小兰在望自己。这胡小兰啊，肯定有事。他有意不看她。但是胡小兰一边拍个球一边靠过来："政委，又把我们弄来展览啦。"

"说话注意，好好打球，争取赢他们。"

"你干吗不上？我想赢你。"

"篮球我不行，想赢就打乒乓球。"

"什么时候找我打乒乓球？说准日子。"

刘华峰有些不自在，周围人开始朝这里看。胡小兰是姑娘里最漂亮的一位，口舌又辣，经常陪刘华峰甩两板乒乓，或是节假日带两个女伴闯到刘华峰宿舍来热闹一番。他喜欢她，但不愿意她利用这种喜欢，更不愿意别人看到自己在躲闪什么。一躲闪就有鬼。堂堂政委，喜欢一个部下，有什么可瞪眼的。我偏偏喜欢给你们看！他清了下喉咙："小胡，我要批评你喽，听说你拼命学外语，业务上不努力，有没有这事？"

"嘻嘻，当然有。师医院这点业务，上去就会……哎哟！"她猛的一掌击向自己大腿，夸张地叫，"还有蚊子呀！"

胡小兰击腿的声音异常清亮，惹得半场人都转过目光，清清楚楚地看见，她那雪白粉嫩的大腿上留下个鲜红的巴掌印儿，而且越来越红。

刘华峰本想再说几句，此刻得赶紧摆脱她："有什么事，找你们院长。现在回场上去。"

胡小兰朝边上高声道："院长，你听见了吧！"颠颠地窜回场。一边跑一边拽着紧绷绷的短裤。

刘华峰身边又空了，真好，恰当的孤独比什么都好。他可以让精神歇息片刻，被人们遗忘的片刻，让他获得一个鹰的角度，高踞于人迹不至的山崖，或闭眼倾听，或默默俯视，暂时不再盘旋。

球赛开始，刘华峰坐在正中间靠左的一把藤椅里。正中间这把藤椅，理论上保留给宋泗昌，尽管他才不会下场就座。

师医院韩院长过来了，距离刘华峰三米开外就重重叹口气，仿佛担心他没听见似的，到近处又叹口气，再把上身倾斜到刘华峰脑后，既不妨碍刘华峰视线，又便于交谈。

刘华峰纹丝未动："找我三次啦。老韩，干脆我搬到你院里住算了，反正我该住院了。上个月腰骨扭一下，到现在没回来。”

韩院长用手遮住嘴，以免口沫溅到刘华峰脸上：“政委呀政委，知道你忙。但你忙一次顶我们好几次呀。你要是真有空住院，我给你联系厦门疗养院。”

“说事吧，简短点。”

“这个一：四位军医晋升技术级的问题？”

“报上来，够标准就调。不够再想办法。”

“这个二：胡小兰打报告结婚……”

刘华峰皱眉，他最烦这些女娃们结婚生孩子一类的事，在这个阶段里，她们对师里来讲，一点用处也没有。还有谈恋爱啊找男友啊，也属于她们带来的副作用。

“结婚好嘛，你们吃糖还要报告我？”

“她想把男方调来，两口子在师里扎根。”

“有一技之长吗？”

“军通信营教导员。”

“职务高了，不好安置。”

“那么胡小兰就要求调走。她找我，我说我做不了主。”

刘华峰尖锐地扫他一眼，什么叫做不了主。他慢声道：“你可以做主。”

韩院长谨慎道：“其实，调走对她前途有利……”

“我说过，你可以做主，你应该做主。就按照对她前程有利的办法办嘛。”

韩院长惊讶：政委真的舍得她走？……又往深里一想：政委没说“调走”二字，而是一口一个“你做主”，而是“按照对她前程有利的办法办”，这就有多种理解哪，难道留在师里就对她前程不利么，谁敢说不利？韩院长立刻悟到此事应当拖而不办，拖泥带水就是一种“办”。最后真可能把那教导员调来。

“这个三：院里本年度补助经费，最低限度也要三万左右。”

“找副师长，这是他主管的。”

“是要找，我想先跟你汇报一下。”

刘华峰沉吟，看见胡小兰正在带球上篮，奋勇突破宋泗昌横在她胸前的胳膊。两分。回场时，朝刘华峰抛来一个娇笑。她丝毫不在意男人碰撞她身体任何部位，当然也毫不忌讳地碰撞男人。有她在，姑娘们受到野性鼓舞，拼抢积极，一旦和老头撞个满怀，全场喝彩声雷动。刘华峰目光追逐胡小兰，看见大腿上的巴掌印儿仍未消失。心想：怎么会那么嫩呢？口里却一点不乱。

“你呀老韩，不要一口咬死三万，让副师长说个数，懂吧？就说我做不了主，要找他。懂吧？看，他下场休息了，你送条热毛巾去嘛。”

韩院长急忙挤到副师长边上，递上毛巾和饮料，然后表情痛苦地低声诉说。副师长喘息渐止，注意听，似乎给予他几点指示，韩院长连连点头。在周围人看来，副师长即使在赛球间隙，也有躲不掉的工作找上来。韩院长离开时面容灿烂，远远朝刘华峰亮起四个手指头。一闪又收回。

刘华峰暗道：四万！哼哼，常委会上我还要给你压回二万。你怎么来还得怎么去。

宋泗昌是场上核心人物，得球特别多，常委们有球就往他手里传，他投篮挺准，很快就成为姑娘们重点防卫对象，朝他身上扑，又像扑球又像扑人。他不惧围剿，灵巧带球，引得姑娘们团团转。观众像看表演，掌声鼓得很有味道。刘华峰一寸一寸检视宋泗昌躯体——他还从没见高级首长裸露这么多躯体，他怀着品味某种秘密的心情，目光敲打宋泗昌的每块肌腱：老而愈坚，像鼓凸的树根，多好的本钱，此人不再上升才怪呐。他究竟是怎么保养的？大脑里装那么多东西，身体上却看不出来。他不像别的首长，就凭大胆裸露这点就不像。他扒光了衣服更觉痛快，尽管眼前全是女人健美身材，尽管其他党委腰腿也比他更有样，可他一点不内疚嘛，他撞击人家和被人撞击都透着精神气儿嘛。这种人掉在人堆里也能一眼挑出来，不然，掉转眼睛也觉得有东西拽你，像漏看一个威慑。

刘华峰忽感渺茫，某件很锋利的事扎在体内找不着，他屏息追踪，那事儿终于跟打嗝似的从胸中顶出来。他当兵那一年，跟一位团长当通信员，有一天坐吉普车，车跑得正野，团长把头挂到窗外，顶着来风叫：“操！操！……这地方不赖，停车，下来撒泡尿。”于是，他也跟随着下来撒尿。团长登上大石头顶，掏出来就不管它了，双手叉腰，临空喷撒，完了一收后腰，塞入裤裆。团长摇晃肩膀下来，问：“尿了没？”“尿了。”“往哪尿的？”他指一个树，刚才他躲在那旮旯里尿的。团长大叫：“朝大处尿啊！小鼻子小眼，你那叫什么尿。”……不错，同样一泡尿，人家就对着大地高天，自己却尿一个小角落。这就叫气魄，叫境界。

刘华峰又恢复了巅峰感觉，对面前一切，左眼欣赏，右眼审视，大脑在磨砺一个个念头，身子基本不动。他又有一个发现：虽然场上热闹非凡，但是，看看场外密密麻麻的眼睛，只知热闹，根本不知有人正欣赏、审视着他们的眼。其实那一圈圈眼睛才最值得一看，特别是在他们不觉察的时候。

不堪一击。眼。滴溜溜。

眼里可以挖出无数心思。

我能看到他们的眼，但看不到自己的眼。眼什么都能看，就是看不到眼本身。

球赛十分成功，我又让他们满足一次。

要是我坐这里不动，同时把我从身体内抽出来上场，多妙！我会和胡小兰配合默契，投进个球也朝坐这儿的我笑一下。

她们的短裤都汗湿了，亮闪闪。保卫科长说有人偷她们的短裤。我说犯这毛病的人要么孱人一个，要么心机受损别有怪才。哦，我没那么说，我说这种事不查不好，查了更糟糕。

苏子昂屈就团长，分明是等待时机，让此人绝望可不容易，他进入我的序列肯定会搅乱规范，此人的才华就在于乱中取胜。越是稳定，他越是无计可施。

……

刘华峰放纵心绪，面前的球赛居然能刺激思考。万众昏昏唯吾独醒。陪着你们笑一笑吧。刘华峰鼓掌，正是在该鼓掌时候他鼓掌了。对于球赛他似看非看，不过，每次鼓掌他都鼓得很是地方。

刘华峰起座走向一侧，军帽留在长条桌上，保温杯盖敞开。旁人一看就明白，政委没有走。

他去去就来。

18. 适度的关切

宋泗昌的陈秘书在房内看录像，宣传科长依照指示陪着。录像片是内部的，枪战和做爱都打上字幕。大概翻录过几次，图像烧得人眼仁儿疼。刘华峰一进门就觉察到寂寞，因为宣传科长见到他就像见到救星，明显松了口气。怎么搞的嘛科长，竞技状态不佳，今天白给他个机会了。

“坐坐坐。”刘华峰坐进宣传科长让开的位置：“这类片子啊，只能看不能想，一想到处都有漏洞。我们小地方，弄不到奥斯卡奖的。”

陈秘书说：“刘政委，你太周到了，专门跑一趟干吗，我看得挺带劲，你忙你的去，科长也不必陪。”

“你今晚没吃好，”刘华峰拍一拍陈秘书软椅上的扶手，“肯定没吃好。菜太辣，首长喜欢吃辣的，餐厅就来个饱和轰炸。你是江苏人吧？肯定没吃好。”

“还行还行，当秘书的，这方面也要锻炼。”

“连你都没吃好，我能吃好么？我是厦门郊区人，太辣也受不了。”刘华峰对科长说，“到餐厅看看，弄点小吃送过来，请他们快一些。”

刘华峰确实有些饿，晚宴上他只象征性地动几筷子。在此之前，宋泗昌一直没和他有过实质性谈话，致使他每分钟都处在临战状态。唉，现在好喽，饿得真舒服。

“老陈啊。”刘华峰把大半个身子都扭到年轻秘书那边，“有什么需要我们办的事，尽管说。首长的也好，首长家属的也好，你的也好，尽管说。”

陈秘书显然听惯了这话，恭敬地回答：“谢谢政委。首长没指示。”

“那好，以后你要有什么事，打电话找我好了。你放心，你的事就是你的事，我不会把你的事当成首长的事。下面人老把秘书的事和首长牌子挂一块，庸俗嘛！秘书就不能有自己的事啦？就因为跟着首长，该提的事也就不好提啦？”

陈秘书精细地回味着，连连点头，感动了。欲言又止。

“无论首长将来是上是下，我们对你都会一如既往。我们不赶热闹，也不搞人走茶凉。”

陈秘书长吁一气：“太深刻啦，我们当秘书的最大担心就是首长前途，别人也是拿首长前途如何，来衡量秘书的价值。现在首长就在台上，没什么可说的，要是一旦下台，秘书就好像欠过无数人的债，都觉得跟人你跟亏了。好！我现在啥也不欠，公事公办，好日子当孬日子过，交几个真心朋友……”

宣传科长端着托盘进来。热气腾腾的小笼包子。陈秘书立刻住口。刘华峰器宇非凡地一挥手臂：“不能亏待自己！虾仁馅。放开吃。不够再拿。”

陈秘书掏出手绢揩揩手，很秀气地用二指拈起一个，完整地落进口里。鼓鼓地嚼。点头。仍然用两只用过的手指拈起下一个包子，再完整搁进口里。整个过程中，那两只手指不碰其他对象，以免弄脏了。

刘华峰连吃数个，很过瘾，端起面前茶杯喝茶。宣传科长哎呀呀惊叫：“政委，我给你泡一杯。”

刘华峰早知道这是宣传科长喝过的茶，不服地说：“我就不能喝你的茶啦？喝一口就脏你杯子啦？你可以给自己再泡一杯嘛。”

陈秘书道：“刘政委，我和首长有一个共同感觉：你具备军事指挥员的气质。”

刘华峰摇头，像否认，更像是承认之后推脱偌大赞誉。他起身抱拳，朝陈秘书拱一拱：“老陈啊，包子也吃了你的，茶也喝了你的，我要先走一步喽。宣传科长归你使用，需要什么一定要开口，跟他说就和跟我说一样，可能还比我更管用呐，哈哈。”两人刷地起身，变得幼稚了，有些手足失措，一直把刘华峰送出楼，望一望背影，又彼此望一望，好半天口讷。再进房落座后，两人立刻融洽，都抢着说话。

刘华峰拱手一别很有风度，他洞悉这点又不在乎这点小意思。陈秘书已经把内心含到嘴里了，要是包子不进来，那心儿肯定落进开花。刘华峰满意自己没套问上层内幕，没打探首长心态，他才不靠这等伎俩过日子。首先是，精神上和一切首长摆平。其次，侦探一类的技巧，让手下人去发挥吧，像陈秘书这样不大不小的干部，也要碰上个不大不小的干部才最对路，才会神神叨叨。刘华峰有一条很有把握，自己的初始形象已经牢牢立住了，陈秘书忘不掉280师刘华峰。他没法忘掉！

官虽不大，位置关键，这就是立在首长门外的秘书。即使不能促他在首长处善言一二，起码也要把他们维持在无害的程度上。

终场哨音长鸣，刘华峰恰好回到看台位置，他带头鼓掌，看上去像第一个起立的人。

六十三比七十二，常委队取胜。交战双方脸庞都瘦了，球场地板在发热，闪着步枪弹头那样的光，堆满看不见的残骸。刘华峰上去走走，每步都粘脚底。姑娘们早已丧失上下级观念，和常委们坐一堆儿，仰着靠着四仰八叉，放肆地斗嘴，间或颤悠悠“哎哟”几声，动人死了。老头子们风度犹存，脸上笑容也还完整，喘一下是一下，暂时没想起年龄来，全身透着苦战后的满足。宋泗昌提着运动衣站起来，胳膊上挂几道姑娘指甲抓痕，他“咹”了一声，众人立刻恢复一派应有的气氛，抬头看他。

“丫头们，打得好！很有战斗力。我今天最少年轻了5岁。有个建议，今后他们这些人再叫你们打球，你们就往死里打，叫他们不敢老下去。我体会，青春是一个逃兵，抓不住就会逃，抓住了它你就青春了。有好几次，我觉得顶不住了，心想要是死在和丫头赛球的场子上，传出去可不丑死了。再一想，全国那么多将军，我这种死法也就宋泗昌一例，空前绝后，值得！总算顶下来了。哈哈哈，谢谢你们。我争取每年来一趟，用你们的话是怎么说的，强心剂。”

笑声跳荡不止。一笑之中，姑娘越发是姑娘了，老头们也恢复成老头。

刘华峰陪宋泗昌回。招待所，路上很暗，四面无人。宋泗昌还是宋泗昌，但刘华峰半个身子都感觉到，一进入黑暗里，身边这人就老下去了，变成一团粗重块垒。他想，宋泗昌有两个年龄，心理上一个生理上一个，他了不起之处在于，老想用一个压倒另一个。

宋泗昌忽然平静地说：“活了大半辈子，不知道什么叫女人。”刘华峰骇然，他想起宋泗昌自夫人去世后一直独身。他暗自道：宋泗昌也是人啊，然后他感到自豪了。今晚过得的确宽广无边。

19. 双峰对峙

当夜11点30分，刘华峰接到陈秘书电话：“首长请你和师长来一下。”

宋泗昌在招待所门外踱步，“奔驰”280已开出车库，随员乘坐的“伏尔加”跟在后头，车内亮灯，警卫员在搬东西。

刘华峰和师长同时赶到。宋泗昌示意他们在一边稍候，自己又来回踱了几遭才踱到他俩面前说：“睡不着啊，打算立刻上路，到282师去。夜里车跑得快，估计4点多钟能到，先看看那个师的二团，就在路边。作战部报告说，凌晨二团执行预案，全体进入阵地。我倒要看看他们能进入多少，我看我能不能踩它几脚。叫你们来，就是告别一下，别的常委就不惊动了。你们别走漏风声。”

刘华峰说：“是。我们完全理解。首长还有什么指示？”

“在你们师活动了三天零七个小时，该说的我都说了。唔，连不该说的我也说了。”宋泗昌黑暗中瞥了刘华峰一眼，又瞥了师长两眼。刘华峰捕捉到宋泗昌目光，心口剧动一下，顿时生疑：原来他和师长也有过深谈，我怎么一点不知道。

“最后留两句逆耳之言吧。280 师，部队是全军区一流的。师党委班子，是两强不合。再不注意调整，终归会有伤大局。你们不要逼得我到最后把你们调开一个。告诉你们，我什么办法都有，就是没有调开一个承认另一个的办法。懂不懂！我有耐性，你们却要有危机感。两条钢锯，拼合好了，是一块钢板。拼合不好，每个齿尖都顶着齿尖，就成了打火机。最高明的拼法，是背靠背，齿尖统统对外，既是钢板，又是双刃锯。懂不懂！几种拼合法，随你们挑，我有耐性，但是不准人利用我的耐性。现在，回去睡觉，送行到此为止。”

宋泗昌和二人握手。礼毕，登车而去。

刘华峰正视师长，不掩饰自己的勇敢精神。师长笑一下：“伙计，睡觉吧。”率先走开。

刘华峰沿着一条较远的路慢慢地走回宿舍，注意到师长楼内灯光全熄了。他进屋前打开门外的晒台灯，准备让它亮到天亮，他夜夜如此。

不管怎么说，宋泗昌终于走了。再亲密的首长呆久了也是沉重负担，他累坏了，想到能安稳地睡一觉，先就惬意了。宋泗昌干吗睡不着？打场球应该更好睡才对嘛。“活了大半辈子，不知道什么叫女人。”微妙呵，睡不着了，非用个什么事儿充实一下内心不可，非抓紧青春逃兵不可。反正，不会因为“两强不合”而失眠，这不是一件值得失眠的事，一个首长要搁不下这种事就不配当首长喽。“两强不合”比“两弱不合”要好，两强等于首长的手心手背，都是自己的肉。两弱可就是两只破鞋了，即使为体面也得扔进垃圾堆。两强的关键不是合，而是谁占优势。刘华峰坚定地叮嘱自己：过去是我，现在和将来还是我。师长说“睡觉吧”，刘华峰懂，他是说：一切都不会改变。

刘华峰自语：“要不要给 282 师焦政委挂个电话，宋泗昌去突然袭击啦。”

他腾地立起，紧张地权衡利弊。这是一个冒险，但对老焦关系重大，他会感激半辈子，我违令关照了他。他今后也必定关照我。下属之间有某种默契，不能见死不救。你们上面就会以上驭下，我也会以下制上嘛。等一下，如果 282 师被宋泗昌踩了几脚，岂不是反衬出我师的光彩么，我不是免受违令之过么……刘华峰苦痛地选择，他没想到这小小选择还带苦痛。两个做法，肯定有一个是因小失大，究竟是哪个？给老焦一个暗示！电话一通，我什么都不说，光暗示一下宋走了，他就会明白的。唉，简单得很嘛。刘华峰抓起话筒，听到总机声。他问："谁呀？"

对方报出姓名，随即问："政委要哪里？"

刘华峰几乎要脱口而出，但是，他多年磨砺的嗅觉力阻止了他。不对，总机值班员的声音很精神嘛。

"我对一下表。"

"报告政委，1 点 04 分。"

"外线通吗？ 12 点以后，有没有谁挂过外线？"

"师长正在和 282 师通话。"

"保障线路。"

刘华峰放下话机，简直大快平生事。师长违令通风报信，而不是他刘华峰。现在，可以换一个角度看待这问题了。情况掌握在他手里，他可以把它和苏子昂一道放进冰箱，冷藏起来。好好睡一觉，今天一切都值得好好睡一觉。

20. 镜前的凝视

刘华峰很费力地醒来，正处于中医称之谓脑漏的状态，头颅空空洞洞的，好似人坐起来了，脑子还搁在枕头上。太疲劳了，随即他又为自己总是这么疲劳而满足。静谧中，他嗅出蠕动的意味，巨大军营即将苏醒，起床号以老娘似的音律摇晃铁床上的士兵，操场上沉寂一夜的尘土待命飞扬……这些近乎于催逼，潜藏着逼近的敌意。他当列兵时，最痛恨起床号。号声一动，就把一个好端端的酣眠中的他，压制成一个兵。特别是，起床号无限温柔，像从心尖上滑落的叹息，但其实是个命令！老奸巨猾的军人仅用四个音符就把命令裹上温柔的包装，他很早就明白，把军人的智慧连根拔出来，全是裸露的钢牙，就像把剑从鞘中抽出来。现在，他再听起床号，还是那四个音符，却具备另一种意境：宛如催促君主上朝的钟鸣。

很不幸，他已经定型为一个军人，无可选择了。那么，只有两条路能解救自己。

其一，置身于战场，从容地杀人与从容地被杀，大部分人正视这个天命如同正视太阳一样困难。

其二，沿着军阶天梯攀登，由军人升华为超级军人，将庸俗快感内省为超级享受。每成功地高升一级，直接表现为：服从于你的更多，而凌驾于你的更少。或者说，苦恼还是苦恼，但已经是与星辰并立而成为一种近乎于激情的东西了。欢乐也还是欢乐，但笑而不言、言如点金，笑一个就足够搁上几百年不坏，静等着众生模拟与研究。当然也不免误解，瞧着人家捧着误解颠来倒去比什么都痛快！

起床号消失，他必须把自己交割给军营，必须强硬地做出反应。刘华峰内心跟电火花似的迸闪一下，然后稳重地下床，两脚对搓几下，端起床头柜上的紫砂杯，里面是昨晚泡好的“铁观音”，分三次徐徐饮尽，举动仍像在党委会首座，每饮一次，仿佛示意众人更换下一个话题。他喜欢每天清晨饮一杯凉茶，醒神健胃，滋润身心。那些嗜好高级补品的人们不了解生命是朴素的。英国女王了解，听说她每天清晨也必饮一杯本地产的乌龙茶。唉，有些事简直不能想，想起来受不了：我刘华峰跟周围人相差这么大，偏跟一个女皇有共同理解。

刘华峰只穿短裤，光着身子，赤脚在屋内来回走，下了个决心，推门跑出去，在一条僻静的水泥小径上跑步。

以往，这种赤足运动严格局限于室内，出去被人看了太不庄重。昨天，刘华峰获得一个重大成功——和宋泗昌的新关系。他忽然觉得从此以后不必太小心翼翼，他也有展示个性的权利，适度的放肆绝对是魅力，他忽然要以全然不像政委的模样跑他一跑。冰凉而粗陋的路面刺激着脚心儿，整个身子透明透亮起来。神清目明，思维与运动合一。刘华峰从小习惯赤脚下田，当兵之后，就因为连月穿解放鞋而大病过一场。他想方设法创造赤脚的机会，直到逐步升到师政治委员，才真正从理论与实践的结合上弄通赤脚的道理：我刘华峰的脐带仍然钩挂在农村，泥土出身是我的优势，百分之九十的兵员来自农村，尽管包裹着军装皮带棉大衣，也透出血亲味儿。对他们来说，一个好的长官，必须有乡土气，必须糅进点族长的尊严糅进点父亲的慈爱，他们才肯交出自己的忠诚，才爆发出战斗力。此刻，全师一万五千人都在跑操，但裸身赤足并感受大地呼应的，就只我刘华峰一人。我可能会被上峰罢免，但永不会被下属们背叛。

来自于泥土的人，此刻自我感觉每一步都踏在山巅上，同时，也不失水牛下田般的沉稳与滞重。包括一个个念头。

我是一个农民，赤着厚脚墩子，随你怎么看。

彭德怀元帅是个农民，不睡席梦思睡地板。

斯大林是鞋匠儿子，也就是城里马路边上的农民。他们要把香烟卷拆开来塞进烟斗里吸。另一个特点是：由于个子矮，又不肯穿高跟鞋，就把高鞋跟包在鞋帮里头，从而瞒过众人眼目垫高了自己形象。斯大林大半辈子就是摆着两根高跷过来的。哪个知识分子能把高跷踩得像农村人那么漂亮呢？

多啦多啦，岳家军、戚家军、湘军、淮军，历史上最能打的部队哪个不是乡勇？！湘军治军，头一条就是训家规："将领之管兵勇，如父兄之管子弟。"今天看也是对的。

苏子昂是战友绝不是兄弟，这一点一定要把握好。要是把他当兄弟，他还会觉得受污辱。我猜他是在偷偷地爱自己，愁着把自己嫁出去。嫁给未来敌手。他喜欢在战场残骸中寻找思想，胜负却不大看重。他很会利用旁人渴望胜利害怕失败的心理，先塞给你一顶钢盔，再塞给你一枚勋章，然后再塞给你一支枪，最终塞给你一点军人精神。等你把全部装备都披挂好之后，他又夺走钢盔夺走勋章夺走枪弹，迫使你壮大仅剩的精神。关键是你已经把精神消化掉了，品格已经落成，你自动地上了名册，就像把姓名锲刻在枪托上，想变也变不回来。

苏子昂的优势就是他的理想。他适宜于搁在沙盘里或者挂在地图上，就像什么来着……噢，宋泗昌屋里的苍蝇，它丝毫不动，值得致敬。要是嗡嗡乱飞岂不厌烦死了。一只苍蝇是小事，关键是带着一种扰人的旋律。

苏子昂是真不知道还是假不知道？整整一代半人没有过像样的战争了。军队的军事功能早已大幅度向政治功能转移。你苏子昂也是军门子弟，吃兵饷长大的，怎么也搞窝里反呐？史书上杀头杀得最带劲的，就是杀自己弟兄，就是大义灭亲，后人唱啊叹啊，顶个屁用！

刘华峰回到宿舍，半裸身子站在整容镜前，稍稍有些寒心，他看惯了军容严整的自己，失去军容的自己简直不是自己，如同一头羽冠灿烂的雄鸡变成一只拔光了毛的骨架，这时如果登上师部大楼，能指挥动任何一个分队么？不能。没有包装的指挥员就不再是指挥员了，连自己的眼睛都不肯相认。刘华峰镇定地开始着装，军衣军裤军帽军鞋，每一件上身，都添加一分惬意。全部着装完毕，组建成完整的刘华峰。他最后朝镜中望两眼，意在确认以及放行。就像哨兵望两眼身份证，履行一下程序。

刘华峰给予自身形象的评价是一个军事术语：达标。

个子不高不矮，三号军装，属于全部军人的平均尺度。外形不引人注目。

相貌是男人的基本相貌，谈不上美或丑，非要挑特征的话，特征就是普通，就是老让初见面者感到似曾相识的那种基本相貌。

气度呢，不过分。眼就是眼手就是手，没有什么可供回味的东西附在上面。刘华峰深明自己形象最适合部队生活。容易被忽视，容易拿他凑个数量而不识他实际质量，有野心的人对他不警惕，有雄心的人也拿他随眼一望而已，他总被人过低地看待，所以他总让别人吃惊。他的魅力在后头，要处上一段时间后才形象高大。他带一群干部到兄弟部队，常常欣赏地看到，别人错把他手下颇有风度的某个家伙认作他了。他想，要是在战场，你小子也得替我挨子弹。有时候，误解帮着隐蔽真身，误解增添被误解者的魅力。那位错认刘华峰的人再与刘华峰握手时，刘华峰从那人手上能感受出补偿的意思，此人肯定一辈子忘不掉刘华峰了。至于刚才那位被错当成刘华峰的家伙呐，遮掩着尴尬之情，远远退开，仿佛刚才的风度是偷来的，一下子被人逮住了。他做人的自信被伤害了。

既然生活中总免不了错认，各种各样的错认。那么，问题的关键便不是避免与怨愤，而是高明的洞察。宁可被别人错认一千次，也别认错了别人。

21. 任职

刘华峰听到电话铃响。心想，要是能先知道电话是谁打来的，再决定接不接，多好。他拿起话筒："是我。"

司令部值班参谋报告："苏子昂凌晨 5 时到达师部，现在已住进招待所四号楼。"

"为什么没派车去接？"

"他自己搭长途汽车来的，事先没通知。"

"把他安排到 9 号楼套间去。通知他，上午休息，下午来见我。另外，通知组织科长、干部科长、炮兵科长准备向他介绍师里全面情况。再请示师长有什么指示。最后向集团军报一下，说他已经学习结业，回师里等待分配。"

"马上就办。政委，苏子昂已经离开招待所，到师长和你那里去了。"

"为什么不到办公室？"

"今天是星期四。"

星期四也就是 280 师的星期日。集团军所属各师的例行休息日，分别排定在星期一、二、三、四、五，唯独周末与周日，是全集团军满员到位的日子。

刘华峰放下电话，注视窗外。苏子昂正从办公区朝住宿区走来，他仿佛很熟悉 280 师的布局，沿途没有停留探问。他走到一条水泥甬道岔口时，站住了，望着左右两幢一模一样的米黄色小楼，品尝片刻，朝左边一幢走来。

这两幢二层建筑物外墙上攀援青藤，很有老而愈坚之气。从高空看，建筑物会和大地融为一体。它们都符合我军六十年代沿海战略思想。一砖一石，都呈现临战状态。唯一的不同是楼内主人，左边是政委，右边是师长。不管军营有多大差异，外形都非常相似。

刘华峰注视他朝自己宿舍走来，忽然生念，如果师长此刻也站在他那幢楼里，看见苏子昂的选择，当作何种感想？一个团长应当首先觐见师长。苏子昂居然直奔自己，说明他了解自己在师里的主导地位。而这种了解，显然是未踏进营门之前就已获得。我的天！要警惕呵，苏子昂是从军区一路下来，肯定在上面听说过我的权威。军区机关那些部门注意我了。

刘华峰推开纱门相迎："是苏子昂同志吧，想不到这么快。"

"刘政委，我是鼓足勇气踏进你家门的。"

"什么话！我刘华峰第一个欢迎你到我们师工作。坐下坐下。"

苏子昂挑了张老式的藤沙发坐下："我能在这儿坐多久？"

"随你，我今天上午没事。呵呵，我们几年没见啦？三年。1984 年在集团军开三级党委会时见过吧。三年多啦。"

"我们没见过面，从来没有，今天是第一次。"苏子昂肯定。尽管刘华峰讲假话，他还是喜欢面前的这人。他的假话里包含着真诚期望和自己相认的意思。

"我总以为我们见过面。"

"我也这样想。"

"那么，我们今天就好好见上一次。今天，先认个朋友，可以放开来谈。明天开始，就是上下级关系喽。今天为明天打个基础。好不好？"

"非常好。我喜欢这样，紧张是紧张，放松是放松。你的意思是，今天的谈话不入账的，我理解的对吗？"

"对的。"电话铃响，刘华峰道，"你看，这东西破坏我们的关系，把人往职务上推。你放心，我接完这个电话，就把插头拽掉。"他拿起话筒，"是我。你好。”脸色渐渐严肃，听了一会，抢断对方的话，“请稍微等一下，我换一架话机。”他捂住话筒思考着，对苏子昂说，“你到里屋去，用床头柜上的分机听电话，不许出声！”苏子昂遵命进屋，拿起电话，小心地捂紧送话器，倾听着。刘华峰在电话里说：“韩副主任，请继续指示吧，刚才的话我没大听清。”

“哎呀老刘，我从头说吧。指挥学院给苏子昂的毕业鉴定反映了一些问题，大致有……”

“请让我插一句，苏子昂的毕业鉴定我看过啊，不错的，军政两方面都比较拔尖。”

“那是他带回来的鉴定。这一份嘛，是学院政治部直接寄给集团军政治部的补充材料，是不叫鉴定的鉴定，听说他们这届学员每人都有一份这种内部鉴定。”

“搞什么名堂嘛，我们到底信任哪一份？噢，对不起，我完全理解，请继续说。”

“前头一大块我不必说了，和他带回来的鉴定一样。后面这一小块，文字上可是下了功夫的，我原文照念：苏子昂同志对军事艺术的追求趋向于极端；认为战争不能简单地概括为政治的继续，它们时常也是对政治的背离；认为穷困国家容易爆发战争而富国利用这些战争；认为我国在战争准备上所耗费的资金造成比战争本身更大的伤口；认为我们选拔培养军队干部侧重于取‘拙’取‘勇’，排斥‘巧’与‘奇’；认为我们过于强调集体英雄主义限制了个体英雄素质；认为战争一旦发生，所有人都面临同一个战争，但是心理上每个人都面临自己的战争；认为我们军事科研的遗憾之一是不肯找一个富有价值的败仗来深加研究，认为我们建军思想是坚定的，而方针决策左右徘徊……哎呀老刘，我都念累了，这堆话儿怎么别扭怎么来，都带着引号。他苏子昂是兔唇吗，说话有立体感。”

“听起来像一堆病例。”刘华峰朝里屋苏子昂笑一下，“像有个家伙偷听苏子昂高谈阔论但是来不及记。”

“哈哈哈，老刘，这材料上的每句话都可以写一本书，不不，写两本书。一本阐述这个主题，一本反驳这个主题。后头还有，乖乖，一句话能拖两行半，你还想不想听？想听的话，我想我先要用铅笔按住一个句号再念这个句子。”

“告诉我最后结论吧。”

“这上面可没有结论，所以称不上是完整鉴定。我想他们是提供情况，让我们自己下结论。而且那帮家伙，能料到我们下什么结论。”

“什么结论？”刘华峰看见苏子昂在发烫。

“入档。”

“韩副主任，给一点透明度嘛。我一直是你信任的人，不要害得我夜里反思有什么对不住你的地方。再说，苏子昂是我的一团之长，你不能交半个，老搞缓期执行。我有权掌握全部情况。”

“哈哈，听好：集团军党委办公会议定了这个材料，结论确实是入档，不外传。另外会上也有不同意见，这里不能说。党委责成我办。苏子昂这个人啊，不适宜当主官，情愿让他当师里副参谋长。你什么意见？”

刘华峰说：“任职命令都下了，朝令夕改，不好吧。”

“下是下了，还没有公开宣布嘛，有余地。”

“我已向他宣布了。昨天夜里他提前归队。”

“哦……你自己究竟什么意见？”

“我同意他任团长，最起码担任一段时间再看。我对这个意见负责。”

“我上报军党委喽？”

“报吧。”他们又笑谈几句。挂断电话。

苏子昂最后挂机。他注意到，刘华峰先于军里的韩副主任放下电话，这不应该，因为刘华峰毕竟是下级，应该等韩挂机之后他再挂机，也许他自恃实际地位高于韩。

苏子昂从里屋出来。刘华峰正色道：“我宣布，你被命令为280师炮兵团团长，即时起生效。”说罢，让整个身子从空中落进沙发，上下弹跳着。想：我还没提宋泗昌的用意呐。我救了苏子昂一命。

“苏子昂，我有根辫子抓在你手里了。”他指的是让苏子昂旁听电话，属于严重违法。他相信苏子昂会把此话颠倒过来理解。刚才他保苏子昂就任团长，几乎搭上自己前程。他说，“据我判断，让你改任师副参谋长是托词，实际上，是挂起来待分配。”

“我一直以为自己是个优秀军人。我鼓足最大勇气想谋个副师长干，失败了。我再次鼓足勇气就任团长，想在实践中检验一下自己的某些构想，现在才明白，也会失败的。唉，还没有开始，就已料定会失败。”苏子昂微笑，眼内潮湿，“有一首外国军歌，其中两句非常像扬幡招魂：‘老战士永远不会死，他们只是慢慢地消失……’政委，我明知会失败，还是要开始！开始进入‘慢慢地消失’这条道路。”

刘华峰发现苏子昂弱点了：害怕枯萎，胜败倒无足轻重。他问：“一个团，装得下你的雄心吗？”

苏子昂摇头：“他们连我都不信任，连自己的团长都不信任。这样下去还有什么希望？连军队都可能慢慢地消失。”

“言重喽。我们毕竟交给你一个团。现在，你一举一动，都会引起上面高度重视。我猜，你是这样的人，不怕所有人都盯住自己，就怕没人望自己一眼。目前局面，很对你胃口嘛。炮团是我师的火力骨干，你不能把这个团带垮了，尤其不能出重大事故。”

“这是我的最低标准了，几乎坐着不动也能办到。我当过四年团长，有个怪可笑的看法，咱们部队里的团，即使拿掉团长，它也能正常地运行下去，几十年的惯性了嘛。团长成了传口令的。”

“不要抵挡这种惯性，不要把部队带偏了。”

“你击中我要害了。我不奢望政委你完全信任我，但是你起码要给我一半信任，另一半给我的团政委。我期望你千万不要把我的团政委安排成钳制我监视我的角色。”

刘华峰差点发怒：“炮团政委是个能力很强的领导，他才不会把自己降低成你说的那种角色。我真正有些担心的，倒是你们俩抱成一团……”刘华峰话止，眼里流露没说出的意思。

“对不起，我过分了。报到第一天，就当头一棒，弄得我有点四面皆敌的感觉。”

“你要明白，我理解你到这个程度，不容易。”

“确实不容易。我老给别人带来险情。其实哩，我要把自己彻底暴露出来，反倒安全了。”

“就是嘛。我很想请教请教，你到底有多少蕴藏，都端出来。我在部队闯了几十年，没上过高级院校，只进修过两次，充充饥而已。你帮我开开眼。子昂，韩副主任念的那些，是不是你的思考题？”

“每句话都是我的！它们原本是我的讨论发言，或者论文中的某一段落。可是，集中到一堆，听起来就像一堆思想垃圾。唉，我们专心研究军事，他们专心研究我们。我们想化腐朽为神奇，人家更高明的人在化神奇为腐朽。”

“请你放开来说给我听听。”

“政委，你真想听？那些东西不成熟啊。”

“如果你信任我，就请你重点谈谈不成熟的思考，成熟的放在第二位。”

刘华峰迫切地希望充实自己，不管对面是什么家伙，且让他给自己上一课。苏子昂是只有病的蚌，蚌病成珠，他要那颗珍珠。好端端的人身上只具备平庸的力气，天天向他举起一张等待指示的面孔。他够够的了。

“我也想推销一下自己，”苏子昂说，“再当一次胸怀靶。我有一个基本的出发点，就是全心全意地站在敌人的角度上，审察我们这支军队。于是，必然会找到许多薄弱区域……”

22. 遥远的敬意

整个上午，刘华峰都沉浸在苏子昂的火力当中。宛如旁观一场战争，心在其中身在场外，他竭力保持师政委应有的姿态，坐稳喽，手指恰当地在扶把上敲几下，以示击节叹赏又近乎搁上点疑虑。他内心与苏子昂激烈对话，但眼神儿鼓励他纵情地说。他发现一个奇妙变化，苏子昂在感情上一步步靠近自己，这完全是由于苏子昂内心倾诉造成的。他倾诉得越多，就越亲近他刘华峰，不可遏止，有如献身。他真正佩服宋泗昌的精深心机：冷藏！或许有一天，苏子昂会有大用。他深为自己掌握这么一个部下而快活。现在的问题是，怎样从精神上也把他变为部下，虽然非常困难，但是也非常诱人。他和苏子昂大致属于两种不同的类别，他是杰出的岩石而苏子昂是杰出的云缕，在精神上相互亲抚，同时对方也可以傲然独存。

谁领导谁呢，在质量上和心灵上？

苏子昂走得太远，固守着先行者的孤独，其实他深深渴望寻求一个完美的上司，找不到，也会给自己一个。挂在天际，时常向“他”请求汇报，或者抗争。苏子昂的精神上司带有某种敌手性质。

刘华峰道：“我从来没见过一个人能像你这样，说了几个小时，但是一口茶也不喝。”

苏子昂愕然。默默举杯，啜饮几下，搁下杯子道：“完了。水一下肚，立刻就空空洞洞，什么东西都消失了。”

刘华峰指点墙上挂历：“1988 年 5 月 20 日，哦，11 时 10 分，刘华峰足足被苏子昂提拔三级，应该载入我的档案。”他感慨地张着嘴，“我忽然发现我也有许多潜藏，我可以指导一个兵团！”

“政委真会巧妙地夸奖人。怪不得在战场上，你给一个巧妙的奖赏，部下将为之拼命。”苏子昂暗想：到底是当官的，他衡量精神进步的尺度，也是看在职务上提了多少级。

“你有没有这种苦恼？占有这么多构想，却没有实现它们的权力。有没有？”

“有时候苦恼，有时候满足。”

“我理解，招之即来，挥之即去！对吧？在听你谈论的时候，我想起你父亲。哦，谁都有位父亲嘛。”刘华峰为自己这句话哈哈大笑，因为它听起来挺像废话，“我问你一个问题，你讲真话假话都可以，我试试能不能听出真假来。”

“什么问题？问题也有真的和假的。”

“你一到师里就上门看我。究竟是来看我，还是来看这幢房子？”

280 师的师部，十几年前是一个军部。苏子昂父亲任军长时就住在这幢小楼里，苏子昂也随父亲在此生活数年。他以为刘华峰不会知道此楼曾经是父亲旧居。他更惊畏的是：刘华峰虽然专注地倾听自己的议论，暗中却在跃去一些深远的念头，不出声地磨砺着。掉转脸便法度谨严。刘华峰的问题很像一柄闪着笑容的匕首，他握住刀把将它递给你，让人弄不明白他是将此物赠送你还是刺穿你。犹疑迟钝或者判断一下都不行，都可以被认作胆怯。你只能手握刀鞘飞快地迎上去，让它刷地入鞘。两人在心中会同声赞叹，同时解放自己。

“想看看住在这房里的是什么人。”

“你以为是师长住这儿，是吧？”

“不，我只知道这两幢楼里一个是师长一个是政委，并不清楚你们具体住哪一幢。进门以后，我才猜出您是政委。”

苏子昂已经把这间屋子每个角落都观察过了，由于几经装修，早就面目全非了。但是一种朴素结实的气氛依然存在，因为屋里装备的还是部队营具，桌椅橱柜，写字台和大沙发，无论用料多么高级，还是带满方方正正的队列味道。

就是这些不可改变的东西使他感到父亲被人继承下去了，包括那些置父亲于死命的人也得把这些东西继承下去。唉，一个人死了，给周围造成的改变跟没死差不多，简直是对死的嘲弄。面前这张茶几当年就在这儿，大概因为是大理石台面而舍不得弃换吧。父亲就坐在刘华峰现在位置上，周围总是有人围着。苏子昂多次被父亲从屋里撵开。电话铃响个不停。每天一大堆茶叶渣子。咳嗽声报告声鞋跟碰击声……面前此人，各方面都比父亲小一号，却占据父亲以前的位置，坐在那也一样合适。此人甚至在深明这一切后，愈发显示合适，这就迫使苏子昂也要成为合适的部属，加夹在方方正正的营具当中。苏子昂微笑。

刘华峰略含歉意："这恐怕就是人们常说的规律喽，简简单单，朴朴实实。我从没料到过我会当上师政委，会住进这幢房里。后来当上了住上了，又觉得非我莫属。更加怀念傻里傻气的阶段。告诉你，我从没见过你父亲，是从报纸遗照上认识他的。当时，我松了口气……有点莫名其妙是吧？你听我说，令尊在这幢楼里当军长时，我在警卫连当兵，我军人姿态不错，所以被连里安排在三号，也就是在这个楼前为军长站岗。白天一班，夜里一班，不许走动，死死地站着，因为我是站在首长眼皮底下，要站出个样子来。我要入党要提干，一切的一切都必须从站出个样来开始。可是你父亲从来没从我面前经过，大概有半年，他根本不在军部，我当然不知道他到哪儿去了，也许是部队也许是前指。家里也一个人没有！可是我在这儿啊，我在为一个不在的首长站岗啊。白天，这幢小楼门窗全闭锁。夜里，整个一片漆黑。我在站岗，我刘华峰手持步枪日晒雨淋在站岗，半年多，站了三百六十多个空空荡荡的岗，每班两小时。看着爬墙虎一寸寸长高，没有人从我面前经过。更没有什么军长。你能够体会我当时心情吗？"

"能够！"

"说说看。"

"麻木。"

"对。麻木。当时并不知道那就叫麻木，后来才知道。不麻木是站不下去的。他妈的，你家的人呢，到哪去了？就是有一个保姆一个娃娃在屋里也好哇。"

"我不知道他们到哪去了。"

"那么你小子呢？"

“我在农村。”

“哦，我知道了……冒昧问一句，听说你有母亲时没有父亲，有父亲时又没有母亲，是吗？”

“你总结得真不错，完全是这样。”

“也比我强啊，我既无母亲也无父亲，3岁时就是孤儿，亲戚养大的。说‘养’真的是夸奖他们了！我当兵才算有了家，第一次吃大馒头的时候，我就下决心一辈子在部队里活下去。我是为了活命来当兵的，你是为了战争来当兵的。尽管现在你我走到一堆了，但是最初出发点有天壤之别。对不对？”

“完全对。我父亲也站在你那一边，所以你当上政委住进小楼，是合乎规律的。”

“你就不能带点感情说话吗？在这些事情上，你……心肝给冻住了吗？”刘华峰发觉自己发怒了。每次动怒都有个程序，先是发觉自己要动怒，然后再动怒。

“政委，在这些事情上，我恰恰不像个人。”苏子昂真诚地低声说，“有点像你当年站岗，站麻木了。”

第五章

23. 班务会

星期天晚上开班务会，榴炮二营五连四班长谷默把五个兵召集起来，带到距离连部远些的地方。这里让连长看不见，又不超出哨音的范围。营区那么大，连长就喜欢把各个班长安插在眼皮底下，像整齐地安插在弹带上的子弹。谷默很想递给连长一个感觉：你老盯住我们不要紧，可是我们老看到你就太难受了。

“再过五个月，我的星期天就不是星期四了。到时我天天是星期天。”谷默拍打膝盖头，预示自己服役期没多久了。

瞄准手说：“星期几关系不大，只要一个星期有一个星期天就行，管他安排在星期几。叫归叫，过归过。”

“不是那么回事。每到红头日历那天，我就想，跟我们没关系。每到我们的星期天，又觉得这日子不对劲，过了好像没大过。去年我们过星期二，前年我们过星期五，跳来跳去不对劲。我好想给总参谋长寄一本挂历去，告诉他别再瞎跳了。咬住一个日子，坚持十年不变，当兵的有一个雷打不动的星期天，跟有个连长一样重要。”

“那你干吗不写？我知道怎样才能让他收到这封信。直接寄给他，他绝对收不到。你寄给管他的中央军委主席，主席一批字，总长就收到了。”

“我考虑得还不够成熟。再考虑考虑就觉得不如我去当总长。再说，我过三年不叫星期天的星期天，也该让我们后面的人过一过，我们站在边上，看着他过，才觉得我们以前没白过。”谷默听任他们笑自己不笑，笑声一块块掉下来，像贡品掉在他脚下，他很舒服。“开始开会，老传统，谁的烟好谁拿出来。”

谷默拿出一盒“良友”，里面大概有十二支，算准了每人能抽上两支。他不准备把会拉长，不准备提高本次会议质量。否则他就拿一盒没开封的“万宝路”，时间和质量都能保障。

瞄准手拿出一盒“金桥”。它属于特区名烟，禁止外销，地方厅局级干部常用烟。师长也抽它，形成本师一个风气。抽金桥烟的人后头肯定有人。瞄准手不再等别人出手，麻利地扯掉烟盒封带。

三炮手掏出一盒“牡丹”，急着叫：“先抽我的先抽我的，孬烟先上口，你们的放后头，就都好抽啦。”

谷默挥手：“算啦算啦，心意领了，收回去。他拿个‘万宝路’是九牛一毛，你拿的可是你贵重东西。层次不一样，心意你最多。今天不让你牺牲。”

三炮手感动地把烟放进军帽里，军帽搁在腿上，双手飞快地捉住空中飞来的烟卷，把它安置在鼻子下面，把两腿宽松地张开。那支烟横在鼻子下面横了好久，他取下时，已经弯曲了。他说：“洋烟烧得太快，没几口，火就到手指头上了。我抽这一支够了，一会还抽自己的。”

照例第一支烟是宣布主题，由谷默说几句。接着大家围绕着连里、围绕着营里、围绕着团里，把自己交出去。但是谷默正在想连长老婆，那个乡级女干部花花绿绿地坐着营里的三轮摩托车到达连里，摩托车在操场上笔直地驶过，留下好一片香水味儿。指导员下令杀一头猪。上次指导员老婆来时连长也下令杀一头猪。杀猪要报营里批准，营里每回都予以批准。今晚全连吃猪下水，下水放不住。估计明后天会有红烧肉吃了。杀猪时猪叫得真瘆人，副连长一听叫声就断定该猪能出一百四十五斤净肉，连队小金库能划进四五百元收入。他当即指示炊事班长晚餐用猪大肠炒辣椒，又说：听好喽可不是辣椒炒猪大肠。炊事班长说：明白，大肠多切点下锅，不能跟街上小店似的，牌子写这个炒那个，端出来成了那个炒这个，虽然有这个也有点那个，谁炒谁可就差老啦。副连长说：你知道的那么多，还能安心服役么？还甘愿在连队当老炊么？听好喽，猪大肠千万别使劲洗，洗太净吃起来就没味道了。猪大肠好就好在味道冲，下饭！在座的班长们一听，大部分扭歪了脸。二排长说：副连长你太透彻了，一说出来大肠辣椒就光只有味道了。副连长说：谁不吃，来往我碗里倒，一条大肠我全吃掉！好啦好啦继续开会。大肠落实了，下面该你汇报。

副连长主持连务会比连长更像连长。

连长老婆来了，连长去安顿一下。毕竟只有一个老婆一年还只来一次。指导员代表连里去看望一下连长的老婆。毕竟该老婆是正连级的，指导员出面才够规格。

连长和指导员属于临时外出，副连长一下子顶起两人位置。猪大肠的食用法，透着副连长的权威。但是谷默追着连长老婆想：现在她进家属房了，放下皮包打开箱子，取出卫生纸和一面镜子。卫生纸藏起来，镜子挂在门板钉子上。她换鞋、更衣、倒出一堆化妆品。连部通信员隔着门板叫：连长，水好啦。连长老婆答应：知道啦，我就来，你别走开。于是通信员就隔着门板站着。连长老婆可以听见年轻人停在门外的呼吸声。通信员带连长老婆去连队浴室。开水早已准备妥当。炊事班煮了两大锅，一锅用于烫猪煺毛，一锅给连长老婆洗澡。通信员提个小板凳放在浴室外头，叫道：连长，我到位上岗啦，你安心洗。连长老婆在里头叫：兄弟，劳累你啦，看牢一点，别叫人进来。通信员坐在小板凳上，一副僵硬姿态，想不听哗啦啦水响也不行。战士们在远处乱挤眉眼，分析这会儿她该洗到哪一部位了。浴室下水道老是堵，连长老婆在里头下令：淹上我啦，兄弟你拿个棍儿在外捅一捅。通信员便用竹竿对准下水道一下一下捅。水呼地涌出来，他也不能躲，手就别提了，有几颗水滴还溅到脸上。连长老婆在里头叫：好啦兄弟，你把棍儿抽出去啊。通信员抽出竹竿，靠墙立着它，预备下次操作。那水流咕噜噜从沟里流过。通信员不敢多看，偷空儿瞄一眼足够想半天……

谷默刚当兵时代理过连部通信员，现在虽然不干了，那感觉还追着他，毕竟是成为兵后最初的感觉，栩栩如生的东西搁几年还是栩栩如生。连务会结束时他只记住两件事：猪大肠和连长老婆。他朝班里走去，几十步里，他就把会上的事完整记起来了：内务管理。遗失两发子弹。夜岗忘口令。四班的菜地荒掉一半……他几乎没听，但只要朝自己的兵们走去，没听的东西也能追上心来。班务会很寡淡，每人都说了几句，仿佛轮流打呵欠。黑地里谁也看不清谁，都有孤独的放松感。谷默已说过“散了吧”，可是谁也不想走，就那么歪着仰着呵欠着，让星星落进眼里，听听别人的呼吸，手伸进后脖深处搔一搔，夜风刚开始吹，带点新鲜水气。这时刻，样样东西都幽远了。无聊人对着无聊人，反倒没有无聊，真正亲切呵。谷默又在想连长老婆，刚碰个边儿就觉寡淡，刹住意念，倏然脱口说："以后谁再脱岗，就罚他看她，让他被她丑昏过去。"

"谁被谁？"瞄准手问。其他人也不懂谷默意思。由于不懂，顿时添了点精神气。

谷默说："上一次，我们每人都说了件平生最大胆的事。这一次，每人都说一件平生最丑最丑的事，好不好？必须是自己的事！我认为说大胆的事还不够大胆，说出自己最丑的事才证明大胆。"三炮手说："谁敢反对啊，谁反对不就证明自己不是爷们儿吗？"瞄准手说："班长的建议又坏又深刻，我理解关键是谁先说。第二个关键是，假丑怎么办？丑得不够怎么办？所以要设个奖鼓励一下。"

一炮手说："人家传出去怎么办？最要命是传出去。"

二炮手说："丑事人人都有。自己遮得死死的，专门传播人家的。我不怕说，我怕传。"

谷默轻轻点头："问题就在这里。十二团那个先进典型是我老乡，军党委授予他模范班长称号，还有什么其他称号，拼命宣传他，报纸电视都上了，我们也学过他的事迹。对吧？他当兵前和我同学，我太清楚他了，懦弱到家了。忽然成了英雄，我当时吓一跳，去信祝贺他，他回信一派闪光词藻。后来他死了，带病施工累死的。我看是给宣传死的。唉，好人好事还会被宣传死呐，丑事一传，绝无生路。"谷默深深地吸烟，望着黑暗中的兵们，知道自己快要涉足叛逆边缘，每一口烟都有点惊心动魄，他不敢停顿，一停顿心火就死灭了。"无论做过什么说过什么，就不怕天下人全知道，否则就别干！"

瞄准手说："班长铺垫得很精彩，现在该谁上台？暴露平生最大的丑事。这儿只有星星和我们。"

黑暗中大家都望谷默。谷默提足一口真气，预备把自己的丑事说出来。他掐死烟头，说："都掐掉，闪得人难受。"

兵们都掐灭烟头，四周更加黑暗静谧。

谷默最初是含苞欲放，随之是用力强迫自己开口，再后来是空空洞洞了。他强笑道："我的丑事太多，不知该说哪一件好。"兵们沉默着。

"不是不相信你们。主要是，欲望没了。"

兵们固执地沉默着。

“我完全可以像机器人那样开口，当做别人的事来说。不过，那样还有说的意思么？”

瞄准手把掐灭的烟卷咔嚓点着了。

“嘿嘿，告诉你们最丑的事吧：我回避自己，这就最丑，满不满意？嘿嘿……”

没人跟他笑。兵们跟随着瞄准手咔嚓咔嚓给烟卷点火。比平时潇洒而且响亮。

谷默沮丧地想，自己像个要自杀的人，绝望的姿态做足了，人们都闻声赶来了，目光和手势全投向自己，自己把它放在胸口，却刺不下去。

这是欺骗。尽管顺应周围人愿望但仍然是欺骗。何况，周围人劝归劝，心底却在无声地等待开裂，啊哟惊叫一声……自己的权威被贱卖了一次，拾不回一个零头来。今后要费很大力气才能修补好自己。不过，某些恐惧洗耳恭听不掉了。例如，他一直认为自己跟面前兵们不一样，现在知道还是太一样啦。硬要找不一样式的话，就是他想装成不一样，欲望稍微硬一点。

他感到自己是一把卷刃的刀子，连刀鞘也进不去了，晾在星光和目光下面，供兵们轻视。他咒骂自己是没洗净的猪大肠，是阴沟里流出的连长老婆洗澡水，是其他什么来不及想的脏东西。咒骂使他转移痛楚。他忍不住想再来一次“自杀”，连招呼都不跟人打，就干。

24. 裸露

连长朝四处叫：“四班？四班哪去了？”

他一面叫，一面准确在朝四班走来。脚下枯枝啪啪断裂，手里拿把蒲扇左右挥舞。连长的嗓门高亢而且有力。他右耳听力稍弱些，习惯于侧着面孔听人说话：“什么？”显得特别亲切。那只耳朵是给炮声震坏的，没料到最显著的后果却是使嗓门变大了。有次师长下到营里，众连长奉命前去觐见，让师长认认谁是谁，再略说几句。师长被连长的嗓门震得直朝椅背后仰，问：“你的声音有多少瓦？”连长回答得相当结实：“我是炮兵连长，必须让战士在炮声中也能听到我的口令，平时就要练出来，战时就不会喊破喉咙。”师长满意地补充一句：

“嗓门大也是一种威慑。”后来，连长常常发挥这种威慑，他的话从来不重复第二遍。上次指导员老婆来队，连队杀猪，猪嗷嗷乱叫，连长朝它大声喝令：“住口！”那只猪就不叫了，直到死去也没出声。炊事班长开饭时说：“这次肉有点酸，它没叫出来。”

谷默起立向连长：“四班位置在这儿。”

“哪里不能去，非要钻到这来！有路没路？”

连长声音起码比平时小掉一半，谷默想是老婆来队的缘故。

连长听力差些，但眼力可以补偿听力。他听不清时，眼睛能看出你说什么。黑暗中，他一步歪路不走，笔直地插向四班位置。看一看兵们让出的小板凳，挑一张坐下。四面远眺：“选点不错，人家看不见你们，你们可以看见人家。像我的观察所。”

“不是有意来这。我们每次开班务会都喜欢找个新地方。”

“为什么？”

“说不清为什么。”

连长示意瞄准手：“你说。”

“嘿嘿，真是说不清。”

连长示意下一个：“你说。”

“新鲜。”

“你说。”

“我们被其他班挤到这来啦。”

“等于什么都没说。”连长说，“常换地方，一天好像过了两天似的。咹？我当了连长以后，才知道怎么当班长。好啦，告一段落，都靠一靠。营里来了电话通知，明天团里搞一次炮操，各炮种去一门炮。指定你们炮去，携带一级装备，八发炮弹。7点半赶到团部交岔路口集结。”

“炮操带实弹干吗？”谷默问。

“等一等，我还没说完呢。我跟周围几个营通了气，他们也是一级装备，八发炮弹，去的炮，也全是该连四炮。这里面有鬼。我分析，第一，是考核性质的炮操，指定参加炮班，让下面没法换自己最好的炮班；第二，我有点预感，可能会突然拉到哪个山洼里打实弹……”

兵们齐声惊叫：“打炮！”

“别激动，有什么可激动的。百分之九十的可能是炮操。要打实弹，提前一个季度就该造计划下任务。最起码也要提前几天看阵地，查车查炮查弹药，现在连最基本的射击准备也没布置，所以，怎么想也不可能有胆子打炮。这件任务不像团里的传统。炸死人怎么办？……”连长直摇头，“还有一个可能，就是最贴近实战的炮操，炮弹上膛，射击口令下达后再退弹装箱。老天，你二炮手千万别把拉火绳拽太紧，稍一用力就打出去了。”

“连长，你刚才说过实弹射击。”谷默小心地提醒。

“预感。毫无根据。我都有点后悔那么说。明天你们5点起床，立即装车挂炮，炊事班提前给你们加餐，7点10分出发。妈的，团里不让早出发一分钟。”连长忽然通身一颤，凝定不动，呼吸也卡住了。他在追踪某个意念，就像火炮发生哑弹时那样危险的寂静。他拍拍大腿：“夜里我能想透，一定的！”

连长坐着再没说话。直到下课号响，他独自起身：“都去睡个好觉。”朝家属房开步走。

兵们抑制着激动，用贼一样发烫的小舌头叽咕明天的任务。整整一年没打炮，想想真的一年没打炮了！不知道这一年怎么过来的，妈的还真过来了！兵们的声音里添加许多凶狠，谁也不能完整地说完一句话，就被别人喀嚓切断。以往打炮，半年前就投入枯燥训练，练得死去活来，最后一声炮响只是种安慰。这次一家伙就抵到后背上，弄得人来不及转身应战。有多少惊慌就有多少狂喜。特别是：把别的炮全扔下咱们自己去，运气！没别的，就是运气！八发实弹，每发四十公斤重，瞬发引信杀伤爆破榴弹，全号装药。这是多大的运气呵。

明天在逼近，扣发炮栓铿锵有声。一开栓，药筒掉出来。滚烫的火药味儿，炮台前的小树全震死了……

谷默擦汗，低声道：“拿出全部精神，我想打炮都想疯了。记住：炮操关键是精神。谁的炮都一样是死铁堆，全靠精神。明天要有明天的精神。”

25. 化入群山

苏子昂面对一排大山，估计从立足点到目标区的距离。看着看着，山脊渐渐靠近，岩石、沟壑、矮松、草坡……山表面的一切细节，都争先恐后地凸立出来，暗示着山的深部结构。他恢复了炮兵指挥员的秉赋，落入眼中的物体，都具备目标的意义。并且，越看它们就越是靠近，几乎可以嗅到挑衅的味道。空气清澈，干脆说没有空气，清晰度极佳。大地毛发毕露，目光能够追踪天际，然后从天际那面弯曲下去。他已经把弹丸飞行道路也就是“弹道”，在天空预置好了，弹道终点也就是“炸点”也已安插定位。山的若干部分将被掀开，山的整体在瞬间惊颤一下。山会很舒服，会整个儿精神起来。

那块褐色的带满水迹的岩石，从现在起不叫岩石，叫做四号方位物，是因为它在那块区域里太霸道，任谁一眼都撞见它。

墨堆般草丛向两翼伸展。它被命名为火力支撑点，里面隐藏若干轻火器和一挺高机，还有深深的战壕。支撑点是步兵进攻中的灾星，压得他们不敢抬头。它恰恰又是令炮兵垂涎的点心，若能一弹敲掉它，就是点睛之笔：支撑点死去，战役在起飞。说实在的它是一丛老老实实的草，明了这点让人不惬意。它干吗不是支撑点？它的伪装多么精妙。

一棵桉树闪着银光，树身透着女人气。由于它亭亭玉立，不屑与众树为伍，它就被套上术语：独立树。一块手指大的弹片，能把它齐齐地切断，上半截要停一会儿才摔倒，断口处冒出浓稠的浆汁。苏子昂不想伤害它，但是没办法，它天生在目标区内，每发弹丸分裂出五百多弹片，它难逃夭折。打断它要赔四十多块钱，炸翻一块草皮要赔二十多块钱。这座山都承包了，因此一开炮就要花钱。铸造一个弹丸要花几百块钱，打出这个弹丸要再花几百块钱，还不算火炮和牵引车沿途碾压的草木费、射击阵地损耗费。苏子昂想到钱就枯萎，无论弹丸飞多远，飞不出巴掌大的账簿子，难道军人命运就这么小？这些事扔给后勤处长操心吧。眼前是干干净净阵容，敌我双方正在交流感情，酝酿精彩的一击。

方位角 30–00 以外，是仓促涌起的惠城建筑。玻璃闪动阳光，琉璃瓦近似炮身色泽，水泥楼墙显示厚重感，人群聚集又散开，隐约的声浪，气温比山里高几度，辨认不清的欲望……合在一块形成城市。苏子昂品味它的脆弱，想象自己是一门火炮的话会选择哪里，大山还是城镇呢？如果一弹命中那最跳眼的红屋尖，火炮会俏皮地挤眼微笑。不错，如果火炮自己掌握自己，它会毫不犹豫地瞄向城镇。

每个战役，指挥员都要经历两次。一次在脑海，一次在现地。苏子昂正从第一次朝第二次过渡，他感到空虚。自己对自己陌生。

一比五万军用地图在吉普车引擎盖上铺开，咔啦咔啦响，像一头动物伸展腰肢儿似的，他瞅到谁谁就“崩”地跳出来。他在图上重温了自己的决心，逐渐沉浸到缜密思维中去。读图是一种精神操练，身心随时从这个山头跑到那个山头。沿途无数险要无数疑虑，泡在思维里蠕动。刚才那么漂亮的岩石林木城镇，在图上凝成一个个干瘪标志，怪可怜的，全靠读图人用想象充实它们。但是读图人一般不去充实它们，它们干缩成标志，就把指挥员强加上的决心高举出来了，凸露出来了。指挥员要干的，就是把决心再捺回他们体内，融为一体。这里没有正误胜败，全靠读图人极高的鉴赏力。苏子昂识图标图的本领堪称天下一品，他在高级指挥学院标绘的几幅战役要图，连不懂军事的人也能当作品看，弧线、锐角、弯曲度、力的呐喊……透着意境，几乎从图上掉下来。教官赞美他天生是参谋人才，他恼怒地笑：“我只在皮毛上像参谋！不，参谋像我的皮毛！”他知道自己被人误解多深，参谋只在摹画，他被限制在一个框子里创造。框子太小，便被误认作摹画。参谋不过是在裸露军人才智，而他是在裸露军人意志。娘的你非说她娘像她女儿吗？还教官呐。只会在不一样中找一样，不会在一样中挑出不一样，并且强化这个不一样。还是姚力军狠，他笑眯眯指出：“此图有种偷袭性质！”唔，这种妒忌才比较深刻，正像战友的语言，一下子就捅到你肚脐眼上。人们常忘记自己还有个肚脐眼，一旦成人，就没用过它。

苏子昂叠起地图，注意不磨损边角折痕。它是一张新图，简直舍不得折叠。服役几十年，苏子昂不知用过多少张军用地图。它们多数不是被用坏的，而是被叠坏的。打开，折叠。再打开，再折叠……一张漂亮的高精度军用图就报销了。地图不反抗，但是他知道它难受。比如自己吧，不怕被人使用，却厌恨被人折叠。重新担任炮兵团长，就是一次折叠。这个痕迹永远抹不平。

人们把高山峻岭全部压瘪至半毫米厚，再折叠起来带走。

驾驶员坐在车内，对着后视镜摆弄工具。他偷看苏子昂每一举动，渴望引起他注意。

苏子昂到任后，很快习惯了各级官兵对自己的窥视。随他们去。等他们窥视累了，也就不窥视了。而自己，必须在他们累了之前，确立住自己的形象。

最糟糕的是，苏子昂对目前职务没有新鲜感。无论在精神上把自己提拔多高，两脚穿的还是三接头军用皮鞋，踩在以前的脚印窝里。吉普车，各战术技术分队，炮种和编制，指挥和通讯程序，训练大纲和假设敌，这些都没有变。

不变就近乎催眠。被催眠又意味睡不着。

所以，要有“去他妈的”勇气，坚定地站在敌人的立场上，思考一下怎样击垮自己的部队。然后，再思考部队。

26. 穿越障碍必须低头

“啊呀子昂，听到你向我请示工作，我真高兴。这线路怎么回事，嗡啊嗡的。你都好吗？到位多久啦？”

苏子昂从电话声音里听出姚力军很舒适，他肯定下榻在 9 号楼套间，一面介入师里的工作，一面等待前任副师长给他让房子。警卫员和伏尔加也配上了，工资袋上标着新数额，每顿饭在餐厅屏风后面用餐，9 号楼到师部办公楼的距离恰好是饭后散步的距离。姚力军从头到尾是一个趿着拖鞋的军人，多大的风度搁在他身上都合适。一句话分成三截来说，闹得人弄不清重心在哪里。

“姚副师长，你把电视机关掉好吗？现在有什么好节目。”苏子昂为证实疑心，唬他一下。

“不是电视，是录像。对了录像。对了，在私下你仍然可以叫一声力军，或者老姚。公开场合，你还得衬托老兄，称呼啊敬礼啊，一样别少。你发现没有，这里的录像带比学院比北京多得多，我稍微说一句，就给我搬来这么一大箱，还有一台放像机，常年归我使用。我发现真开眼界还得到下面来。好好，我关掉。这位德军上校真像你。”姚力军说的是屏幕上的人。

过了一会，话筒传出声音：“副师长到位啦，说吧。”

苏子昂请示，将团属各炮营都拉出一门炮，携一级装备开至大凤山区域，做全套射击准备。其中，一门 122 榴弹炮进入单炮实弹射击。其他炮种只操作到实弹上膛为止，不发射。因为大凤山靶区不能同时容纳榴弹、加农、迫击、火箭等四个炮种的实射需要。指挥也太繁复。

“为什么专挑榴炮呢？”

苏子昂告诉他一个常识，榴弹炮是地面火炮中的标准炮，其他火炮的基本结构与功能，都可以在榴弹炮身上找到。122 毫米口径榴弹炮，又是榴弹炮中的标准炮，大于它的称大口径火炮，小于它的称小口径火炮……

“学院没讲这个。”姚力军打断他。

“学院不大讲常识。没人研究常识。其实最应该研究的就是常识。”苏子昂想，搞军事的人都喜欢朝高处爬，另一拨人又朝险处爬，以为研究常识等于贬低了自己，一个军人应当靠常识起家，一辈子牢牢地靠着它。

苏子昂继续说：“这次行动，目的是两个。一、检验一下各分队的基本素质，使我有个初步了解。不管怎么讲，他们的初始线在哪里，我团长的起点也要定在哪里。炮场院上看不出来，必须到野外生疏地形。”

“打炮。我认为，这是新上任团长有意给自己安排的礼炮。”姚力军又打断他。他老喜欢拦腰来一家伙，把自己从人家言语中拾到的小灵感扔出去。否则，人家话说完后，他怕忘了小灵感。

“在你的位置上看很像。”苏子昂停一停，心里诅咒也即夸奖姚力军两句，又道，“第二个目的。新兵到齐了，正在开政治课，天天传统宗旨那一套。我想把他们拉出来，看一看实弹实炮，听一听什么叫炮啊，洗掉那些破烂电影带来的假象。当兵要从热爱武器开始，先拉到炮口下面震一震。回头再听‘三八’歌（三大纪律八项注意），效果也不一样。”

“还有第三第四么？”

“一个小行动哪会有那么多目的？能达到一个就不错。”苏子昂竭力说软和点，力求像下属的声音。

“我看可以嘛，叫团司令部跟师里再报一下，符合程序。明天我再跟师长打个招呼。要绝对防止事故，每一关口都要有信得过的干部把关。整个行动，你负全部责任？”

“当然。”

“副团长和参谋长不在家吗？小小不然的行动，用得着团长上观察指挥所吗？”姚力军意在提醒，别降低自己的位置。

“他们都在。实事求是地说，这个行动让作训股长主持就足够了。”

“那就让他指挥嘛，连他的素质你不也就看出来了。我认为这么干是团长的常识。”

“是。我确实准备当甩手老板，四处转转，靠近炮班什么的。”

“有人敲门了，就到这里吧。啊，有个事儿，7 点 40 分，你打开电视机看看九频道，必须执行！可能有个节目，给你打打气嘛。”

苏子昂道声再见，依依不舍地放下话机。一个多月了，好不容易听到熟人的声音，连讥讽也充满亲切气味。他太需要被人抚摸一下。

苏子昂提前十几分钟打开电视机，耐心地等待天气预报结束。接着开始一连串广告，电视屏幕开始变小，各种新潮物品炸弹一般飞出，提醒他是个穷汉。不过，眼瞅着还是怪舒服的。因为没钱用，所以更能够平心静气地挑选它们。最后，一条穿着奔裤的女人大腿极缓慢地劈开屏幕，和另一条大腿一并，广告结束了，仿佛满满一个世界被两条腿夹走了。九频道是省电视台第一套节目，照例先是新闻什么的。苏子昂忽然大笑，他看见姚力军出现在屏幕上，率领一群军官沙盘作业。又一闪，姚力军和刘华峰政委在部队荣誉室里谈论什么。再一闪，姚力军在办公室里忙碌，墙角搭着张行军床……今天是省城解放纪念日，怪不得有这么多军人镜头。播音员多次提到"某部副部队长姚力军"如何如何。本师占新闻节目近三分钟，姚力军占了小一半儿。即使大军区领导不收看，集团军领导也肯定会看到他。

真行啊姚兄，到位才几天就轰轰烈烈了。人瘦了，沉稳里透着锋芒，完全没有腹部脂肪，下榻办公室，大部分时间泡在基层，俨然是老资格部队首长，俨然是新一代指挥员的楷模。无怪乎他有"上任礼炮"一说，自己干完了便以为别人模仿他。

无论如何，他开头开得精彩。全集团军都会把他视做"他是我们的副师长"，与之相认。他落到任何地方都能迅速与环境融合。不是才华是什么？

他在电视里干的各种事苏子昂都熟悉，唯一意外的，是办公室里那张行军床。姚力军偏不住招待所，了不起，透着大干部的气魄！仿制大干部的气魄！中国军人最喜欢扎堆儿，工农干部最喜欢这种赌气式的朴拙。姚力军要什么有什么。

苏子昂设想自己要是住办公室会怎么样？哦，天天被文件电话保险柜盯着，隔壁人在办公，茶杯水壶都带部队代号，房门底下传进匆匆而过的脚步，时刻保持正规表情。不行，天天受监视，被包进饺子了。姚力军绝对有耐力，天生的耐力，他甚至可以命令自己心脏停下来，叫它跳它再跳。

27. 火炮

苏子昂驾车抵达教练场，一下车，就像森林里的迷失者。那么多炮，多得要把他挤到一边去呆着。

姚力军和他通过电话后，就把他的主意接了过去，变成自己的，加以扩大，在师教导队排列出一次火炮观摩教学。参加观摩的，是在教导队受训的步兵连、排干部。被观摩的，则是集团军所属各种火炮。苏子昂团的几门炮也在其中。主持者是师炮兵科长，因为阵容雄壮而脸闪红光，红光里沉淀着几颗金色疱疹。苏子昂上前同他打个招呼。他用半是汇报半是批示的口吻通知苏子昂："炮团四门火炮，上午参加教学，下午 1 点钟以后，归还炮团指挥。午饭自理。"

苏子昂听出另一种意思：你来干吗，你们的行动是下午。现在有我尽够了。

"没问题，我们都带着干粮呐。"

"绝不是说你。你的午饭当然由我包下。你来我太高兴了，请多指导。"

"电视台没来人？"苏子昂作寻视状。

"干什么来？这是军事行动。来了也得撵他们走。"

苏子昂请他不必顾及自己，便走开。在一个角落里静静欣赏着，力求连精神也不介入。

教练场非常宽大，铺满均匀的细石子，很适合炮轮重载与摩擦，带不起灰尘。各种火炮陆续进场，依照轻型至重型的顺序一线排开。60 迫击炮、75 无后座力炮、85 加农炮、120 火箭炮、122 榴弹炮、130 加榴炮、152 榴弹炮……竟然还有若干种连苏子昂也叫不出名的火炮，它们太小了，干脆架在木桌上，奇形怪状，逗人发笑。重火炮进场时，八位炮手合着口令声撕破天似的过来，周围几米的地面都略微下陷。这种声势使轻火炮的炮手饱受欺侮，他们不得不把自己的火炮拆散开，一部分夹在胳肢窝下，另一部分挂在腰带上，用军帽兜着进来，在桌上架设完毕后，蛮可以塞进大火炮膛里打出去。那桌子表面上把火炮垫高了，实际降低了它的威严，怎么看都像只烧鸡，再加几双筷子，就可以围着它用餐了。但是，全体火炮统统到位一线排列开，就形成一个家族，炮崽子们由小到大，直到成为巨型恐龙，随后一刀劈去了般，炮阵结束。留下一个巨大失落。不，朝着炮阵望去，后面还应该有，否则前面也不该有。

炮与炮之间，初看时流动一股神韵，相互继承并加以传递。再看，炮与炮实际上充溢着彼此敌对的精神，它们谁也不愿靠着谁。它们都是地道的铁公鸡，最小的也不会向最大的屈服。都装作谁也瞧不见谁，竭力高昂头颅。

巨型火炮构造简单，它把凡是可以省略掉的部件全省略掉了，成为所有地面火炮中最易操作的炮种。它在世界武器高科技化潮流中始终不被淘汰，靠的就是简单实用，一点也不娇贵。步兵喜欢伴随它，它射击时发出冲天火光和轰轰巨响，能大幅度振奋士气，就像身旁有一排乱叫乱扑的忠实狼犬。以色列军队有的是最先进武器，仍然钟爱迫击炮，大把摔钱培养它，恨不能让每个兵都带上一门这种炮，或是它的变种。

可惜，这里没有迫击炮的另一个极端：昂贵的自行火炮。集团军装备不起，一门履带式装甲自行火炮的价格，抵得上十门牵引式火炮，它综合了全部地面火器的优势，骄傲地占据火炮家族的王位。这里停放的各种火炮，当敌方坦克冲来时，一个也来不及跑掉，炮手要活命只有一种选择：开炮。什么战术都不顾，直到把炮弹射尽。二次世界大战中的炮兵，许多就这样陷入绝境，然后被坦克履带碾压到焦土里去。自行火炮给炮手另一种选择：撤退。凡是有撤退希望的炮手，就不会做垂死恶战了，他们拨出一半心思来寻找退路。进攻者碰上他们，远不如碰上绝望者那么可怕。这就是军队有意识装备那么多牵引式火炮的理由。当然还有其他许多理由，比如：便宜耐用，易于操作。不过，其他任何理由，都不如“绝望”的理由这么隐蔽、强大、符合战场心理。最大的战斗力诞生于绝望中。

一件挺棒的武器，一下子就把你的弱点给遮盖住了，让你像勇士那样跃跃欲动。而当你想逃跑时，它又会死死拽住你不放，让你和它一块毁灭。就像你要离婚而你老婆不放你一样。

人们在火炮身上铸进自己被遏制的野性，火炮从诞生头一天起就想扑向人们。它们静静地期待一个暗示，然后自行运转自由喷发。它们是一尊尊雄性生殖器，充盈着血，因而昂奋起来。黑洞洞的炮口直冲天空的太阳。风从炮口擦过便发出嗡嗡低鸣。苏子昂迎着炮油味儿走向前去，抓住银光闪闪的握柄，一压，拉开炮闩。沉重的闩体无声旋转退出，“吭噔”一声到位。苏子昂弯腰从炮尾朝炮口望，目光经过闩室、药室、坡膛、炮膛，三十六条筷子粗的膛线正旋转着奔向太阳，无穷无尽，像要把他也拉出去。

28. 配属者

苏子昂关闩，吭噔，一部分感觉被关闭在里头。他注视环炮而立的七位炮手，依据他们所站立的位置判断出他们的职别。他透过乏味的军装追究他们身体肌肉的绷紧程度。好的士兵面对团长，肌群力量会立刻增大。

“五连四炮（重炮连队编制每班一炮，因此班长兼任炮长）？”苏子昂问。

“是。”谷默立正回答。

“这门炮性能怎么样？”

“不知道。我当兵三年了，只打过两次实弹射击。”

“稍息。坐下。”

苏子昂顺势坐在火炮大架上，它宽阔而冰凉。众炮手以待命操作的姿势蹲下，单膝着地，望着他。这姿势便于躲避弹片。

“我说坐下。”

众炮手席地而坐，仍然坐在职别规定的位置上。他们身边有许多可供坐和靠的东西：瞄准镜箱、弹药箱、炮衣、炮轮、大架……凡是属火炮部件或配件，条令规定不准坐或靠。火炮比炮手神圣，它只可便用而绝不可侵犯。

苏子昂等了一会，问：“我坐的位置对不对？”

“不对！”谷默粗声粗气。

“不对你为什么不纠正我？”

“不敢哪。”谷默笑了，“我可没有纠正首长的胆子。你要坐就坐吧，下次我们把大架多抹点炮油，谁坐上就起不来了。”

苏子昂只哈哈笑，坐到泥地上：“你的办法有味道，肯定比重申条令顶用。我们老解决不了这个问题，就是上级的做法错了，明显错了，下级是抵制呢还是服从呢？特别是在战场上，两难哪。所以会有抹点炮油式的办法，当面执行，背后捉弄你一家伙。”

谷默笑得很明亮，内心却有阴郁的感受，在团长面前，自己只是个小石子，无论他使用夸奖式的语言还是批评式暗喻，都改变不了命定中的隶属关系。苏子昂越是谈笑自如，谷默便越是感到自己被他拨弄。苏子昂在享受这种关系，谷默却在忍受别人享受的东西，甚至感到自己正被别人享受。谷默记起第一次见到团长，地点是团部办公楼前的厕所。妈的，它唯一不像厕所之处就是它一点也不臭。谷默给照明电瓶充完电路过那儿，便钻进去解手。他用一张射击口令表揩屁股，完了提着裤子站起来，正要迈步，苏子昂从入口处进来了。谷默猛一见，下意识地重新蹲到粪坑上，等他意识到羞耻的时候，已经牢牢地蹲住了。他诅咒自己，为什么不迎着团长挤出过道去？他多次暗中渴望，让这位新团长深刻地认识自己，但是头一次见面，自己就臭不可闻。不，还不算见面哪，因为团长根本没看见自己。谷默听到隔壁坑位传过来很有分量的噗嗵噗嗵声，恨自己，恨隔壁。等团长解完手走掉，他又蹲了好一会。那已经是有意的、坚持的蹲了。现在，团长正在面前显示亲切，巧妙地讲些条令啦素质啦，试图让兵们和他一起笑。笑有笑的目的，跟条令有条令的目的一样。谷默摆脱不掉被人役使的感觉，只能找些偷偷摸摸的小型快感，比如抹炮油什么的。他慢慢地撤出谈话，以便同苏子昂保持对峙状态。

瞄准手正谈得上劲："团长，拿个步兵团长跟你换你干不干？听说步兵团长比炮兵团长更容易高升。那我们炮兵不是亏死啦，我们一炮能放翻他们半个连，干吗老是配属给他们。前程也不及他们大。"

"最终解决问题，还要靠步兵。"

"你没听步兵老大哥刚才那些问题：一、你们都坐着车子行军吧？二、你们打半天还看不见一个敌人吧？三、你们射程多少，弹着点散布面大不大？我们冲击时距敌人就一二十米呀，打在我们头上的是不是也叫命中？四、你们伙食标准几块几毛一天？五、你们那么多卡车老给地方跑运输赚钱吧？六、你们营一级干部都配吉普车吗？……嘿嘿，妒忌！就这么点胸怀，司务长型号的胸怀。笑眯眯地妒忌。问题是，团长，我们没什么好被人妒忌的呀，我们白给人妒忌了一回。我们什么便宜也没占上啊，要找便宜向我们上级要去。"

苏子昂："你口才不错，练口令练出来的吗？我觉得你们这个班，挖苦人特别有水平。刚才那些问题，有多少是你随口胡编的？"

"当然啦，我稍微总结了一下。他们大部分问题还是关于火炮性能方面的。你没听他们的问题，完全是把别人的东西当成自个的东西了。就差一句没说：'拿家去。'团长，什么时候你也跟上头建议一下，让步兵老大哥操练给我们看看，玩点真功夫让我们服气。"

"好主意！这种做法确实有价值。"苏子昂突然兴奋，全身凝定而思路洞开，"各兵种间应该有高质量的交流，彼此都把自己独有的战术、技术、阵容、特点亮给对方欣赏。对了，不是观摩纯粹是欣赏。让兄弟兵种知道自己独有的兵种个性和兵员特征，让普普通通的小兵也看点大局。还有不同的战法，不同的死亡规律。削掉各兵种的山头观念，从相互刺激中丰富真正军人的素质……"

“团长，我拿个纸给你记下来。”瞄准手惊叹着，一半替团长，一半替自己。很有点拍马屁的激情。

苏子昂想：一个优秀指挥员，应该像我这样，有能力高举起自己的士兵，让他们发挥天生就有的欲望。他说：“不必记。你记到纸上，它就死了。放到我脑子里，它一直活着。”

“你每天那么多事，忘了怎么办？”

“忘了就忘了呗。一到合适的环境下，它肯定会冒出来，变成其他什么类似的东西。哈哈，物质不灭，能量守恒。智慧也一样。”谷默看到自己的兵们一个个倒向苏子昂，言语叮叮当当，笑容涨大脸庞，渐渐地有点空虚，他定一定神，以便把自己扔得更高些。

谷默说：“刚才，步兵干部提的问题，像敢死队提的问题，不像指挥员的问题。”

果然，苏子昂注意到他了。其实苏子昂只是把目光转向他，他一直在注意这个班长。

“哦，你觉得他们该提问什么？”

“他们不了解炮兵和步兵最基本的区别。”

“什么是最基本的区别？”

“不是武器，而是不同的武器带给人的不同东西。”谷默口舌干涩，竭力显得深刻些。

“喂，你不要铺垫，说放就放。”苏子昂判断：应当在此人说出任何东西之前，先打击他一下，让他停止闪烁，自然一点。

“步兵们是一人一杆武器，或者一人装备几种武器，步枪手榴弹啥的。一个人就是一个单独的战斗单位。我们是几个人伙用一种武器，几个人形成一个战斗单位。我们全班都被拴在一门炮上，一点自由也没有，各种动作全部固定住了。叫好听点：协同。实际上是火炮操纵我们，我们适应火炮。”

“继续说吧。”苏子昂嗅到一种熟悉的苦恼。

“步兵们放一枪，可以看见一个人在前面倒毙。最起码可以到胸环靶上摸一摸弹洞，那才是一个完整的射击过程。我们呢，一炮打一万多公尺，我们根本看不到战果，连炸弹坑也看不见。当兵三年了，我从没见过炮弹怎样落地开花。我羡慕观察所里的人，他们在山顶上什么都能看见。后来一想，也不值得羡慕，他们不能亲手打炮，他们看到的炸点没一个是他们自己干的……炮兵两大组成部分：阵地和观察所。阵地上的人只管打，但是什么都看不见。观察所的人什么都看得见，就是尝不到亲手打炮的滋味。我们每个人都不完整，命里注定。还傻呵呵的。”谷默瞥一眼瞄准手。

苏子昂问其他人：“你们对此有什么想法？”

兵们果然傻呆着。做出一副想到半道上忽然遗失了想法的样子。

苏子昂温情地望谷默：“你继续思索下去吧，一直思索到绝境。以后，该是什么就是什么。你可能成为一个好军人，也可能背叛军人，但肯定不会成为一个平庸军人。我就这么一点感想。”

谷默顽强地道：“团长，今天我们到底打不打炮？老是又像又不像的，提着颗心。”

兵们凝神屏息，都盯住苏子昂。想知道是不是受了欺骗。一天来心神不定，都因为它虚实不定。上面有意把它搞得虚实不定。

“打。生疏地形，实弹射击。就你们一门炮，其他各炮陪练。”

太痛快了！兵们眼中呐喊着。

谷默依然镇定：“其他各炮会是什么心情。”

“你知道会是什么心情。”

“如果射击结束后，能让我们到目标区看一看弹坑就好了。我们宁肯走着去。”

“不行。我本来想说行的，但是不行。去看一看改变不了什么，只会勾起更多的、更难满足的欲望。尽管你是个很有头脑的家伙，但是你被搁在兵的位置上，就只能是个兵。”

谷默笑着追加一句：“头脑降到第二位。”停会又追加一句，“我本不想这么说的。”

谷默觉得无比痛快。他们实际意思是：你们把人配属给炮，把头脑配属给四肢。他认为已经把这冷酷的意思说出去了，团长将被他噎住。

苏子昂问：“你叫什么名字？”

“谷默。”

“我叫苏子昂。”

“知道，团长。”

“再见。”

谷默率众炮手起立。苏子昂走开。

从刚才进场、用炮等战术动作看，这个炮班素质优良，苏子昂触目动心。三年内只打过两次实弹射击，可见这三年来团里根本没有什么训练经费。训练强度与训练课目也一望而知：点缀式的。在这种情况下，谷默炮班和周围全训部队同场操炮而毫不逊色，只证明一个人出色，那就是炮长谷默。他似乎带着某种恨意对待火炮与军事技术，反而获得一种精纯功夫。这很有趣。

苏子昂回想自己当战士时，面对团长是什么心境？敬畏交聚，渴望赢得注目。现在不一样，现在这些兵表面上无动于衷，谷默甚至在内心中与我抗衡，所谓团长不过是条令象征物，他们有意保持距离。

苏子昂临界上吉普车时回望他们一眼，他们正朝他注视。他笑了一下，叮嘱自己：我才不打扮成你们父兄呢，在一定程度上，我是你们的对头，你们瞪大眼瞧着吧！我不怕你们朝我打黑枪。

第六章

29. 我是唯一的

团政委周兴春翻了翻季度工作计划表，心想：9点钟以后，我干什么呢？该做的事情太多。

新兵入伍教育有待研究，今年兵员中掺杂不少社会渣滓。三营有个班长爬树掉下来了，应该就这件事抓一下行政管理。四连支部整顿进入第二阶段，连长已主动提出要求处分。指挥连缺编一个副连长，找不到理想人选。宣传股长笔头子不行，军师两级半年没转发过我团的经验材料……

周兴春每想起一件事，便反射出这件事情的解决办法。但是，他一点不兴奋，真正该做的事无法列入工作计划。上级也根本不会按你的工作计划表来评定你的成绩。该做的事情如此之多，足够三个政委受的，以至于一闲下来，周兴春就担心会出事，就发愁，干什么事好呢？

他提醒自己：学会放松，泰山崩于前而不失悠然之心。干吗我老去找事，也该让事来找找我。于是，他决定今天就坐这儿不动了。

组织股来请示："四连指导员打电话来问，政委今天去不去参加他们的总结？"

周兴春道："不去了。你们政治处也别去人，让他们自己搞。我倒要看看无人在场的情况下，他们会不会塌台。"

一个身影在窗外徘徊。

周兴春叫那个身影的名字："跟你说过了嘛，不准离婚就是不准离婚，再谈也没用。哼，又想提级，又想换老婆，眼里还有党委么？告诉你，你只有两种选择：一、提个手榴弹来找我同归于尽；二、去向你老婆赔礼认错，做恩爱夫妻。"

"周政委，我只想占用你五分钟时间……"

"你要说什么我都知道。唔，我说什么你也知道。别让我痛心啦，回去冷静冷静。"

"就五分钟……"

"终身大事，五分钟就够啦？仅此一条就证明你不严肃。好啦老兄，明天晚上，你把酒菜准备好，我上你宿舍去听你谈通宵。"

那人又喜又忧地走了。

公务员进来送报纸文件，周兴春叫住他，翻一翻他怀里的一堆信，再示意他离去。

周兴春粗略地浏览一下军报、省报和军区小报，没有本团的新闻报道。他沮丧地把它们推到旁边，只抽出一份《参考消息》和一份《体育报》，插在口袋里。从茶几下面拿出乳白色卫生纸卷，揪下好长一截，塞进裤兜，有意压慢步子，朝厕所走去。这时候，他感到惬意。

团部厕所看上去像一座花岗岩筑造的弹药仓库，阔大坚实，清洁寂静，全无粪便气味。警卫排每天水洗一次，这是周兴春政委严格规定的。厕所如同岗哨，都是一个团的脸面。想知道这个部队素质如何吗？你走进军用厕所嗅嗅鼻子，便能嗅出个大概。

周兴春在党委全会上讲过这样一个教训，使二十多个委员深思不已。他说：今年元月 15 日，军区首长率工作组到达本师七团，检查了各方面工作，都还不错。首长临走之前，上了趟厕所，里头臭不可闻，这首长鼓足愤怒才蹲下去。噗嗵，溅上来的比拉下去的还多。首长差点晕过去。兜里的手纸都揩完了，屁股还没揩干净。首长出来，团长政委等在门外送行。首长一言不发，登车走了。一个团的工作，就被"噗嗵"一声报销掉了。首长留下深刻印象。这个印象，只有下一次再到这个团时才会改变。可是一个军区首长什么也不干，光把所属的团全走一遍，也要两三年时间啊。这意味着，这位军区首长在任期内不可能再到这个团来了。这个团再没有改变首长印象的机会。

周兴春说："首长的眼光和我们一般领导不一样，他是察人之未察，言人之不言。我们可不能叫这个团的悲剧在本团重演。请大家就这件事做原则领会，不要笑过就算了。"

他所说的这位军区首长，今年元月确实到过本师七团，而且差一点要到炮团。这位首长确实对七团工作满意，后来确实又不满意了，原因不明。至于首长上厕所噗嗵一事，则是周兴春偷偷杜撰的，而且是在一次蹲茅厕时杜撰的。不过，在座者无人疑心是杜撰，它听起来那么真实，起了强烈的警钟之效。

周兴春重视厕所。当战士时，他就喜欢躲在厕所里读书看报冥思，那里不受人打搅，没有哨音和口令。解一次手，他能读完两万多字的东西，起身后，绝不会头晕目眩。及至当了团政委，这个习惯仍没断根，每上厕所必带点东西进去看。他发现自己在厕所时头脑格外清晰，思维异常灵敏。任何棘手问题，只要到厕所里蹲下，他准能想出几个主意。厕所是他的小巢，那里淡淡的氨的腐酸气息，特别有助于他兴奋。久而久之，厕所成了他思考时的据点，他经常带问题进来，带办法出去。有一次解手，长达四十七分钟，厕所外有人两次寻找政委。他忽然意识到：部下注意自己这个习惯了，他们会对此做某些杜撰。于是周兴春开始限制自己，每上厕所带一两份报纸进去，看完就出来。半小时内解决问题。

然而，只要意识到有人在注意自己这个习惯，他就无法在厕所静心思考了，身旁隐伏着某种侵犯。唉，领导者的自豪与悲哀，都在于时时刻刻老被人注视。他想，把众人目光集中到自己身上，是一种功夫。把众人目光从自己这儿分散掉，则是一种更高的艺术。

周兴春听到外头车喇叭鸣叫，迅速完事，把每一个纽扣都扣好，给脸上搁一点笑意，大步奔出厕所。

二十米开外，停着北京吉普车。苏子昂站在车旁笑道："老兄，我按的是连队集合哨，一长两短。你听出来啦？动作很麻利呀。"

"见鬼。我以为是上级来人了。"

苏子昂看见周兴春军装口袋里插着报纸，远远一指它："潇洒！"

周兴春扬面高声道："敢于潇洒！"

"敢于模仿潇洒。"

“呸，潇洒模仿我！”

“哈哈哈，老兄，你一天比一天让我敬重。我苏子昂先后与四个团政委共事过，唯有你，比他们四个捏一块还要强些。怎么着，今天陪我到各处转转？转到哪个连，就在哪个连吃午饭。”

周兴春早就和苏子昂约定，要陪他把所有营区都看一遍。1985 年全军整编，炮团接收了三个团的房地产，根本看管不过来，一副沉重的负担。

周兴春道：“你想不到你这个团长有多大。告诉你，两千两百零三幢营房和建筑，平均每人一点七幢。这堆破烂分布在方圆一百多公里区域内。除了我和后勤处长，没有人弄得清楚。你要每处看到，先要下个大决心，跋山涉水过沟，累死个熊奶奶。”

苏子昂道：“姚力军副师长告诉我，那一年师里接收了被裁掉的 79 军军部，师部开了进去，气魄一下子扩大三倍。乖乖！他说，比淮海战场上咱们一个师吃掉人家一个军还痛快。”

周兴春苦笑：“也算是一种看法。”停会儿叹道，“居然也有荒唐到这种地步的看法。”

“上车吧。”苏子昂拉开车门，模拟首长秘书，把手掌搁在门顶上，以免周兴春碰着头。

周兴春坦然地接受了小小戏弄，坐进前座：“唔，本人也配备正团职驾驶员啦。你的执照是从哪儿骗来的？”

“师后勤。弄个报废执照，贴上照片，审报新的。”

“大胆。我随时可以揭发，吊销你的执照。”

“我帮你弄一个。我知道你也会开车，但你怕影响不好，不敢开。弄一个就合法了。开车是运动，也是休息。你瞧我们一个人一辈子配发多少塑料皮证件，”苏子昂滔滔地数出一大串名目，“顶管用的还是驾驶执照，转业时你就知道了。”

周兴春注视车前公路，承认苏子昂车开得不错。里程表显示，这台车的公里数远高出其他小车。苏子昂的每个动作都撩拨他的驾车欲望，但他抑制着，出于一种大的坚信：苏子昂那种生存方式终究会倒霉。

“如果你翻车，咱俩都死了，对炮团是坏事还是好事？”周兴春问。

苏子昂惊异地看周兴春一眼。心想，此人的思索可真彻底。周兴春继续说：

“对炮团当然是坏事，十年翻不过身。不过对干部是个好事，咱们一下倒出两个正团位置。”

“你准备安置谁呢？我想你不把继任者挑选好是不肯安息的。你肯定对善后事宜心中有数。”

“当然喽。某某和某某某，顶替咱俩最合适。不过我会断然撤销这个团，让你我成为团史上最后一任团长政委。”

苏子昂轻微颔首：“听起来埋藏很大的悲痛。”

吉普车驶抵丁字路口，正是镇中心菜场。海鲜味儿跟烈火一样扑过来。满街水漉漉的。铁笼里塞满了活蛇。篷杆上挂着一兜兜的红黄水果。扁担竹筐自行车四仰八叉。麻袋里不知何物噗噗乱动。车轮前头无穷货色，随时可能压碎什么。苏子昂连续鸣笛，笛声在这里根本传不开。

“你想象一下，每次上级来人进团部，都要被一堆臭鱼烂肉堵半天，见到我们将会是什么心情？”周兴春平静地说，“与沿着宽阔公路驶进军区相比，完全是一个侮辱。人家没进营门，印象先坏了。”

“怎么样？你把理论放一放，先告诉我怎么办。”

“已经到这了，只有前进无法后退。你不用鸣笛，非鸣不可时也温柔点，小声来两下。你照直走，压不着他们。也别刺激他们。道上有两条红漆线，专供吉普车通行，线虽然被踩光了，他们心里已经留下分寸感。”

苏子昂依言换挡，笔直地驶进去，无数次险些轧到人群脚面，但都侥幸地擦过去了。车身碰到人的肩、臀、胳膊，人家浑不为意，倒是苏子昂焐出一身大汗：“要解决问题，非要等把人撞出脑浆。”

“你太乐观了。上次县委的车在这条街压死个人，调查结束，是死者被菜贩子挤到车轮底下来了，驾驶员毫无责任。县政府要取缔这个菜场，老百姓大闹一场，最后，只在路上标出两道红漆线，双方妥协。脑浆管什么用。”

“你不是和县里关系不错吗？”

“确实不错。”

“请他们把这个菜场迁到别处去，拓宽通路。要不，万一来了敌情，咱们被窝在里头，死都出不来。”

周兴春面色阴沉：“敌情？惹人笑吧！那帮老爷知道根本不会有敌情，要解决问题不能跟他们谈敌情，只能谈钱！我们没钱，我个人和他们关系相当密切，喔不——相当亲切！但这只是个人关系而不是军民关系。要讲军民关系嘛，大致是一种斗智斗勇加斗钱。我分析，他们看上我们的团部喽，暗中盼望我们迁走，把营区大院低价卖给他们。整编那年，县政府拿出三万美元，收走了一个驻军医院一个油料仓库。妈的等于白送。现在，他们又耐心等我们给挤得受不了的那一天。我理解他们，这是军队和地方利益的冲突，高于我本人和他们的关系。我要是当县长，也会这么干。我对付军队比他们有办法，信不信？”

“本团不是接收了三个团部吗？为什么不迁到别处去？”

“等会你就知道了，都在山沟里。家属就业，孩子上学，干部找对象……唉，团部只能安在县城。喔不——被逼进县城。”苏子昂提高车速，几个衣装散乱的士兵从车旁掠过，他居然没停车盘问他们，他对自己的冷漠也略觉吃惊。他不准备再当四处瞪眼的团长，那没有用。野战军堕落为县大队，并不是一个团的悲剧。身边的政委已经适应到如此程度，可见任何个人都无力回天。苏子昂到职之前，曾经有过两个渴望：第一，渴望得到一个落后成典型的团，他在治理过程中积累大量经验，丰富自己对未来军队建设的思考；第二，渴望得到一个先进成尖子的团，他好把自己多年思考投入实践，将来做几个大题目。现在，他发现两者俱失，他来到一个不是部队的部队，这个团从环境到性质，都不能承受他的强硬设想。它们不再催生军人而是催眠军人。

“我们确定个顺序吧，先从最难看的地方看起。”

“榴炮二营。驻地就是原 79 军军炮团。”

30. 团的残骸

三面是半死的山，中间裹挟着一个团的残骸。从山上往下看，到处滞塞着化石般僵硬气氛，令人插不进一只脚。花岗岩和高标号水泥筑造的营房、礼堂、车炮库、办公楼、宿舍区、修理所……统统开始腐烂，散发冰凉的苦酸味儿。残骸们还保持着炮团格局：通道与炮场的最佳关系；团部分队的适宜距离；各哨位和弹药库的理想视野；炮种和炮库的精确比率；隐蔽性和机动性的合理追求；等等。这些不可捉摸的神秘格局，正是炮兵积无数战争经验凝聚的精髓，它们散落在残骸中，证明这破烂山凹确实存在过军人生命。苏子昂从屋檐拐角，从树梢上空，能够看见现已消失了的通信线路。他从野草丛中踩过，草茎下面是混凝土场地。所有建筑物的门窗、自来水管、电线木梁，都被人拆走卖了。只剩下炸药才能对付的牢固墙身，下半截蔓延着厚厚的青苔。他被一个汽油桶绊了一跤，随手一推，汽油桶从当中裂开，跟烂布一样无声无息，简直不敢相信它曾经是金属。他不知道下一脚将会踩着什么，只得把脚掌提高高的，悬在半空中凝定不动，透过草丛往下看，这时他品味到绝望的意境。

周兴春从后面拽住他："你正站在水塔顶上！别动！原地后退。"

苏子昂才发觉脚掌落地后，地下面传出空洞的声音。自己怎么会走到耸立空中的水塔顶呢？

"跟着我走。"

周兴春沿着草色发亮的地方走，草下果然是石砌小径。他们一路而下，来到团部中心。两头水牛趴在大礼堂里嚼着身旁草堆，悠闲地望他们。外头还有十数只山羊，或卧或立，一概是撑足了的神情。原先团部大操场，被改成上好的秧田，肥水不泄，秧苗葱绿。周兴春告诉苏子昂："营房一旦没人住，破损得非常快。这个团部价值两千多万，当地老百姓清楚得很，不租不买，反正谁也搬不走，迟早是他们的。圈个牛羊搞个恋爱什么的，没比这更好的地方了。你瞧那草窝子，全是男女打滚儿打出来的。"

"要命。二营就在这山头上，天天看见这破败景象，还有什么士气可言。"

"能封住战士眼睛吗？只有一个办法，再花几百万，把这里一切全部摧毁，埋掉。"

"当兵的来此转一圈，你半个月的政治教育全泡汤。"

"我知道。我既无法阻止他们转一圈，也不能不搞政治教育。我照样讲军人前途之类。"周兴春笑着，"老兄你乍到职，眼光新鲜，一下子就能看出水火不容之处，我们早习惯了，样样都挺自然的喽。要是我下一道军令，在山头拉起铁丝网，不许任何官兵迈过一步，他们会怎样？会更想溜进来逛逛。喔，会一下子发觉有人要关他们禁闭，而不是把这个报废团部禁闭起来。再说，我粗略算了一下，四周全拉上铁丝网，要十万八万，等于本团的三年的训练费。办不到。"

苏子昂示意山坡上那幢房子："团首长宿舍？瞻仰一下。"

"左边团长，右边政委。"

它是两套住宅，每套三室一厅，平房，砖地，天花板很高。门窗俱无，墙壁上空着好多个方方正正的大洞。站在门口，目光可以穿过几间房子直射屋后，仿佛进入一具躯壳。苏子昂钻进一间约摸十四平方米的屋子，估计是卧室，四下望望。六角形地砖因受潮而膨胀变形，下面顶出草来。阳光透过天花板缝隙落到他身上，使他觉得这道阳光很脏。

太阳一直被破烂云层团团捂着，此时突然涨破云层，从缝隙里噗地掉下来，犹如一个灼热的呐喊。周兴春觉得脖颈、肩胛一阵燎动，他压低帽檐，好让太阳顺着帽弧滑落。他开口时听到口腔里“滋啦”一响，声音也发粘：“日历牌上说，今日立夏，还说17时37分交节。你说他们干吗把夏天的起点搞得那么精确，看了像讣告牌似的？好啦伙计，夏天一到，苦日子开头。我最烦夏天，夏天的兵都是蔫乎乎的烂酸菜……”

他告诉苏子昂，对于一年四个季节里的兵要有四种带法：

“春天里的兵，要紧之处是管住他们的情欲，防止猪八戒思想泛滥。三营那里，营房和老百姓住房门对门，夜里拍大腿都听得见，战士也跟着拉自己的大腿，像一池青蛙，不要命吗？这一带习俗也不大好，女中学生也开放到家，身上的衣服比外地普遍小一号，腋毛都敢露外头展览。短裤上束一条宽腰带，腰带扣上镶着说不清什么东西，勾人往那里看。她们特别能刺激当兵的，不是勾引而是刺激着玩，带点雏儿练腿脚的意思。所以，我特别主张春天强化训练，把一天时间全部占满，狠狠地唬！有多少邪念统统唬倒它，把欲火转化成练兵劲头，健康地排泄掉。接着是夏天了，白天小咬，晚上蚊子。老兄，这地方的小咬品种丰富，纱窗纱门全挡不住它们。咬你不知道，飞走了吓一跳。像我这只手背，顶多只能搁下它咬的三个半包，再多就得上叠包。你的前任——吴团长，在野地里撒尿，鸡巴挨咬了。他不明白，怎么訇訇乱动的东西它也敢咬？肿得才叫惨重，当天就住院了，被人当笑话说，领导威望也受损。还有蚊子，昼夜都有，白天钻透军装晚上钻透蚊帐，据说水牛也怕它。叭唧一巴掌，跟打个水泡似的，溅满手血，它还不死，粘在你手心上还想飞，还会叫呢！另外还有太阳，局部地区的气温从来没人预报，反正弹库里的温度一般是五十摄氏度，阳光下的炮身六十多度，炮轱辘都要晒化掉。战士们都跟蛇那样蜕皮，半死半活，叫不动。你就发狠吧，就只管粗暴吧，不然无法带兵。到了秋天，稍好一点，能吃能喝了，膘肥体壮了，妈的，干部又开始探家了……”

苏子昂沉浸在周兴春的感叹中，像偎着一个情人，温存而又忧郁。周兴春说的一切他都经历过，那些滋味大团大团噎在胸口，诉说本身就是一种无奈的蠢举，滋味排斥诉说。他坐在一个团的残骸当中，臀下是以前的炮弹箱。这只炮弹箱的向阳部位还硬邦，阴暗的部分已经被草茎和苔类吃掉了。铁质箱扣因锈蚀而膨胀，冒着热烘烘的苦酸味道，一碰就碎。就在他听周兴春诉说时，迅速生长的草藤已经悄悄伸过角须，搭住了他的肩胛。再坐一会儿，它们似乎就会缠住他，在他身上扎根噬食，把他变成身下那只炮弹箱一样。

阳光落进水泥与岩石的废墟，像被海绵吸收进去。细细的风在无数缝隙里徘徊，发出若有若无的吟叹。假如这片废墟是一个活的团，它将把阳光与风极响亮地碰开，把它们从这面墙摔到那面墙上，军营里到处是花岗石胸膛。现在它死了，躯壳正一点一点喂给草茎。

周兴春问："你打过仗没有？"

"蹭个边儿。你呢？"

"打过，就在这儿。"周兴春遥指对面山坡，"那里就是我的上甘岭，我在那里坚守了两个多月。当时我奉命来接收这个团，唉，完全是一场消耗战。这个团的素质原本不错，人头我也熟，撤编命令一直压到最后一分钟才让他们知道……你想象得出当时场面。当兵二十年，那次接收任务把我锻炼到家了。我认为我打了一场败仗，尽管它的价值超过三次胜仗。接收任务完成后，我把我带去的十二名干部、八十余名战士，半年以内全部复员转业调动，把他们彻底打散，为的就是不让坏风气在我团扩散开。我周兴春断臂护身，刮骨疗毒！我狠不狠？"

"我有个体会，一支部队推上战场冲啊杀啊，往往越战越强，但是一声令下：解散，不要你们了，顷刻间就垮，甚至反过来报复自身，什么样道理我还没想透，但肯定有很深的原因。"

"接近于反动言论。"

苏子昂见周兴春不悦，立刻诡谲地笑："我是夸奖你哩，很多精彩的话乍一听都有点像反动言论。"

周兴春苦思反击的言词，等他酝酿好，交锋的时机已过，苏子昂在说其他事情。他若再把心内的妙语掷去，倒显得妙语也不甚精妙了。他只好做出浑不为意的样儿，将妙语含在口里等待时机。不料后来老没时机了，他含着妙语不得吐露便像含只訇訇乱动的青蛙，连肚肠也给带动了，好不难过。

苏子昂说："这确实是个出思想的地方，闲下来真该独自漫步。每一步都几乎踩进地心里去。"

"我不知道陪过多少上级部门的人来这里看过，他们一到这就通情达理了。这片废墟是我们团的广岛，最能打动人。我要钱要物要装备，就在这儿跟他们要！嘿嘿，没有一次落空。作训部给点训练费，后勤部给点油料啥的，文化部门给点放像机，累积起来就多啦。记住吧你，这地方伤心归伤心，但充分体现我团的艰苦条件，跟现场会似的，留着它招财进宝，团长政委好当多啦。"苏子昂惊异，周兴春到底成精了。伤心劫难之后，一点不影响智谋，好像情感与智慧毫不交融，各自发展各自。现场会也罢，广岛也罢，统统是他的道具，政委当到这地步，真正当出舍我其谁的味道来了。苏子昂站在他面前鼓掌："听老兄说话，绝对是享受。"

"有个够档次的听众也不易呀，我就经常找不到知音。哎，这地方不可滥用，要用就抓住时机狠狠用一次。"这时周兴春胸脯里"叽叽"尖叫两下，他一把按住那地方，"我说它该叫了么，九点！我们走。"

"什么东西？让我看看。"

"看了要还我。"周兴春从胸部口袋里掏出一只黝黑的多功能军用秒表，爱惜地摩挲几下表面，再一捺，叽叽叫着递给苏子昂。秒表奏着一支乐曲，音色像黄莺。周兴春道："带电脑的，正宗洋货，绝不是什么台湾香港组装的。功能多得我都数不清，还可以测方位量地图。上次军里王副参谋长来，我从他口袋里硬夺过来的。"周兴春伸出一根手指，点着秒表上的英文字母，吭哧着念出几个，是用汉语拼音的念法念的。然后道："明白它说什么吧？美军退役留念。"

苏子昂不敢笑，竭力正经地告诉他：那句英文的意思是"功能转换"，大概表明某只键的用途。

周兴春悟道："你瞧精彩不精彩，人家老美多幽默，退役不叫退役，叫功能转换，这里头有好几层意思，一句话全挂上啦。人家对军人职业的理解比我们透彻。"

"你比什么都精彩！"

两人大笑。苏子昂在笑中很自然地把秒表揣进自己衣袋。周兴春隔着衣袋捉住苏子昂那只手，道："人家已经用出感情来啦。"

"我要的就是一个感情，东西值什么？"

周兴春松手，道：“你已经把话说出口了，我能让它掉地下么，唉。拿去就拿去，你爱惜点用，弄坏了我不饶你，全团就这一只。”

两人攀上山顶，朝停车处走去，苏子昂胸脯叽叽尖叫两下。稍停一会，又尖叫两下。每叫一次，周兴春都盯住他胸脯。苏子昂掏出秒表，说：“难受死了。”还给周兴春，“叫起来扎人。”

“你调整一下按键，它就不叫了。瞧，这样一捺再这样一捺……”周兴春坚持让苏子昂收下。苏子昂坚决不要了，周兴春只得把表揣回自己怀里，委屈地说，“咱们不叫了人家还不肯要咱们，唉，人家看不起咱们，咱们看得起自己就行。”

31. 干部是关键

车至二营，没在营部停留，径直朝六连驻地驶去。教导员仍然听见了小车声音，从营部出来张望，然后跟着小车大步追赶。苏子昂在后视镜里看见，想停车。周兴春道：“别停，叫他跑跑，就几步嘛。”

车至六连连部停住，教导员也赶到了，噗哧喘着敬礼：“团长政委。”苏子昂回个礼。周兴春两手背在身后，泰然地反问：“究竟是团长还是政委？说话跟新兵似的。我陪团长到六连来看看，想把你绕过去却没绕成。”

教导员笑着趋前引路，六连连长和指导员双双迎上前，靠足，打敬礼。周兴春回礼，比刚才认真得多。苏子昂望望对过的宿舍，道：“是不是有活动？要集合的样子嘛。”

教导员回答：“9 点钟营里进行安全教育，由我组织，师里豹子头亲自参加。”

“谁是豹子头，保卫科的鲍科长吗？”

周兴春笑了：“比鲍科长厉害多了，等下你会知道，我们跟着看看。”

教导员听见团长政委要参加，招手让通信员过来，小声交代几句，通信员得令朝营部赶去。众人随周兴春进入连部会议室。会议室当中有一张油漆斑驳的乒乓球桌，卸了网就是会议桌，三面是长条凳，顶头有两把椅子。周兴春在左边椅子里落座，军帽碰到墙上的大红锦旗，他脱帽放到乒乓球桌上，顺手在头上撩两下，把军帽压瘪的头发撩蓬松些。苏子昂在他旁边椅子里坐下，感到脑后也碰到一面锦旗。他望望身后墙壁，挂满锦旗奖状。对面墙壁有十大元帅像，数一下只有九个。左边墙壁贴着几张表格，格子里插着三角形小纸旗，红的黄的绿的。右边墙壁则钉了一排钉子，挂了十几个活页夹，分别是：武器装备检查、人员流动检查、副业生产检查、岗哨勤务检查……苏子昂觉得不拽过一本看看就对不住它们，他手拿一本军体达标检查，翻一翻，见全连百分之九十几都达标了，有点意外，再看日期，是去年的。他把夹子朝桌面上一摔："老掉牙啦。"

连长急忙回答："我们连双杠坏了，新的拖了一年也没发下来。"

"去年有这水平么？"

连长指导员同声答："有。"老练而默契。

"明天叫人把团招待所的双杠抬来，放在那里纯粹摆设。"

周兴春对连长指导员道："那么新的双杠配下来后，就归招待所喽，"又朝苏子昂笑一下，"师长每次到团里，都要撑几下双杠，招待所该准备一副。"

指导员道："那我们还是等新的吧。"

文书端进茶具，连长指导员双双动手，每只杯子都用开水涮涮，大把往里放茶叶，很舍得。教导员拦住指导员道："到小车上把政委的杯子拿来。"

指导员放下暖瓶去了，周兴春毫无表示。过一会，指导员拿进来一只容量很大的磁化保温杯，又替它涮热了，再搁进乌龙茶，注入半下子滚水，加盖停留片刻，再续满水。苏子昂使用连队的搪瓷杯子，这种杯子摔不坏。他略啜几下，茶是好茶，水却带荤油味道。周兴春问几句连队情况，不甚用心，因为那些情况他全知道，询问只是习惯使然，造就一点气氛。苏子昂看出周兴春喜欢六连，便注意观察与倾听，一个人喜欢什么往往也证明了他是什么。连长和指导员每次回答周兴春问题时，都把半边脸转向苏子昂，仿佛在回答两个人的问题。待话说完，重新归位目视周兴春。苏子昂渐觉有趣，发现自己越是不语，连长指导员越是不安，脸庞越是频繁地转向自己，默默期待甚至强逼他做些指示。他再沉默就会有误解了，连队干部将瞎猜疑。苏子昂也想在周兴春话语中塞进点"哦呀噢哇"之类的点缀，以示自己参与谈话，那样恰可以躲避谈话，可他内心一直丢不开山后那片残骸。无意中，他的杯盖碰击杯口一下，挺响亮。室内刷地静默，干部们统统正容望他，以为他思考很久后终于要做指示了。苏子昂全不料会被晾出来，暗中替他们发窘，他咕噜道："好茶，冲水。"连长提壶为他注满水，苏子昂不出声地把杯盖盖上，身体靠坐回去，以为能恢复正常了。一看，他们更加专注地望自己，连周兴春眼内也满是催促意味。苏子昂又一次感到被众人逼着行动，下属们能够修改领导。他蓦然产生作恶念头，模拟集团军政治部孙主任的样子，“咳咳”清两下嗓子，左手指朝鼻梁上一推，以示把眼镜推上去，从口袋里掏出一方手帕，打开来放面前，盯住它念道：“同志们，我对政委刚才的重要指示，谈一点初步理解。并对如何贯彻这些指示，谈一点不成熟的粗浅看法……”

干部们嗬嗬笑了，他们喜欢看到庄严的东西受到贬低。虽然都在笑，但笑法不一样。教导员笑得半生半熟，当中不时看周兴春，像请示该不该笑。周兴春只有笑容而无笑意，显然在转动某个念头。苏子昂道：“你们知道政委在想什么？他在想：有种的当孙主任面表演。”

周兴春噗哧笑了：“不错，我正在这么想。”

“其实最善于说笑话的还是咱们周政委，他看问题时的角度多，把真理用幽默包起来。我劝各位跟随他练练说笑话的本事，会讲笑话的人绝少废话。今天我跟政委来熟悉一下情况，把各位姓名和面孔对上号，让我集中精力听、看、想，行不行？哦，对了，那副双杠，还是建议你们拉回来，不要等配发新的，谁知道新的什么时候到，没有运动器械，这个军体达标夹子就是假的。实际上双杠旧些好用，弹性适中，新的太硬。”

“我们明天就去拉，新的我们不要了。”连长爽快地道。指导员在边上点头，眉眼一齐努力。

“政委说你们新兵工作有特点，说我听听。”

指导员打开小本，教导员抢先道：“王四海，你专门讲讲特点，一般性情况，团长全熟悉。”

苏子昂想，总算有点教导员的样子了。指导员闻言把本子合上，苏子昂以为他会讲得精彩些，听着听着便意识到他在背诵小本子。

“今年补充兵员十四个，总的看比去年强，身高全在一米六五以上，文化程度全在高中以上，没有被迫参军的，没有患肝病的，连左撇子也没一个。但是各地的高中不一样，江西赣北的高中生连小数点也不清楚，南昌市的高中生不但会微积分，还会英语九百句。有一个新兵还会铜钟功，能隔墙推人，连里试过他，不大明显，准备继续落实。十四人中有九个谈过恋爱，其中三人有过关系。家庭收入方面都不错，十四人都带钱参军，少的四百多，多的三千多元，全是百元一张的大票子，连号码都挨着，已动员他们交司务长代存。服役态度方面……”

苏子昂插问：“那些情况你们是怎么了解的？人家愿意谈隐私？”

指导员谦虚地点点头：“咱们首先依靠领导，政委说过，彻底了解情况。领导有指示，我们有干劲，问题就解决了一半；第二，多动脑，建档案。我们给每个新兵都立了一个档案，把关于他的各种材料全记上去，就基本掌握了他的思想轨道。档案一翻，有的放矢。”

周兴春说：“给新兵建档案，六连先起的头，有点创造性。我准备全团推广，再将经验上报师里军里。这对于经常性的思想政治工作，是一种新尝试。”

连长已在门口叫：“拿档案来！”声音高亢，有如叫“拿酒来”。

文书抱进一摞牛皮纸袋，苏子昂从中抽出一只，打开看，封皮上写：吴根水情况。下面有某年某月某日立。吴根水被分割成数十个项目，除了年龄性别籍贯等常项外，还有：排行第几；是否迷信；有无嗜烟梦游手淫；乳名绰号；家庭及个人收入；本人生活习惯……都是用碳素墨水记载，笔迹工整，似乎有点魏碑体。

连长指导员注视着苏子昂，预先做出倾听的样子。苏子昂问：“你们拆阅战士来信吗？”

指导员：“不准！哦，但是全连每天收进的信和发出的信我都要看看封皮。比方说，某人忽然收到某件以前从未收到过的信，我就要从他老乡那里了解一下来龙去脉；再比方说，某人这一段时间通信忽然多了或者少了，我们也会安排人了解一下发生了什么事。”

“其他人的档案也有这么多内容？”

“有的更详尽呐。”

“能坚持下去吗？”

“贵在坚持，我和文书忙了两个月，才初具规模，几次想丢开，真要丢又丢不开。以后还要加强两方面内容，一是情况分析，二是方法措施，也就是科学性和指导性。”

苏子昂沉吟道：“这可是项大工程哪，不会变成沉重负担吗？你们把一个人掌握得这么透彻，比军区干部部的档案更能反映出一个人的特点。他们的档案是从流水线上下来的，你们的档案完全来自实践，是为了掌握人而不是记录人，专挑有特点的记，有点美国中央情报局的档案风格，我一读就能想象出那人的模样。”

指导员听不清是批评还是夸奖，想想判定是夸奖，笑道：“团长讲话，叫人听了又高兴又开眼，哪天团长有空，多跟我们吹吹外边的事。”说罢，不自然地看周兴春一眼，笑容僵在脸上。

周兴春道：“不必美化自己。调查研究嘛，就跟剥大葱似的，一层层全剥开。新兵来队，应趁其立足未稳，一家伙控制住人，把所有情况都搞清楚，等他兵当油了，你就镇不住他了。”

众人轰笑，相继取杯，很豪迈地咕咚喝茶。

周兴春说：“快集合了吧。”起身踱出门，指导员忙跟上去。稍过一会儿，连长说：“我去交代一下。”也跟随了出去。会议室内剩下苏子昂和教导员，空间顿时扩大，两人目光老是“当”地碰在一起，说两句话再转开。苏子昂望窗外，噗嗤一笑：“政委在履行家训。”

靠近连队猪圈那里，周兴春站在一团树荫里，指导员站在树外凶猛阳光下。周兴春训斥着他，声音不大但动作有力。训一会儿，周兴春掏出个小东西剔牙，接着再训。十数米外是连队哨位，哨兵笔直挺立，以为站在政委和指导员眼皮底下，其实他俩谁也没注意到他，否则早换地方了。领导批评下级，通常避开战士进行，以免损伤下级的威信。过一会儿，周兴春走开了，指导员快步回来，半路上窜出连长，原来他埋伏在附近。

苏子昂听见指导员快活地说：“政委把我骂了一顿！骂了就好，骂了就好，我放心了……”

32. 驭兵之道

战士们在营部大操场列队，当中留出一片空场。值班干部整队毕，喝令“放板凳”，地面颤动几下。苏子昂听声音不对，细看，各连的小板凳杂乱不堪，有竹子的有木头的，有马扎子有铁夹凳。许多新兵无板凳，提着洗脸盆来，执行“放板凳”口令时便把脸盆“匡”地倒扣下去，准备当板凳坐。值班员朝苏子昂周兴春跑步过来，从方向上很难判定他究竟要向谁报告。他的步伐透着犹豫。周兴春主动退后一步，值班员才明确了，余下几步跑得极精神，在距苏子昂五米处立定："报告团长，二营集合完毕，实到人数二百七十一名，其中干部十六名，战士二百五十五名，报告完毕，请指示。"

"小板凳不统一，全部撤掉，全营席地而坐。"苏子昂指示。

值班员得令，标准地向后转，靠腿的同时提起两颗松拳，跑回指挥位置重新整队。

周兴春道："豹子头来啦。"语调亲切。

一部小吉普驶到场外停住，前座跳下一个中尉，稍微正一正军帽，低呼口令，后门洞开，窜出一头三尺多高的雄壮狼犬，足爪落地发出"嗵"的一声，像敲击鼓面，其速度和姿态证明，那后门是它自己打开的。满场欢情骚动，好些兵支起腰唤它："豹子头……"仿佛和它烂熟，中尉朝这边一摆手，他们才不唤了。

苏子昂问："今天到底干吗？"

周兴春道："安全教育。可以这么说吧。"

豹了头的头大如斗，眼内精光迸射，四肢油黄，背上有一抹炭黑，一口尖牙白得耀眼。它轻轻抖抖身子，一下子把强健气概全抖出来了。接着它伸个懒腰，一个喷嚏打出去二尺多远。它对场上的欢迎声不屑一顾，透着大影星的雍容。

欢迎声再起，它稍有点烦，轻叱几声。中尉捧着它的双颊，低着头和它交头接耳磋商了一会儿，它才平静了，相挨着进场，像带进某个秘密协议似的。豹子头在中尉右侧，鼻尖和他腹部平齐，两位组成一列横队，由北向南抵达场地中央。中尉立定，豹子头便取坐姿待命。

周兴春大体上赞叹："坐得多精神！"

苏子昂看看士兵们，果然不如它。

中尉又叽咕几句，大概是叫它熟悉场地。豹子头沿着前排士兵碎步跑开，两耳笔立，后臀一晃一晃，四足仿佛踩着高跟鞋，沾地便去。它靠近哪一排，那排士兵就稻草似的朝后倾斜，像给它的气势推歪了。原本是叫它走给人看的，走着走着关系颠倒了，变成它在沿途审视人了。一圈走毕，它呼地从人群上空跃过，恰好落进出发位置上。周兴春感慨地拍着苏子昂后背："我担保它打心里瞧不起人。你看它多傲慢，有什么办法呐，应该的。它有战斗力，西德种，立二等功一次，三等功两次，伙食标准四块五一天，小车里有专座。别人要是坐了它的位置它就把人挤开。要是给它开工资的话，哼……”

“是你请它来的吧？”

“就它在狗的种属里所达到的水平而言，恐怕不亚于你我在人的种属里所达到的水平。当然，这两者不好比较。”

周兴春把两头都说到了，苏子昂反而无言，心里道：“去你妈的种属！”

中尉叫几个战士在场地中央搭起各种障碍物，又从前排人脚下剥走几只解放鞋、军帽、手表、打火机，在场地上排成一列。朝豹子头取坐姿，前脚直后腿曲，和刚才的坐法比，身躯更粗大，硬毛全张开了。

中尉道：“我先说几句。我是师保卫科徐干事，双人徐不是言午许，它是我科在编军犬，档案记名：奋进，绰号：豹子头。它服役七年了，比我大。执行大小任务四十多次，破案二十多起，挽救人命三条。今天我们来，是进行安全工作现场教育。大家要明确几个原则。第一，端正认识，我们是安全教育不是马戏班子。为什么这么说呐，因为我们和豹子头是革命战友，它将向大家展示自己的破案能力，使罪犯害怕，使战友们放心，也使有个小拿小摸毛病的人震动，痛改前非。事实证明，这个办法很有效，凡是豹子头表演过的部队，案发率大大降低。所以从前年开始，我们每年都到各部队巡回表演。哦，补充一句，这个办法是周兴春政委向我们建议的。”中尉半军向右转，朝周兴春遥遥敬礼。周兴春得意地抛去一声：“稍息。”

苏子昂歪头看周兴春，道：“威风！佩服。”

周兴春背着手，头颅伸开，顺时画个大圈儿，以示把在场人全画进来：“雕虫小技。政治工作嘛，说到头还不是驭兵之道。”

“对对，你的形象一分钟比一分钟高大，老是叫我出乎意外。二战初期，罗斯福对丘吉尔说：与你同处一个时代深感愉快。此刻，本人也有这种感觉。”

中尉继续说：“第二条，大家在观看表演时要尊重豹子头，不要叫喊，不要鼓掌，不要刺激它。豹子头通人性，一眼能看出你对它持什么态度。为防止事故发生，严禁任何形式的挑逗。否则，它会认为是侮辱而扑斗，等我命令它退下，它已经一口咬下。当然，大家也别怕它，豹子头讨厌人怕它。同志们看，它已经不耐烦了，每次表演，对犬的素质都是一次伤害。要不是执行任务，才不干这种事呐。”中尉俯下身宽慰它一会，又起立，道：“第三条，表演当中如有失误，请大家谅解。豹子头流感才好，体温仍然偏高，来之前才打过针，情绪不高，嗅觉也没完全恢复。它是带病执行任务的。好，豹子头，我们先做第一练习。”

中尉让豹子头做了几个简单动作：走、跑、跳、卧……显示军犬训练有素，人犬沟通。接着开始“翻跃障碍”，在各种障碍中蹿上蹿下，而且不碰出声来，引起兵们赞叹。再后来是“嗅”，显示它对气味的高度嗅辨力，豹子头把地上的鞋帽等物一样样衔给原主，全然不错。再后来是“追踪”，模拟逃犯的人员身着极厚的防护衣，把现场搞乱，再浑无目的地在场外乱跑，穿越草地，上树下沟，又翻墙又扬土，从这屋钻进那屋，制造种种假象，试图迷惑豹子头，兵们看得出神，各种犯罪技巧使他们大开眼界。待罪犯在极远处藏匿之后，中尉给豹子头解去颈上皮套，它在案发现场四处嗅察气味，然后循踪追击，一着一着卖弄本事，终于在一个洞里把罪犯扯出来，人狗一番恶斗，罪犯被制服。中尉拿着罪犯才穿过的防护衣让兵们传看：一排大牙洞，金属衬里都被它咬断了。兵们不住地惊呼厉害。

表演持续一个小时，要是听教育课，兵们早烦了，而现在他们跟看警匪片一样起劲。听到表演结束时，兵们呆一刻，疯了似的鼓掌，中尉制止不住，把豹子头搂定，朝兵们点头，他也有点感动。

周兴春说：“伙计，你看如何？”

苏子昂道：“不错不错，寓教于乐，笑完了才后怕，这比你那个新兵档案有意思多了。”

“我们团基本上没有偷窃现象。要有，也是当地群众犯案。这一点，我有信心。”

“吓住了？”

“吓住了。”周兴春又惋惜道，“这么容易就被吓住了，唉，这些兵太熊包！……”

33. 散步是一种散心

团机关餐厅建立在山坡顶部一处幽凉所在，旁边有个大水塔，水塔顶恰与餐桌的桌面平齐。由此可以断定，每次进餐，大家都身处全团最高境界，可以鸟瞰四方。

炮团的团部嵌在山的腰眼里，这里过去是高炮团，当然离不开山。整个布局呈“△”状。前任大哥们不知怎么考虑的，偏把餐厅安置在顶尖上，吃饭时目光顺碗沿瞟出去，就是遥远的地平线，叫人觉得上下搁不到一块去。

开饭哨响，最先到位的是一群群麻雀，守住池边，石凳，枝头，欢喜地唧喳。然后是几个机关兵，“咔咔”地从某处蹦出来。再后是若干个参谋干事助理员，再后是若干个股长和部门领导，他们顺着团里唯一的那条柏油路，稀稀落落地踱上来。由于爬坡，腰都佝着，嘴脸冲自己脚背，继续着从办公室带出的话尾巴。总之，职务低的总是先到，团首长往往跟在最后，步态稳重，面孔残留着思考表情，仿佛用餐只是尽个义务。

尽管餐厅里有桌椅吊扇，干部们还是喜欢在外头吃。菜碗搁在凹凸的石条上，歪了，移动一下搁牢靠，再不行就在碗底垫个小石片。屁股坐块石头，先朝四处望望，交替提起两脚，重新坐实在喽，拔出插在碗里的小勺，拌两下，填入第一口。餐具全是金属的或者搪瓷的，吃着便叮当乱响。

炮团伙食相当不错，集团军转发过他们的经验。军区工作组也在这吃过，评价是，比大区机关强多了。周兴春对伙食问题抓住不放，一抓到底。标准定在：让出差干部想念本团伙食。此语太亲切了，机关干部全明白，物质变精神，不管什么教育学习，都不如伙食更能稳定人心。一天两顿肉，工作不落后；周末要改善，好比学文件。食堂管理员对之注释了一下：“肉是瘦肉，不是肥肉，我啥时让你们吃过肥肉？你们吃么？”今天是周末，菜分三色：红烧鱼、卤蹄髈、辣椒炒豆干；主食两种：米饭面条；汤一道：粉丝萝卜汤。由于菜比饭多，各人都拿饭盆装菜菜盆装饭，才承受得当。干部一边吃一边磋商晚上活动，在谁谁宿舍，几点钟开局，“拱猪”还是“提一壶”，“跑得快”还是“五十 K”，带什么烟什么点心，谁出烟谁出点心……下方是司令部值班室，黄参谋在接电话，声音聒噪，破窗而至，闹得人硌牙似的，吃不顺畅。后来大家也不说话了，就听他一人在下头喊。

“什么？……该过程应注意……什么，不是‘注意’是‘处于’。什么？‘应’字也不要啦。干吗不要？行啊，不要就不要。该过程处于预案阶段，记下啦，接着说。什么，到达待机地域，迅速组织强奸。什么，不是‘强奸’是‘抢建’……记下啦接着说，你定于本月下旬开始，干吗由我们定呐，应当由上面定嘛。什么？……里礼尼李犁逆利……到底由谁定？……”黄参谋声音开始劈叉，干部们只能从窗口挥舞小勺，于是全体干部都昂起胸膛，随他一起朝值班室后窗暴喝：“拟！”

值班室霎时静默，估计这声暴喝通过话机传到百里外的师部去了。

黄参谋伸出头委屈地朝吃饭的人们喊：“这个破线路！……”作训股长兀自道：“还保密呐，保个屁密。我一个鱼头没吃完，方案都听三遍了。今天机关齐不齐？”看四下，“齐嘛。团长，我可以省去传达了，大家有什么不明确的地方？”

干部们快活应道：“明确。”好几条声音是从含着肉块的口里发出的。

吃罢晚饭，周兴春与苏子昂沿着下坡缓缓走，因觉得有的是时间而不忙于开口说话。周兴春手伸进口袋摸一阵，没摸出名堂，便从路边掐一截樟树细枝，劈开个尖儿，用手掌捂住口剔牙。剔出不少渣子来，一口口朝外啐，末了嗅了一下那截秃枝，轻轻抛开。他告诉苏子昂，他的牙硬是给剔坏的，越剔牙缝越大，越大越塞东西，越塞东西越得剔，恶性循环，最后拔掉了三颗牙。

苏子昂道：“少了三颗牙怎么还有这么好的口才？”

“剔牙便于思索，真是便于思索。”

“我觉得这是师以上的习惯，你干吗冒充？”

“不然日子怎么过？我也想日理万机呵，不给万机光给日子，本人才华都变质了。”

“越是小地方，真理越他妈多。”

两人信口胡言乱语，间或打个嗝儿，沿着幸福路——团部环形通路，含着幸福无尽头的意思——踱去。警卫排、收发室、汽油桶、鸡窝……相继经过，后来在一丛芭蕉树前站下了。团部无胜景可观，就这几株苗蕉有点媚人。周兴春叹口气：“单身汉哎……”

“祝贺你。爱人在哪工作？”

“厦门市，一个季度才能回去五天。”

“调来算啦。”

周兴春瞪眼：“这山沟里是放老婆的地方嘛，你干吗不调来？我让她当团里妇联主任。”

“不调，搁在远处想，比调来好。”苏子昂苦笑道，“这就是感情辩证法。”

对面走来几位志愿兵老婆，面皮黑粗，腰身直溜溜，线条啊起伏啊，全免掉了，无甚可回味之处。她们撞见政委，偏偏亲近地笑着，学银幕上女人说话。周兴春强撑精神应付几句："吃哪？没哪……那赶紧吃去，赶紧吃！别耽误。"待她们离去，他唉声叹气地问苏子昂；"刚才我们说哪块啦？"

苏子昂忍住笑："刚才咱们隐蔽着，不敢出声。"

"几个志愿兵相当不错，就是老婆可怜，丑得不能看。再碰到家属，你负责打招呼噢，我头里走，我俩轮流值勤嘛。"

转到干部宿舍，周兴春不时透过门窗朝里探望。政治处刘干事正对着穿衣镜整容，带拉链的领带已勒住脖子，为了不让它挡住视线，他把它拽到后背上。整容毕，再一扯，滑回前胸。周兴春响亮地啧嘴，道："小刘啊小刘，对象问题解决几分之几啦？我瞧你后背，还是蛮有信心的嘛。"

刘干事猛然转身，明明不害臊却偏做出害臊的样子，道："政委、团长，这鬼地方语言不通，谈恋爱也得带翻译。我和她会过两次，累坏啦，你们不肯关心一下，咱们只好自己关心自己。"

"语言不通，你还谈什么爱？"

"不谈又干什么？"

周兴春正色道："妈的你听好，该怎样你全知道，此刻我什么也不说。明白啦？"

苏子昂想：什么也不说——反而分外有力。

再往前走，看见后勤处李助理跷着脚擦皮鞋，李助理主动招呼：

"走走啊政委？"

周兴春道："走走。"

"嘿嘿，我差不多半个月没出去啦。"

"怕就怕你这种人，不动是不动，一动动老远。你要是经常动，倒也正常。偶尔一动，不正常不正常。"

两人将幸福路踱了一圈，仍然不到7点，回屋太早，麻雀还在外头呢。两人站在路口，各自抱住臂膀，又闲聊开来，周兴春略略介绍刚才那几个干部的背景情况，正说得上劲，有县里干部把周兴春找去了。

苏子昂回到自己宿舍，推开院门进去，沿着院墙根小走几步，觉得自己挺像个离休干部。这感觉完全是院子带给他的。东墙筑着一个鸡舍，分上下两层，上层分娩下层进食，外带一个供鸡们散步与交配用的小圈。鸡舍的建筑材料与营房一致，花岗岩石料和波状水泥瓦。鸡舍过去，是一座自来水池，四尺多高，里头用水泥抹出个搓衣板，每道凹凸都很光滑，站着洗涮不腰疼。洗罢，就手可以挂到头前的粗铁丝上。如果养花，也可在池中汲水，省得一趟趟从屋里提。水池过去，还有一眼机井，安置了一副带把的提压式手动抽水机。苏子昂试过它，管用，水流旺盛。他估计此物用处不大，到职半月没见停过自来水，但它提供一种安全富足的感受，极符合团一级干部的小康心态。西墙方面，阵容也不弱：一间厨房，里头有柴灶煤灶气灶，皆闲置未用，另砌有一个深深的蓄水池，好像三天两头断水似的。池中尚余大半下水，清澈可爱，水里还有两尾鲫鱼、三尾泥鳅，不知定居多久了。苏子昂估计是前任团长遗物。紧挨厨房的是储藏室，苏子昂推两下，门锈住了，也就不推了。院中央还有一扇葡萄架，架子是四根水泥柱，架上葡萄枝青叶茂，才结了豆粒般小串，品种不明。葡萄架下有一张石桌四只鼓状石凳。石凳的腰部用碎玻璃嵌了四个大字：保卫祖国，一只石凳一个字。石桌面上钩抹出一副象棋盘，很大，须用鹅蛋般棋子才配得上这副盘。苏子昂不禁在“卫”字号石凳上坐下，他不屑于象棋，但喜欢这副棋盘，大块文章似的。他预备找个人改成围棋盘。稍坐片刻，忽然想，“提高警惕”呢？总不能光有下半句没有上半句呀。他朝四处张望，越过矮墙，看见政委院里的葡萄架，笑了。“提高警惕”肯定在他那里了。嘿嘿，分毫不错，政委：“提高警惕”，团长：“保卫祖国”。苏子昂回屋，坐在一张粗重的三人沙发里，它几乎是实心的，一点弹性也没有。苏子昂歪在里头，渐觉得女儿爬到自己身上来了，折腾得他身体处处乱动。迷离一会儿，念头又滑到妻子归沐兰身上，老是想起婚前她的样子，即还不属于他时的归沐兰，清晰极了，稍一想她就靠拢过来。而妻子近期的模样，他怎么也想不起来。他已给她写过两封信，详尽告知团里情况和自己感受，丝毫不提那次感情危机，仿佛他们一直平静地生活着平静地相爱着。归沐兰没有回信，苏子昂也不写第三封信，真正平静地等待着。他通盘考虑过和归沐兰的关系，结论是他们不会分裂，只会带着伤痕长久地生活下去，日子时好时坏时冷时热，过着样样都有点、样样都不彻底的生活。直至过了更年期，把自己换掉，进入人生的至深境界，再度相爱。也就是说，要过上二十年以后。苏子昂对自己这种冷静的远见感到悲凉，没有远见反而更好些。

“首长在家么？”

周兴春站在门口高呼，然后翩翩地踱进来，到达苏子昂面前，一个半边向右转，挺胸收腹展臂，回首停定，保持在这个造型上，让苏子昂欣赏他刚刚换上身的这套西装：“怎样啊？”

苏子昂打量着，叫声：“好！”周兴春还站着不动，苏子昂被迫将“好”字一路叫下去，周兴春才恢复生机。再次靠近些，两手伸到脖子后面提起衣领，轻轻朝左边拽，而他的头则使劲朝右边歪，将衣领里头的一块缎面商标暴露出来，让苏子昂细瞧，介绍道：“香港名牌，也可以理解为英国名牌！港币四千，配合生猛男士，绝对新潮派头。”又翻开衣襟，“看哪，单面花呢。不懂吧，就是只有一面牙签纹，内层没有，工艺复杂，当前国内不能生产。”然后他双手抚弄领带，想把它拽出来。苏子昂赶紧把身子靠后，道：“领带我知道，绝对名牌，什么利来呗。”周兴春纠正道：“金利来，正宗金利来。你还不是从电视上看来的。其实它不配我这套西装。”

周兴春告诉苏子昂，他在当教导员时，妥善处理过一位战士的家庭历史问题，此人退伍后去香港了，阔绰得一塌糊涂，托人辗转带进一套高档时装赠送给他，还邀他赴港观光。

“这么贵的东西，你也敢收。”

“敢。他又不是我部下，是海外友人，我们是国际友谊。”

“坐坐吧。”

“穿它可不能随便乱坐。”周兴春提提裤缝，在沙发沿上坐下，上半身仍然保持笔直。胸脯突然叽叽两声，原来表还在里头。

“老八路作风不变，你什么时候能过上不掐时间的日子。”苏子昂问，“是出去回来了，还是正准备出去哪？”

“都不是。我送走客人，就把它换上了，今天是周末吗，也只有这时候能穿穿西装。老不穿，转业后穿它都不像，我每周都穿它一天过过瘾，星期天晚上再换掉它。怎么着，老兄干吗哪？”

“不干吗。”

“什么叫不干吗。一脸失恋的样子。”

苏子昂扯开话题，周兴春也不追问。两人先聊今天的《参考消息》，估计布什当上美国总统是稳拿的，当北京联络处主任时，中国人教过他很多东西。又聊起日本的八八舰队，羡慕一通，叹息中国海军吨位太小。再数及1955年授衔时全军上将以上的将帅，居然一个不漏地全忆出来了。接着议论现任大军区的领导们，什么都拿来说，竞赛着谁能把舌头扔得更远。渐渐说到要紧处，即师长和师政委，两人不约而同谨慎下来，都引着对方多说些……里屋电话响了，苏子昂进去接，是找周兴春的。周兴春说："你看你看，我以为他们找不到我呐。"

周兴春接完电话，告诉苏子昂，地方来人联系运输，周围几个市县，都知道炮团有二百多辆卡车，想方设法叫他们支援社会主义建设。"等你熟悉了情况之后，看不忙死你。"

"这些事交给后勤处长处理算啦。"

"不行，来了个县委书记，团里总得去个人会会。你跟我一块去吧，认识一下，以后交道多啦。"

"算啦。要是人家提了烟酒来，别独吞就行。我一个人呆着自在。"

"美得你。"周兴春想想，"我给你搞几部录像片看吧。我们这里什么片子都有，你趁着在职，把该看的片子统统看一遍，以后没得看了也不遗憾。"

周兴春出去几分钟，再回来时，身后跟随了个抱着放像机的战士。他叫战士放下机子出去，自己亲自为苏子昂接通线路，调整放像频道，动作很内行。

苏子昂木立一旁，插不上手。他觉得周兴春像个公务员似的为自己忙碌，他想使自己愉快，但他却感到压力。他承受不起又躲不掉。

周兴春哧地扯开黑皮包拉链，链条在半道上卡住了。他说："咬住了。"朝前拽拽，再往后猛一扯，皮包彻底张开。他又说："咬不住。"言语动作中制造出神秘气氛。

周兴春先拿出两盒录像片，在掌中掂着道："第四代武打，港台合拍，打疯了。"又拿出两部掂着，"超级警匪片，大动作硬功夫，听讲还是纪实的。"最后拿出两部，声音放低，"看过没有？"

"什么片子？"

周兴春诡笑不语，仿佛在刺探苏子昂是否诚实。苏子昂窘迫了："没看过……只听人说过。"

"要是真没看过，还是值得一看的，否则怎知道人是怎么回事。"周兴春从苏子昂不老练的神态中确信他没看过，"想不想看？"

“哦，当然想看一下。”

“襟怀坦白嘛。锁上门，你一个看，别让任何人进来。有急事我会挂电话给你。”周兴春说罢，满意地走了。

苏子昂想说句谢谢，又说不出口，周兴春对他太信任了，而且一点不俗。他先抓过两部没片名的片子，明明有片名嘛；一部是《春节联欢会》，一部是《青春在军营闪光》，片盒还是簇新的。他猜是洗掉重录的，脊背一片冰凉，太骇人了。他把这两部放到电视机后头，用张《参考消息》盖住它们。又想，有什么可怕的，还藏。他先拿一部警匪片看，让自己沉住气，那两部最后看，而且只看一部就够了，不就是那么回事吗，多看也是重复。

警匪片阵容不凡，片头的演职员表遥无止境，苏子昂乘机解手泡茶，归座后半天定不下神。终于骂了一句，跳起退出警匪片，从《参考消息》下面摸出一部塞进去，惊愕地盯住那一堆蠕动的躯体，听着夹杂着外语的纵情嗥叫，被窒息了。

34. 夜饮

苏子昂看完两部片子，是深夜 11 点 30 分，他口干舌燥，一颗心还在狂跳，欲冲出体外。他端过凉茶一饮而尽。他重新聚拢跑散的理智，驱除残余冲动，身心渐渐歇息了。于是，他有了从未有过的尖刻意识，还有分裂感。

电话铃响，估计是周兴春，苏子昂不舒服。

“老兄，片子审查完了，我给你掐着表呢，估计你也该完了。哈哈哈，需要放松吗？”苏子昂含混地应付一句。周兴春又说：“到我宿舍来吗，有酒。”

周兴春在小圆桌上摆了两听开盖的罐头，另有几碟鱼干虾片之类。他从墙角翻出一瓶泸州老窖。启开瓶盖，醇香味涌出来，他叫声好，赶紧脱掉西装，斟满两杯，近似痛苦地叹息一声，道：“单身汉的周末，干啦！”

两人各尽一杯，嚼些小菜，暂且无话，显得从容淡泊。酒是酒，菜是菜，滋味是滋味，难得的静默。谁也没因为冷场而硬寻些话来说，像一对谈累了的、相契至极的老战友，慢酌浅饮，享受着某种说不清的情趣。两人谁也没觉得，正是那两部片子使他们有了更多的信任和默契，再没有砥砺机锋卖弄敏锐的欲望了，甚至懒得洞察对方了，复归于自然相处。

周兴春直着脖子让一口酒滚下腹去又让酒气冲上来粗叹着道："情况严重吧。我团处在沿海开发区，乱七八糟的东西防不胜防。别说干部战士，我要烂，也早就烂了。妈的我就是出污泥而不染。说个例子你听，上午我们从市面上过，拐角有个'OK 发屋'，有印象吗？没印象。是啊，那条街有十六家发屋，奇怪为什么那么多吧。听我说，'OK 发屋'是我的点，每次理发，老板从不收我的钱，我是本地最高驻军长官嘛。店里有个招待员，女的，未婚，看上去是个少妇了，长得相当漂亮。她怎么向我献媚我也不越雷池一步，但我还照旧去那家店理发，我说不清这是为什么……"周兴春羞愧地摇摇头。

苏子昂道："你喜欢她，又厌恶她。不过喜欢的成分多些，你控制住了自己。"

"终于让我料到了，她是卖淫的。今年春节前夕，县公安局突然搜捕，光那一条街就抓出十来个，其中有她。在审讯中，别的女人都供出嫖客姓名，唯独她不招供，挺有骨气。公安局长是我朋友，暗中告诉我，据他们掌握，'这女人的嫖客当中有我们现役军人，不供就不供吧，也好为解放军维护形象，你可得感谢我。'我一听气火了，县城里只驻我们团，还不是说我们吗。我当场扔给他一个主意，她不是有情有义吗，你们就利用这一点打心理战。具体办法嘛，带她到县医院检查一下，说她感染了艾滋病毒，所有跟她有过关系的人都有生命危险，要赶紧抢救，采取措施，否则一旦蔓延开，是全民族的灾难。我坏不坏？"周兴春等候夸奖。

"坏透了。后来呢？"

"她精神崩溃了，拼命回忆，想出二十多人，其中确有我团两人，一个干部一个志愿兵，都让我处理走了。后来，我去公安局拜访，局长那小子感谢我两条烟，说光从那一个女人身上就罚款四千多元。我说你战果赫赫，但我是来听你道歉的。他跟我装傻，一口一个首长的。本人严正指出：你怀疑我当过嫖客！他承认了。妈的我要是不坏一坏，我不受冤枉吗？不坏一坏，能得外界公正评价吗？"

"那个女人呢？"

"走了，我想是换码头了。"

"你有点对不起她。"

"也可以这么说吧，有什么办法呐。"周兴春呆呆地道，"我想了好久，一般人啊，原本都不坏，但有些人怕别人坏到自己身上，所以先坏过去再说，防卫措施。”

“深刻，敬你一杯。”

周兴春饮尽，手掌遮住杯口，给自己下鉴定：“醉了，肯定醉了。”苏子昂说：“没醉，肯定没醉。”

“醉没醉我知道，你唬不住我，你有目的。”

苏子昂将两只酒杯并排放好，抓住酒斟满，晶莹的酒浆在杯口鼓出圆滑的凸面，却一滴不淌。周兴春叫好，说“简直舍不得喝它”，伸过嘴，“嗤溜”一声啜尽。苏子昂也干了，两人摇晃上身，仿佛酒在体内掀起了浪头。周兴春伸出两根指头敲击桌面，嗓音浸透酒意，显得粗率而动情。

“老兄不简单，回原职重新当团长，这一选择很有分量。早晚必有重用，我坚信这一点。”

苏子昂意识到周兴春心怀此念已久，摇头微笑：“我用人格向你担保，我绝不是来此过渡的，而是命当如此。上面也没有要提拔我的意思。奇怪的是，大家都以为我会被提拔，不对。团长在于我，可能当到头了。”

周兴春踌躇着：“那么，你干吗重回野战军？老兄目前年龄不大，要走正是时候，岁数再大些只好在部队干一辈子了。”

“这个问题连我也说不清楚，我觉得自己天生适合军队。倒了霉，心不死。不被信任反而更激发热情。老辈人总会退下去，而我们还在。”

“我懂了，你在等待自己的遵义会议嘛。”

“不敢。”

“你呀，要么早生五十年，要么晚生五十年，都行。就是生在当代不行。我听到创造性这个词就头痛，尽管自己也老用这个词。在部队几十年了，什么名堂没见过？当前全部重心就在于稳定部队，千万别出事，稳定就是战斗力。团里情况，周围环境，我摆给你看了，问题成堆，危机四伏啊。老兄行行好，收拾起那些雄心壮志，闷下头和我一块维持局面。一本经，两个字：稳定。这才是最有效最难办的。”

苏子昂猛悟到，周兴春对他不放心。今天的一切，包括那两部片子和这顿酒都暗藏深意，向他指明了各种难度和各种险情，让他现实些稳重些，向周兴春靠拢，携手守成，别出事……这种普普通通的、与大多数领导一致的心思，苏子昂奇怪自己怎么现在才看出来，真是迟钝死了。他佩服周兴春的技巧：把各种情况摊开而把结论扣下，让人慢慢随他上路，最后一碰杯，沟通了，好像结论是自己想出来的，与他无关。是啊是啊，成大事者绝不能只争朝夕而要敢于慢舍得慢。在事之中尤为大者，莫过于对人的加工处理了。苏子昂沮丧地笑了，不禁欣赏起周兴春来，那么好的素质仍然端坐在后排高处，稳如参禅，拿一份苦恼兑一份平静，最终把日子兑得淡淡的才放心。苏子昂佯醉道："谁跟谁呀，我完全依靠你了，一荣俱荣，一辱俱辱，道理谁不明白。来来来，意思全在酒杯里，拿点感情出来，干了！"

周兴春一饮而尽，手掌平切在自己喉核处，说："酒已经漫到这块了，醉得不能再醉了，平生没喝过这么多酒……"

"今晚过得真高兴。"苏子昂话中已有该结束的意思了。

周兴春挂在衣架上的西装叽叽响了两下。苏子昂以为 2 点，周兴春说："3 点。"苏子昂告辞了，说："必有一通好睡。"周兴春将他送出院门，说："我可睡不成了，明天到师里开会，必须赶个材料出来。"

苏子昂发现，周兴春虽然一直叫"醉了醉了"，但是一放下酒杯，立刻口齿清晰，思路敏捷，还有写材料的精神。他没把这发现说出来。

第七章

35. 帽檐阴影下隐藏双眼

说开训，就开训，今日全团上操场。

第一阶段，仍然是全世界军人千古不变的共同课目：队列操练。它无愧于一切军事项目中最枯燥最机械最排斥个性之冠。苦累与之相比，只是附着其上的一点零头了。仅仅是“基本步伐”一项，就强使人彻底修正出娘胎以来走惯的步子，将两条腿交出去，纳入军人的步伐。这意味着，从你在操场上迈出第一步开始，就面临毕生经验的下意识反抗。不过你必须压制住那种反抗才对，天下老兵们谁不怕出操？奥妙的是，他们对于自己曾经付出重大代价的东西，恼恨之余又会自豪地怀念。因为自己熬出来了那么它断然了不起，既然自己曾经付过代价那么它断然值得那笔代价。老兵们体内隐藏一种自恋精神，该精神外形很像自豪，没有它断然不是老兵。

苏子昂就任以来首次主持全团行动。军装请人熨烫过。熨得不过分，笔挺而无棱角，闪耀沉着的光泽。帽徽肩章领带，相互映衬，很有味道。别人尽可以把军装穿得比他更威风，但不会比他更有味道。他高踞于指挥台，不转动头颅只转动眼珠，全身定型，同时获取足够的视野，置全团官兵于眼底。他内心装着另一个团队，理想的团队。用心里的团队修正眼底的团队。他恢复了熟悉的叱咤一方的感觉，透彻地舒服着，受用着，神清气爽着。大地高天草木人群，此刻堪称协调，静候口令。它们统统被他在感觉中纳入自己的队列。

日光强烈而不灼热，其效果恰好使士兵们纤毫毕露，有助于驱除内心杂念，振奋精神。口令尚未发出，全团官兵仿佛命悬于呼吸之间，静默中有一派凛凛之威。

官兵们脚下，是一个弃置不用的飞机场，主跑道长达三千四百多米，混凝土厚达二十八公分。机窝、机库、导航台、着陆灯……各种配套设施无一不备，就是没有飞机。机场是苏军五十年代初援建的，靠近台湾海峡，原为战备需要。但不知何故，建好后始终没启用，一搁就搁置了三十多年。空军有一个排级单位驻扎在远处看守着它。时间长，场地大，渐渐地也看得淡了。机场被当地群众一块块借了去或都连借也不借就用上了。机窝里有牛们憨厚地卧着，草坪上时有羊们潇洒地啃着。宽阔跑道恰可供本县驾训中心培训司机，要么把车开得像"歼七"起飞，要么蠕动着练习进库倒车，闭住眼也撞不着人。他们称赞这块机场："还是过去的东西好用。"

据周兴春说，空军原拟把机场卖给县政府，跑道上可以建一具新城镇嘛，比现有的老县城还大。县政府精明地辞绝。机场这东西可不是打上包装就能运走的，既然运不走，买与不买不是照样用么。这包袱还是让亲人解放军背着好，背惯了也不觉得是包袱了，反正咱们不背。倘若下一个天大决心买了它，一旦战备需要说征用还敢霸着不给么？县里几个领导都当过兵，晓得活用军民关系。

苏子昂曾经驾车在跑道上飞驰过，他把车开到最高速，放开来痛快一回。四周一无障碍二无交警，吉普车几乎冲上云端，快得像一个念头。他回味无穷。在昂贵的飞行跑道上驾车如同在尊严的会议桌上迈步一样过瘾。他总结道：每一个瘾头中都包含非分之念，否则不成瘾头。当然，他后来在普通公路上驾车，也饱受快不起来的压抑。

他决定借用跑道搞训练。别的且不论，站一站都有气魄。

飞行跑道是极好的队列操练场，平坦，坚硬。士兵们可能因为它平坦而喜欢它，苏子昂挑上它却正由于它的坚硬。比如"正步走"，每一步都必须敲击地面，普通土壤会有缓冲，坚硬的混凝土却产生反震，波及全身。士兵们只有绷紧肌肉才能抵抗震动。谁敢松弛筋骨，一眼就可以从体形上看出来。这里的每一步都等于敲击自己的身心。上千人崆崆走过，跑道上等于落下一架飞机，混凝土微微颤动。于是，士兵们被迫高举起自己的精神。指挥员多一道没有口令的口令。

苏子昂挑上它，还因为它有助于创造阵容。横队纵队方队，班排连营可以随意组合，大聚大散，心理空间极为开阔。排长们把口令叫得丢石头似的，每一声都是个震动。小小一个排，在此能走出莫大气派。全团一千多名官兵集中操练，眼盯着眼儿，人对着人，这个连就是那个连的天然对头，环境逼迫你竞争！还有，人多有人多的妙处；人人都以为别人在注视自己，因此，官越发是个官，兵越发是个兵。每人都对他人造成一种威慑，一千多人集合在一起，就是一千多个威慑。

必须使军官最大程度地置身于士兵行列中，否则，军官会变质。

苏子昂了解大军区机关，那里官多兵少，随便哪幢破楼里都塞一堆上校。他们的供给啊福利啊用车啊进餐啊，统统由军士管着，渐渐的官兵不分，虎猫雷同了，渐渐的，兵们敢于甚至乐于呵斥官们了。各个门岗对待进出的军官完全是条令式的苛刻，而对待小保姆们则一脸笑意，验证放行的过程近乎调情。唔，假如一个士兵果断地冲上校喊："站住！"再阻拦那么一会儿，自己就几乎是个将军喽。这种心理不是兵的变质是什么？苏子昂亲历过如下场面：春节过后，机关警卫连出动大兵，清理大院卫生，首要任务是把军官们的鸡鸭打掉（大院内禁饲家禽）。大兵们蒙个口罩——以免被谁认出嘴脸，提根大棍四处追捕，赶上了，先大喝一声："操你妈！"再一棍击下，羽毛飞出数尺，鸡鸭们拖着断肢扑腾。打死倒也彻底了，要命的是，他们把鸡鸭痛打致残后，却拖着棍儿心慌意乱地闪身隐去。这后果远比死亡严重。那几只血肉模糊的东西，居然顽强地趔趄地穿过半个大院，翅膀在地面划着，沿途咯咯乱叫，只差在头顶举张状纸了。老太太们——通常是军官丈母娘，趴在二楼或三楼晒台上，弯下白花花头颅"哦呀呀"痛叫，夹杂各种家乡方言。男孩们放学归来疯似的围上去，瞧个不够，不够便再瞧，比瞧电影更有劲道。女孩们则先瞧瞧它是谁家的鸡鸭，如是自家的，便惊惶地跑，扑进家门，如姥姥依然健在，才放心地"哇"地大哭，小手颤颤地指向门外……

官兵失调，即使是数量上的失调，军营也会减却许多权威滋生许多幽默。

此刻，明亮的日光非常公平，坚硬的跑道甘为铺垫，军官们深深地镶嵌在士兵当中，只有口令跳到半空。

呼吸在方阵上方带出一派雾气，仿佛抵制太阳。发令一执行，实质上是官兵之间一种简单明快、干脆利落地沟通。

一个顽强的军官，并不指望士兵的爱戴，却准备承受士兵们的仇恨，敢于大幅度把自己同他们区别开来。

宁可让士兵们恨，也别让士兵们轻视。比如大院里的校官们。

很多年以后，这些士兵会怀着眷念，回忆当年某某连长“真他妈狠”！回忆自己如何如何才熬过来。他们早把那些掖蚊帐盖被子的保姆式干部遗忘了，独独记住了最厉害的一位。因为，这个连长曾经是一根钉子钉在这个士兵的精神上。这个士兵仿佛在怀念苦难，其实是怀念自己当年也着实强悍过一阵。

苏子昂判断自己这一代军人不会有总体战争。和平一天天消磨军人精神。武装力量一天天更加艺术化和更富于装饰感。许多军人的才华适合于操场，却自以为适合想定中的战场。从沙盘与地图上诞生的将军越来越多，成天忙于会议也善于会议了。这不是具体军人的具体素质问题，而是时代更加清醒，微妙地不作声地淘汰与更新生命。一个明智的军人应当承认自己同时是一种威慑，或者称之为对外来威慑的一种抗衡，并且在这个基本现实上设计自己的前程，不要着于编织进攻型梦想。

毕竟军人是人类史上最古老的职业，人们在制作犁锄时就开始制作刀剑。然而今天的士兵们还是这么年轻，可见，这职业还会继续古老下去。抚今追昔，一两代人的和平简直可以忽略不计，短得像从战争缝隙中掉下的一瞬。苏子昂认为自己就是漏掉的一分子，他没有欣喜也没有遗憾，只是不允许自己变质。军人是一条长达千年的血河，朝代如帆过，血河自古来。不甜不苦，微咸而已，大致是生命的基本味道。

仔细品味四周人们的潜藏欲望，他不由地想：果真战争彻底消失了，不甘寂寞的人们会不会创造出比战争更可怕的东西？

命定于斯而安于斯，固执于斯而有为于斯。苏子昂坎坷至今，已生出平静的宿命感。许多大军事家功成之后都产生过心境迷失，然后像结束一个叹息似的结束生命。宿命感极大地扩展了苏子昂的忍受力，使他理解宋泗昌的不公，认为他的观点只代表他的位置，如果他离开位置，观点也肯定变化。

苏子昂久已感到四周人对他有某种暗示，类似预告险情。他明白，这就是他把自己与旁人大幅度区别开来的标志，当然也是代价。他有时并不以对或错判定自己，因为那太简单而自己太丰富。再说，人本应该对生命比对真理更有感情。即使是一个平庸的生命，也应该直腰站在老大哥的真理旁边。因为真理不过是配属给生命的卫兵。

苏子昂高踞发令台，俯视他的士兵们，获得隐秘的享受。同时有隐秘的苦恼：他充其量只能为他们提供一个环境，这环境与大气候比小得如同一个盆景。即使如此，他们配不配得上这个环境呢？换言之，这帮家伙值不值得他将自己贡献给他们？眼下偌大一个阵容，不过是数量的集合，而自己，才是质量的高峰。

如果，在贡献自己的过程中不能带动他们起飞，那么，自己也将归入他们之间成为平庸一员。舍身而入者不可能全身而出，必将被融化掉。

一朵云彩飘移过来，在操场上投下一块阴影。阴影里的部队，明显地松弛了身躯，许多张嘴打开来喘气，舌头在口腔中搅出声响。一道道口令也像掉到水里，那么湿闷拖沓。阴影以外的部队，皮肤在发烫，鼻孔张得很开，眼睛凝缩得很小，士兵们已经干硬成一排顶着大盖帽的子弹。现在，已经不是人走步伐，而是步伐支撑着人。训练进入惯性运行阶段，士兵们近乎麻木，知觉半失，苦痛俱无，下意识地立正、稍息、转体。这个时候，即使是一只蟋蟀在旁边叫口令，他们也会执行的。

新兵最可怜，他们穿着该死的没下过水的新军装，比老兵们的旧军装吸收更多日光。解放鞋也是崭新的，烧成两只火炭。穿着它一脚踏下，混凝土地面便留下一只黑土印儿，空气中弥漫着橡胶熔化的味道。上操前，新兵们从卡车尾部跳下来站队，个个如同胖乎乎的土豆，嫩得出水，随手一掐就可以掐下一块来。仅仅过去不足一小时，他们就惊人地瘪下去有如晒干的抹布。下颏儿弯细了，军装变大了，步伐飘浮不定，面孔凄惨得连眉毛也快要掉下来。他们稍许尝到些当兵的苦头。他们还会继续消瘦，一直瘦到身体各处没什么可瘦了，才开始发硬。大概半年之后，连队粗糙的伙食会重新把他们撑囫囵，一个个打了油似的闪闪发光。那时，他们目光淡漠，说话中气充沛，动不动就很老派地骂声“杂种”或者“姥姥”，全身都跟音箱似的发出共振。

一个兵昏倒了，两人把他夹起，拖进支在草坪上的救护所帐篷。苏子昂望望，是个新兵。他不理睬。

西南角又有兵昏倒，调整哨，还是新兵。不久，一营叭叭倒下两个，全是新兵，苏子昂依然视若无睹，坚决不发停止操练的口令。但是，他内心飘过一缕满足一种功德圆满的感受。

每倒下一个兵，队列都会神经质地振奋一下，这是种刺激，是个恫吓。有人昏倒——必然强化指挥员的权威。

终于倒下一个中士班长。苏子昂发出了停止操练的口令，宣布休息二十分钟。并且给各营规定了休息区域。

口令层层下达。苏子昂注意到，大部分连队就地解散，只有四连、五连列队跑步进入休息区，才解散休息。这个小小细节价抵千金，于细微处见精神。五连能达到如此境界，苏子昂不奇怪，该连长老辣含蓄，军营一套买卖，他早已得道成精，当个营长也不含糊。奇怪的是四连，机关对连长刘天然反映不佳嘛，本人转业报告已递交两次，目前在职纯属应付。今日操场表现，他与四连素质都不错呀。唉，当前军队大弊之一，就是能干的人想走，不能干的人却想留下做官。苏子昂考虑找他谈谈，瞬间又打消念头。自己不也曾想走么，干吗还动员人家留下？太虚假了。再说，刘天然类型的干部，绝不会因为你示以关怀便干得更好，也不会因你冷漠于他而干得糟些。他们离心不离德。他们工作，很大程度上出于某种自尊。

巨大的机库辟为休息区。士兵们纷纷歪倒在阴凉的地面上，四面八方响起经久不息的骨节咔咔声。一个团集中列队，只形成一个边长各五十米的方阵。然而放松开来，竟有一眼望不到头的感觉。仿佛一座山轰然粉碎，石土铺满百里平川。到处蠕动着水淋淋的脊背，晒肿的脖子。十数只保温桶里盛满防暑茶水，兵们围它，仰面咕咕死灌，救火似的。末了沉重地喘口气，喉间顶上个嗝儿。于是，四面八方又是经久不息地“咯咯”声。四连长刘天然叮嘱连队：“注意啦，少喝点，等会还要出操。”见控制不住，便下令：“各班长把茶碗夺下来！”

苏子昂意识到自己疏忽了一件事：应当在休息前强调各营控制饮水，现在晚了。他悄悄地把休息时间延长了五分钟。暗中期望，饮水过多的士兵能快快出身透汗，快快恢复体力，避免虚脱。他凝望刘天然，想用眼色夸奖他一下，但是刘天然根本不望苏子昂，独自盘膝坐地，面对一尊石柱，有节奏地吸着香烟。

休息时间一长，士兵们身体将变凉，肌肉会僵硬。更重要的是，热情会冷却。明天操练休息要播放音乐，让士兵们在音乐声中休息。音乐变换两种情绪：

开头温柔些，抚慰性的，甚至是情人味的，渗入士兵精神缝隙。然后渐渐地强硬，到休息快结束时，音乐进入最有力阶段，让士兵渴望奋臂而起。最后戛然而止，上操！

播放些音乐肯定比临场动员管用。

苏子昂示意值班参谋鸣笛。

各排集合，然后归入连；各连整队，然后归入营。各营列队进入操练场，先慢跑两圈，使士兵们适应一会。

苏子昂站在近处观察：脚步拖泥带水。大部分人的目光不再前视，只落到脚前一小块地方。还有某种闷闷的奇怪响动，咕咚咕咚。妈的！那是水在肚里晃荡，活像跑过一列盛水的皮囊。

开训十五分钟，一营区域内又有一位士兵昏倒。他倒下时姿态十分奇怪，不是直挺挺朝前摔或者朝后摔，而是慢慢蹲下，抱着腹部，然后无声地翻倒。要不是队列中空出一个位置，别人还不会发现。

苏子昂跟进护理所。这个士兵全身一个劲地抽搐，扳都扳不开，后来他自己松散开了。卫生队长把脉，再翻开眼皮看看，低声道："团长，我送他去医院。"

苏子昂点头："我等你的电话。"

卫生队长和几个人将士兵放上担架，抬起来就往场地边上救护车跑。苏子昂沉声喝道："慌什么，不许跑！"他不允许给部队造成惊惶。

苏子昂重新登上发令台，屹立不动。已做好应付灾难的准备。

上午操练即将结束时，值班参谋跑至台前，请苏子昂接电话。苏子昂走进临时指挥所，拿起话筒，卫生队长声音混乱："团长，他停止呼吸了……心跳已消失……确定死亡了。"

苏子昂放下电话，看下表，命令值班参谋："上午训练至此结束。全体集合，我要小结一下。"语调平常。

值班参谋对苏子昂的镇定感到吃惊。他以为还有下一步指示，又不知道怎样挨过眼前这短暂的静场。所以，他以一种要跑开的姿势站立着，直到苏子昂鞭击了他一眼。

值班参谋跑上发令台，一声声发出口令，各营开始收拢，整队，排出听候讲话的阵容。苏子昂盯住他想：这小子有一点临危不乱的样子。他在行军桌旁边的折叠椅上坐下，稍许饮几口凉茶。他有一分钟的酝酿时间。

36. 苏子昂佯做镇定

苏子昂是在佯做镇定，仿佛借来一副面容套在自己脸上。他在以往大大小小的危机中练出了一种淡漠功夫。不管发生什么事，先镇定下来再说。即使内心做不到，脸上也要装出来。其实，他脑中已在大起大落了。

死亡，是军营里严重的事故，各级领导畏之如虎。为了不出事故，制定出千百条措施，甚至不惜削减训练课目，减弱训练强度。平安无事等于稳定，稳定了等于工作成效。死亡，则彻底地否定了事实上本单位大部分工作成效，它给人的印象太深了。死一次，便是一次。然后，还将在今后会议中被提及无数次。

如果，死亡被证明是一种献身，比如抢险救灾勇斗恶徒，那么，这种死亡不但不是事故，而是莫大荣光。死亡诞生出一位英雄，他高高地托起本单位工作成效。但这一次显然不是。而且，也没有希望把它描绘成献身。甚至没法描绘成近似献身，它纯属事故。

这一事故最起码造成两个灾难：一、死亡；二、上级源源不断调查、追究、通报、处理。后一个往往比前一个更沉重，它容易引发许许多多掩盖的问题。揭什么查什么？哪个部位何种程度？……绝对是令人苦恼的艺术。

死亡直接发生在苏子昂面前，他有无可推诿的责任。唯一有利之处：面前千余官兵全然不知，士气尚在。他可以保持从容，暂不触动隐患。他可以在他们得知噩耗之前最后振奋他们一下，让他们感到今天没白干。

他知道出了大事，他们不知道。这是两种差异极大的心境。苏子昂目光检阅着部队，再度生出身居人海中的孤独寂寞。他清楚，他们最渴望听的，只是夸奖，他恰恰最不愿意让别人来驾驭他的舌头，不管是被自己管束的人，还是管束自己的人。

苏子昂声音中饱含力度，粗浑厚实，他能从最后一排士兵的脸上，看出他们是否听清了自己的话。一开口，他就恢复了自信，自己的声音对自己是一种召唤。

“上午训练至此结束，我总结五分钟。先讲满意的地方，再讲不满意的地方。全体同志注意听讲，全体干部在听讲的同时注意思考。”

“第一，我们这个团是一支有潜力的部队，上午操练有一股猛劲，表现出长久不训练因而渴望训练的热情。这种热情是军人的底气。”

“第二，达到了理想的训练强度。我有信心保持目前强度把训练进行下去。提醒一句：今后几天，大家可能感到累得受不了，靠近极限了，其实强度并没有增大，咬一咬牙就能熬过去。谁熬过去了谁在精神上就高人一头，熬不过去，就可能在今后训练中不战而败。特别是新兵同志们，第一仗必须赢下来。我不在乎你是否昏倒，我在乎的是，在训练结束时你还牢牢地站在队列中！”

苏子昂想：只有一个混账，害人不浅。

“第三，队列意识强，基本动作已得要领。相比而言，四连五连更突出些。各指挥员的口令水平，二营稍高，四营较差；排长们好，连长们差。军容方面，普遍问题是只注意了表面军装，忽视了内层穿着。回去后把衣服裤子口袋全翻出来，看看揣进了多少打火机香烟盒钥匙串。操练时，贴身硬物越少越好，它只会给自己找别扭。”

“第四，四连长刘天然考虑问题细致，休息时间控制了连队饮水。特此表扬。”

队列里啪的一声立正。是刘天然。

“稍息。不满意的地方有：干部借检查队列之机脱离队列，实际上是让自己趁机放松一下。现在规定：连以下干部，除现场指挥者外必须全部进入队列，和士兵共同操作。第二，队列操练中的两种力：动的力和静的力，掌握不好。身体运动的时候，注意了发力。立定的时候，特别是站立较长的时候，身体无力。你们要明白，操练最累的不是运动时，而是站着不动时。这方面，我是你们的标准。我已经站立了两个小时五十分钟，依然站立不动，我没有任何取巧动作。完了！”

全团立正。苏子昂敬礼：“稍息。”

苏子昂走下发令台，感觉到一千多官兵们仍然在背后注视他，感觉他们想拽住他，听他多说几句。不错。他认为自己结束得精彩，结束得正是地方，给人无穷的味道。

各单位顺序跑步退场。从节奏、力度、间隔等方面观察，简直酷似进场。苏子昂太满意了，部队操练在结尾时还能有开头时的活力。证明他赢得了他们的响应，他被官兵们接受了。他能把默默服从的一群人，鼓舞到超常水准。

苏子昂望着被解放鞋踏黑的跑道，上面蒸发橡胶的苦涩气味，他一直望到尽头。不禁喟叹：中国的士兵具备世界一流的忍耐力。假如事情太容易，团长也当得没意思啦……他跳进吉普车，该去对付那位死者了。一个死者往往比一个活的团更难对付。

37. 刘华峰像一团迷雾

师医院门诊部前停靠了六部小车，有师长的“尼桑”，政委的“蓝鸟”，其余是师机关和炮团的“北京”吉普。有知情者看到了，会以为里头下榻一位高级首长。苏子昂驾车赶到，心想这挺像个示威。小车到达的数量，可以确定这个事故的等级。他是最后一个抵达的直接责任者，他必须说明：为什么有人死亡之后他还在操场延误这么久？为什么他的领导早到了而他迟迟不到？……一个人死了，使得许多事情耐人寻味了。苏子昂把小车驶到一处树阴下停住，不想让车子被日光曝晒。可是他看见，所有小车都笔直地停在日光下，他只好重新启动，把车子开进它们的行列尾部。走入门廊时，他已决定，不主动解释迟误原因，因为解释本身就让人生疑。他不能指望别人也跟他一样把操场看得比这里重要。

“哎呀呀，你怎么才来？”周兴春在走廊拐角拦住他，凝重之色堆在脸上，嘴唇像个伤口那样颤动，“我们的人停止呼吸时，师里刘政委在手术台上，而你我都不在。”

“他怎么到得那么及时？”

周兴春摇头苦笑，表示不知其中原因：“关键是，师首长到了而我们还没到。”

“所以他才能当首长嘛。”苏子昂叹息。

“现在不是幽默的时候。我问你，你对整个事件有个总体估价了吗？”

苏子昂点点头。

“有把握找出几条积极因素吗？”

苏子昂再度点头。

“好，他们在等你呢。你的每一句话都代表我，代表整个团党委。”周兴春做了个急切有力的手势，“明白吗？”

苏子昂在一瞬间感动了，同时更深刻地领略到周兴春的质量。危机当头，他们军政一把手都必须彻底地信任对方支持对方，用一个声音对上面说话，这样才可能把灾难限制在最小范围内。如果相互推诿责任，上面肯定乘虚而人，发现更多的问题，那就没完没了啦，最终谁也脱不掉干系。苏子昂由此断定：周兴春老兄，在顺利时很难说是否会跟自己一条心，但是在困难时肯定是靠得住的家伙。

刘华峰推开弹簧门，露半边身子，冷漠地说：“你们不必统一口径了，有话进来讲嘛。”

苏子昂、周兴春快步过去，推门前苏子昂忽然贴近周兴春，轻声问：“死者叫什么名字？”

周兴春满面绝望，对着苏子昂耳朵咬牙切齿地小声道：“你他妈的……叫王小平，17 岁，四营十连炮手，入伍两个月，在家是团员，江西吉安市人……”

不待周兴春介绍完，苏子昂已推门进去了，朝刘华峰敬礼。刘华峰坐着没动，罕见地吸着烟，脸上毫无表情。从吸烟时的动作看，他显然是有十数年吸烟史后又戒掉的人。“谈谈当时现场情况吧。”他说。

苏子昂如实汇报了上午训练情况，着重谈了官兵的精神面貌和集中训练的高效率。刘华峰一次也没打断，好像听一次重复的汇报。听完，他转向周兴春：“你有什么补充吗？”

“没有。集中训练是团党委一致决定的。”

刘华峰又转向苏子昂：“这么说，王小平同志死亡之前，已经有五个人因体力不支昏倒过，对不对？”

“对。”苏子昂暗暗惊道，问得真厉害。

“王小平出事后，你仍然没有调整训练强度。对不对？”

“对。”苏子昂看见周兴春脸上又有了绝望表情。

“有一点你处理得不错，就是没有让消息当场扩散出去，你们还有时间。”

苏子昂听出意思了，“有一点”不错，即是表明其余皆是错的。他沉声道：“全团初次训练，一千一百多人中昏倒五人，这比例并不大。步兵分队队列训练，一个连队在一上午经常昏倒两至三人。我们五人当中，四人是新兵，老兵只有一个。我们认为这个训练强度还是合适的，要坚持住。一死人就收，全年训练都会提心吊胆，会把干部威望士兵士气打掉不少。”

刘华峰疲乏地道：“我没说要收，这是一；就算收一收，也未必会打掉什么威望和士气，这是二；第三，收和放不一样，一旦放开，你想收就能收得住么？”他说话清晰缓慢，保持着让人记录的速度。这时他停顿一会，略微抬起左手指间的烟卷，仿佛自语，“我这支烟抽起来，不晓得能不能戒掉喽。唉，五年不抽了。”

场内人们一概悲哀地沉默着。

“师里尊重你们团党委的决策，包括决策的背景。至于它合适不合适，要看实践。第一天实践的结果，死了一个人。叫我怎么往上面报？”刘华峰用手势阻止苏子昂插话，继续说，“今年 1 月 12 日，军区行政管理工作会议，突出精神是防事故，特别是恶性事故。宋副司令员点了三个师的名，坦克六师师长在会场站了七分半钟不敢坐下，气氛空前严肃。2 月中旬，军区破天荒召开了一次事故总结现场会，把过去的一些绝密材料、实物都拿出来了。目的，就是让各级领导震动。3 月初开始，集团军四次发文，两次通报，一次普遍检查，大抓事故落实措施，要求各级班子走下去，全军区几十万部队，没死过一个人，没丢过一支枪，成效显著。”刘华峰起身，声音也大了，完全是从更高的角度鸟瞰全局。“你们知道上面需要什么吗？我看，他们正需要一个不落实的典型，正需要一根棍子，敲一敲开始松懈的局面。好嘛，我们正好给人家逮上了。”

“他死的时机不对。”苏子昂生涩地说，“在最不该死的时候死了。”言罢，便察觉这句话是典型的刘华峰语言，不知怎么竟会从自己口里漏出。也许是刘华峰思维方法太有魅力了，使人不由自主地跟随他的逻辑。面对刘华峰就像面对一片浩大的迷雾，难以揣测其重心位置。苏子昂把原先准备好的话大部分放弃掉——那些话本是一个团长说给师政委听的，可现在站在面前的几乎是一个大军区领导，他能说些什么呢？每句话都像登山运动。

“王小平体质这么差，走着走着就走死了，会不会有什么病？”苏子昂说。

周兴春道：“政委已经估计到了，交代医院立刻做尸体检查。这是个后门兵，入伍时体检手续恐怕也不可靠，政委也批示了，让师里立刻和王小平家乡军分区联系，请他们协助调查一下他的既往病史。”

苏子昂透口气。当然了，刘华峰会固执地沉着地守在这里，等候结论。

周兴春对刘华峰说：“我去看看他们完了没有。要是时间长，政委还是先找个地方休息吧。”

“看看可以，但不要催他们。”

周兴春鼓励地朝苏子昂丢个眼神，出动了。屋里只剩刘华峰和苏子昂两人。苏子昂印象中，除了开师党委会，师长是很少和刘华峰坐到一块的。不过，这两个独立性极强的军政主管，对下面却一致强调军政团结党委核心等等。刘华峰笑了笑，换了种谈心的口吻：“老苏啊，死了个人，不要因此背包袱哦。”

“我运气不好。作为一个军人，我觉得我什么都不缺，就是缺运气。”

“哈哈哈，言重喽，来日方长嘛。我们不会因此事给你定下一个框框。再有哩，也不要自己给自己安个框框。”

“政委讲的这几个框框，讲得透彻。”

“打个比方：一个同志刚刚上任，部队就出了事，表面看，账应该记在这个同志名下，实际上，事故原因也许在前任就埋藏下来了，只是后来才暴露。再比如，一个同志在任几年，政绩平平，别人接任以后，轻而易举地把工作搞上去了。表面看，功劳应该记在责任领导名下，实际上，基础还是前任留下的，只是没来得及收获罢喽。所以，看问题要有历史眼光，要瞻前顾后。既然复杂不可避免，我们就不怕复杂。”

“今天这个事，我负全部责任。”

“等医院检查完了再说吧。我想，总会有个一、二、三吧，得失功过，不会煮成一锅烂粥。你到任一个月来，我听到的反映还不错。我拿不准这是你给部队的新鲜感还是你确有名堂。所以，我不准备多干预，唔，百分之百地支持！实话说了吧，我准备你出几个事，干工作不出事叫人怎么干？”

苏子昂意外了，随之惶惑，感动。连刘华峰那僵硬的坐姿也在他眼内变得极有深意，他觉得自己对不起刘华峰，他小心地控制住胸中感恩情绪，模仿一般部下在此时就该说的话：“政委您太了解我啦，我、我一定不辜负您的期望。”他本想多说点，又觉得差不多够啦。“即使辜负也不要紧，我被人辜负岂止一两次。”刘华峰淡然一瞥。同时聆听走廊里急促的脚步声。

真了不起！苏子昂暗中惊叹：锋利得够够的了，还能够分心注意到外头动静。姚力军讲得对，在部队里能爬到师一级，没一个是草包。连姚力军也不是，只不过有时装扮成草包罢了。

弹簧门啌地飞开，室内扇起一股风，搁在茶几上的茶杯盖子，被刮得咕噜噜转。周兴春器宇轩昂地进来，笑着叫："没事啦。事故不成立。"

刘华峰伸手捺住那只转动的杯盖，半偏脸，似看非看地扫了周兴春一眼。只这一眼，立刻使周兴春全身缩小，恢复到以前平稳庄重的样儿。他靠前两步，一字一句地报告："初步结论出来了，他患有先天性心肌不全，病名叫个什么什么……反正绝对不符合当兵条件，军医讲，即使在正常生活环境里，也难活到 30 岁。说报销就报销了。军医还讲，多亏他没结婚，否则新婚之夜在床上就报销了，嘿嘿嘿。这种体格，也敢往部队送，他爹妈不是明摆着讹我们的抚恤金吗？"

"说话注意。尸检是谁做的？"

"院长亲自做的。"

"叫他填表，签字！另外，今晚 6 点以前，请地方医院来两位大夫，再协助复查一下，务必搞确实。这种事，光我们军队一头说了不够，驻地医院也得下结论。8 点以前，事件经过，处理意见，病理检查报告单，全部送到师政治部值班室。师里要连夜上报的。你们很幸运，事故不成立，但是教训要吸取。比方说，新兵到达后，你们的体格复查就有漏洞嘛。"

"是，履行一下常规手续就算了，否则这个兵该退回去。"

"遗体火化。开追悼会。派专人送遗物去他家里，抚恤金按标准，一个不多给，这是原则。但你们考虑，可否以慰问家属的方式另外开支一下？"刘华峰伸出一个手势，停定在半空，仿佛要捉取飞翔的小虫。这是他说话说到半道上、斟酌下头词句的习惯。在手势落回来之前，别人不敢惊动。

"记一个功吧。"刘华峰结束手势。

苏子昂愕然不语。周兴春干脆地道："记一个！"

"你们考虑吗。总之，要把这件事转化为鼓舞士气的事，化悲痛为力量的事。"

苏子昂、周兴春把刘华峰送出医院，目送他坐进"蓝鸟"绝尘而去。两人大大地透了口气。

周兴春原地跺足叫唤："开什么追悼会呀！完全悲痛不起来嘛。叫我在会上说什么？"

苏子昂恨声道："记什么功啊，老兄真是紧跟。"

"一个塑料皮加一颗章嘛。人都死了，你还不舍得给家属个安慰。再说，人家死在操练场上。”

“不是场上，是场下。妈的，今晚到你宿舍喝酒。哼，心肌缺损救了咱们的命！窝囊！平生罕见的窝囊。”

“歇歇吧你，疯了一天啦。”

“不白喝你的。‘化悲痛为力量’的事，我已经有考虑了，善后统统交给我。”

“好，我给你摇旗呐喊。要知道，呐喊也挺累人的。”周兴春叹气，“喊得好，快如刀；喊得糟，三军倒。”

两人憋了许久，此该放心大胆地揶揄。苏子昂忽然发现“尼桑”不见了，不知何时开走的。“师长呢，你见到没有？”

“来过，又走啦。他和政委蛮默契的……”周兴春异样地微笑。

38. 在背后大喝一声

第二天上午8时，飞机场跑道中央的发令台重新装点完毕。

上头扯开来一道横幅，黑底白字：王小平同志追悼会暨开训誓师大会。旁边摆几个草草扎制成的松枝圈儿，略有点花圈的意思。跑道东南西北四角，布上了四个身高一米八的哨兵，佩挂冲锋枪，按命令戴上钢盔，面孔着重显示宪兵的表情。王小平同志的遗像，用两根铁丝悬挂在横幅下面，大小如一块竖着的胸环靶，风吹来，它便告别似的晃一晃。昨天夜里，电影组的同志为制作这幅遗像伤老了精神。由于王小平不是大人物，生前也没留存几张遗照，他们只好从王小平档案里揭下一张二寸标准照，由经常制作幻灯片的小李，在照片上打上密密方格，再把方格网放大到一块硬板上，开笔描绘。王小平同声按比例扩大了一百多倍，他参军时拍照的第一张相片，也成了他这辈子最后一张。由于时间仓促，遗像上的铅笔方格网来不及擦净，好在笔痕轻细，站远些便看不出。电影组长还解释：“不敢乱擦呀，一擦连炭笔画也擦掉啦。”遗像上缠绕着一束黑纱，黑得墨气沉沉，不够亮。它是将蚊帐纱剪开来用墨汁染成的。虽然不够亮，但是黑得纯朴扎实。只要不下雨，就不会出乱子。苏子昂担心自己左臂的黑纱也是染的，看一眼才释然，它是从旧公文包上铰下的黑塑料皮。苏子昂到后头看看还有什么其他毛病。他发现那遗像先前是某乡政府赠送的大匾，背面变成了正面，画上了遗像。而正面的猛虎啸天图还在，冲着后场。虽然有点毛病但封闭得可以，也就罢了。

发令台兼灵台安置在两辆解放牌卡车上，两车并拢，放下挡板，再用白布把周边一蒙，气氛就出来了。再者，说撤就能撤，三分钟足够。这点也很重要，试想：全团官兵庄严一阵之后，收台时把台面弄得东倒西歪，岂不把效果全歪掉了么？

会场布置体现出军人办事风格：迅速、灵活、简便。

周兴春昨夜为派人去王小平家乡的事熬了大半宿，起身晚了，开场前几分钟才赶到。他眼晕黑着，军装下摆残留合衣而卧的折痕，一边走一连对身边人道："哀乐找到没有？找到了，试听一下没有？"

周兴春前后检查一遍。目视，手摸，脚后跟敲敲车身，鼻腔也一抽一抽的。这里一切虽然以苏子昂为主布置，他照样详察不懈。末了，走到苏子昂身旁："整个构思不错，场面开阔，有气魄，老兄你死后，也不定有这种场面。"

"我死时绝对不开追悼会，烧掉就算。"

"由不得你噢。"周兴春拍口袋，"死也得照规定死。"

"有什么问题吗？我是导演，你是监督。"

"总的还可以。就是这个会标：'追悼会暨开训誓师大会'有点不协调。这两件事怎么能搁到一块布上呢？念着也不顺。"

"不错。是有毛病。但我左思右想，还是这个提法有劲。你想，你是政委，当然觉得不顺。战士们谁管顺不顺，抬头一看，追悼会誓师会，当头一个震动！这才是你们需要的效果。"

周兴春思索着："唔，妙解。老兄善于打乱仗。从战士角度看问题，确实多个缝缝儿。大概，这和你常说的从敌人角度看我们，有相通之处吧。"

苏子昂拽他一下，示意遗像："看看这个，有什么毛病没有。"

"早知道了，前后都有像，电影组那帮家伙，只顾完成任务。"

"你再看看！"

周兴春细看，哑然失笑，电影组那帮家伙画惯了雷锋，把王小平画得像雷锋弟弟。会场四周遥无边际，好像随便从哪个方向都可以进入。但是，只要放上四个岗哨，就意味着这片场地已被严格划分来。在军人意识中，就有了界限、通道、配属给自己的区域，甚至暗示出顺序。各单位按照序列，由南向北进场。第一支分队跑进之后，它所切入的方位就成为无形的大门，其余分队都必须从那个“门”内进场。排在末尾的分队，不得不拐一个弯。

按照团司令部通知，各连除留岗哨以外，其余人员今天全部到场。各营主管，已被告知会议内容，心内有数。各连干部，只从营里得了点口风，早早把连队约束得格外正规。士兵们则全然不知内情，对于他们，苏子昂把消息封锁到最后。直到他们进场看见会标，才骇然心惊：原来昨天死了人！黑压压大片人群，没一个敢乱说乱动。

这正是苏子昂预期的效果。

这效果不亚于在背后大喝一声。

如果让士兵早知道死了人，凑成堆儿瞎议论，肯定散了军心。最好的方法是让他们什么都不知道，然后集中起来，猛地抖露开，让他们在同一时刻统统知道。提供给他们一个定型的有力的说法，也是唯一的权威的说法。士兵们来不及议论什么，就已经靠拢在权威之下，被震慑，被凝聚。

苏子昂根本不需要他们悲痛，他只需要他们最大程度的昂奋。开头悲痛一会儿，那是为后头的昂奋做铺垫。王小平已经死了，临终前仍然甩着“正步”，这个精神这个毅力要多悲壮有多悲壮，士兵们从现在起就是在一块死过人的地面上操练了，士兵们你们非得比以前多点精神多点毅力！当领导的已经下了死决心，非得把训练搞上去，所以，你们我们都已别无选择。

还有个意思不言自明：瞧见没有，我们不怕死人。不小心死掉一个，当领导的没给吓住，更他妈硬了。

直到哀乐结束，苏子昂还始终昂着头，面带稍许傲色。这东西他听得多了，简直能完整地背下来。父亲追悼会时他就曾想拦腰掐断它，今天他又感到某种歪曲，他可以陪着官兵们听完它，却不动心不承认。他酝酿完备的语言已经在胸中聚成了块，涨得使他嘴角溢出一丝冷笑。他清醒地感觉到，这充满肃杀之气的场面已成为他的陪衬，正在托举着他。当然他也明白，即使让一个侏儒站在这场面的顶尖上，那侏儒也会被放大许多倍。即使这场面顶尖上是一处空白，组成这场面的人也会被场面本身震慑住。

第八章

39. 盘面温度高达三千

不愉快时，喝酒；愉快时，下棋；如果自己和周围人共同愉快了，苏子昂便呷着啤酒下围棋。那样，几乎可将自身化为一枚棋子摆上盘面。

从指挥学院毕业至今，苏子昂没下过一盘棋，直到今天中午，他从《新民晚报》上看到半盘题为“平沙落雁”的局部定式，棋瘾登时如火如荼了，难过地扭动腰肢。他朝坐在电扇下看报的政治处余主任说：“老余呀，会下棋吗？”

余主任正在欣赏本团报道组写的题为《哀乐终止之后——某团练兵片断》。特别注意到，几处经他手滤过的文字统统保留住了，他颇感欣慰。又后悔：第四节的第三自然段本可以扩展成独立的第五节，那么文章就会再大一点，成为该报的重头“要文”，把北京卫戍区某师的文章挤到陪衬地位去。这提醒他，下次审稿时，立足点再摆高一点，胆识再放开一点，别把材料可惜掉了。学学大师傅侍弄小冷盘，小小不然的几根菜筋儿，也能摆出老大阵容。

苏子昂问话时，恰逢他这种心境。于是，他把报纸折叠一下，《哀乐终止之后》赫然显露，再把它放到办公桌左上角，用个镇纸压好，谁进来都可以一眼看见，矜持着：“可以让你一只马。”

“我问同志哥会不会下围棋？本人 14 岁时就淘汰象棋了，只保留围棋一个品种，在学院时都下疯了。看来你不会。”

苏子昂大觉沮丧，本以为余主任是同道，要不他干吗弄半天姿态？原来是象棋，寡淡！

余主任脸红一下："不会。我以为是象棋呐。"

"嗳，你知道机关里谁会下吗？"

余主任断然摇头："没有。"

"连队呢？"

"没听说过。"

"瞧瞧咱们团这个素质，"苏子昂挖苦，"只认得有字的东西。无论如何，计算员、指挥排长，智商比较高的行当，应该下一下围棋。我估计，你们文体器材库里，连一副围棋也没有吧？"

"没有。咱们智商刚好够用，一点多余的智商都没有。"

"哎呀，你别误会。你一误会我心里就不安了。"苏子昂亲热地道，"刚才是围棋崇拜者和象棋崇拜者的交锋。就像看足球，场外的球迷比场上打得还凶。我那番话，其实不涉及人的质量问题，纯粹是爱好上的分歧。在学院，我们和象棋团伙的人也是互相打击的，打完不伤感情。你尽可以刻薄我，怎么的都没事。"

余主任轻松地微笑："我理解，我理解，棋瘾犯了嘛。棋瘾不是病，瘾上来要人命。"把一场小危机搪塞过去，内心却深深记下苏子昂此刻对他的轻慢。不管怎么说，自己也是个副团职呵，是部门首长呵。

"正如鲁智深饮酒时说的'口里淡出鸟来'，哈哈哈。前段时间中日围棋擂台赛，还有'应氏杯'什么的打得一塌糊涂，小半个中国都迷上围棋。咱们团就没有迷上的？"

"迷不上。"余主任傲然摆头，"你看咱们团有一个进舞厅的么？有一个留鬓角的么？"

苏子昂被他的古怪逻辑弄得瞠目无言。

余主任又分析道："一盘围棋得下多少时候，整整两天！短的也要一天。人都下呆掉了，连队不宜提倡。机关勉强可以。"

"唉，这种理解法……"苏子昂苦恼地顿住，他真烦这种彼此错开老远的交谈，累人。

余主任继续分析："再说，管他什么擂台赛、应氏杯，天外的皮毛琐事嘛。

影响不到咱们这块。想叫部队喜欢下围棋，很简单。主官爱下，下面自然就跟上啦。师机关为什么爱打乒乓球？刘政委爱呗。刘政委为什么爱打乒乓球？身子矮呗……”

苏子昂大笑，继续地说：“就、就这一句精彩……不愧是智商刚好够用。”

余主任起身出动了，交代文化干事两件事：“一、立刻叫俱乐部购置两副围棋，其中一副要最高级的。下午就上街买。”文化干事道：“那就是云子了，大号的。五十多块一副。中心商场体育柜有。”

余主任略惊：“你怎么知道那么清楚？二、查一下，全团范围内有谁会下围棋。不要以政治处名义调查，影响不好。以你个人名义打听。”

文化干事嘻嘻笑着：“俱乐部还需要几副羽毛球拍呐，我一并买了吧。”

“你时机抓得不错嘛，买了！”

回到办公室，余主任面不改色，站着俯视苏子昂，道：“团长哎，我马屁拍到明处。棋，你天黑前就有，云子，还是大号的，下棋的人嘛，也找去了。如果有，想念他也在犯瘾，不算强迫命令。如果没有，这个周末，你就转移阵地吧。”

苏子昂沉吟道：“不管怎么说，咱们团党委这些人，一个是一个，谁都不含糊，是不是？”

榴炮二营五连连长接到营教导员电话，查询：上个月中旬，你们连是不是有个人外出跑棋摊上去了，赢了人家卖棋艺的老头？连长答道：有哇有哇，是四班长谷默，赢了十块钱，回来吹了半天。指导员批评过了，是赌博行为……教导员问：围棋还是象棋？连长说这可不知道，什么棋是次要的，没改变赌钱的性质……教导员说，你查查他下的什么棋，立刻就查，我不放电话，等你的回音。

连长嘣地推开面前窗扇儿，朝远处哨兵喊：“那个谁呀？你叫四班长谷默跑步前来。”

哨兵得令，枪上肩，取行军姿态开步走，到炮场传达命令。不一会，谷默率全班人员小跑步到达，手上全是油渍，他们在擦洗火炮。

“都来干吗呀？留一个班长，其余人跑步回去！”连长愤愤道，“那个谁，站岗不用心，传一句话也篡改掉一半。谷默你近些站，好。我问你，你回忆一下，别忆错——上次你到棋摊下棋，下的是围棋还是象棋？”

“围棋。”

“确实是围棋？”

“连长，这件事你们还记得呀，有那么严重？”

“回答问题。”

“确实是围棋。”

“好，你回去吧，没什么事啦。”

连长一直捂住话筒，看谷默走远了，才对话筒报告：“搞清楚了，他下的是围棋。”

“那么，吃过晚饭以后，叫他到营部来，乘摩托车去团里，陪团长下棋。没问题吧，就这样。”双方挂机。

连长深思着：乘摩托车去，这可是营里干部待遇呵。连里干部只有老婆来队，营里才肯派摩托接一下。老婆坐在挂斗里，一手还得扶着晃悠悠的行李堆，就这样也已经体现营里的关怀了。唉，陪团长下棋，太抬举他了，还配摩托车呐。干吗不能徒步？才七华里嘛。今后连里对他要求严格些，以防他产生特殊化思想。

连长决定自己亲自去通知谷默。走到炮场边，看见谷默正钻在炮身底下，口里叼一团油腻腻的棉纱，双手正在刮除污垢，两脚露外面，一蹬一蹬地用劲。连长感到满足，顿时改变决定，那消息多压一刻是一刻，你谷默到底还是我的人，不能叫你早早感觉自己不凡了。连长沉默着走开，相信自己是平静的、想得开的。他从炮库走到车库，从营房走到生产地，又从养鱼池、小作坊之间插进去，到达猪圈。沿途，他和每样东西都产生感情交流，认出自己的手迹，招惹了逝去日子。它们拽着他，仰仗着他，一处一处都十分可靠。把连队撑持到今天，多不容易。只有一连之长才配在这块说“不容易”！其余人即使说同样的话，也只是观众式的感叹罢了。他想他已经在连长位置上蹲了五年，不发牢骚不怠工，甚至不考虑还会把他压几年。但是，他们别太过分啦！调人下棋，还配摩托车，我们苦到今日，只配传个话儿……他凝望白云深处，怔怔地，发狠地掀翻掉自己。做出决定：让老婆买个金戒指吧，她吵吵几年了，让她买个大的，让她快活快活，倾家荡产也买！凭什么咱们不敢快活。

猪们哼哼唧唧，一溜儿把嘴架在食槽上，以为连长是喂食的。连长在心里踢它们一脚，快步离去。他又修改了主意，决定马上通知谷默。他把谷默叫到树阴下头，先问了问炮的情况，班里人员的情况，然后以命令的口吻说：“6点半到营部报到，报到之后去团里，团长要找你下围棋。”见谷默无话，连长才补充道，“可能是乘摩托车去。不过，回来时有没有车就不知道了。”又等一会，见谷默仍然无话，神情有些古怪。连长以大动作把两手拇指插进裤腰带，手掌按在腰上，挺胸收腹。在他印象中，这个姿势有列宁味儿也有周恩来味儿，蛮大度的。他宽容地笑道：“我知道你不想去，没用。你当个任务去完成吧。”

“我去！”谷默低声说。

“问题不那么简单哪，我考虑有几个可能。首先，真是下棋，那你就下呗；其次，下棋是幌子，团长用这种方式把人叫去，私下里调查情况。唔，出其不意，蛮像他的为人；第三嘛，是一边下棋一边了解情况……”

“下棋没法说话，一说话就乱套啦！”

“那就只剩两个可能了。我考虑，团长说不定会问到我们连队干部情况。他上任不久，许多情况来不及掌握，初步印象是关键性的，你放开说，说透一点。我啦，指导员啦，你当班长的都了解，连队不就靠你们和我们撑起来的吗？你老谷和我也是多少年的感情啦。唉，我总想培养你，觉没觉出我一直暗中下功夫锻炼你？团里对我也很重视，有谣言说，我要当营长啦，我根本不信。但我也不解释，由他去。好，你准备一下吧，炮场别去了。”

连长又等片刻，见谷默点点头，连长才不舍地走开，半道上又回望一眼，催促：“休息去呀。去吧去吧，抓紧。”

谷默走到连队盥洗室，打了一盆井水，一头扎进清凉的水中，埋没了许久，抬脸深深喘息，油污在盆里化开。他眼睫挂着水珠，颤动却不落。

谷默一直渴望和苏子昂接近，这种渴望由于强烈过度都硬化了。苏子昂有才干有魅力，是谷默视野中始终步步逼近的人。他很怕自己在他面前显得渺小，很怕自己引不起他的注意。他们接触过两三次，谷默要么把自己埋藏起来，要么把自己撑得很大气很雄壮。后来他也发觉那都是失态，就像胆小鬼有时会猛地勇敢起来一样。那片刻勇敢耗掉了多少自尊呵。谷默想念这回能叫苏子昂真正认识自己。纹枰对弈，铿锵手谈，径直把自己摆上盘面，数小时对坐无言，多好的境界呵。他只担心苏子昂棋艺太差，属于境界之外的痞子，只晓得朝盘面上扔子，棋早就输定还得一步步走完，收尽每一个单官，再一着着数目，仿佛有意侮辱赢棋的人。要是他入段了就好喽，与自己不相上下，瘾头一开，肯定遏止不住，彼此都缺不得对方了。

吃罢晚饭，谷默乘营部三轮摩托车到团。驾驶员问他："团长住哪幢房子？"谷默道："不清楚。"驾驶员把车刹住："你下去问问。"谷默坐着不动："大概是老团长以前的宿舍。"驾驶员哦了一声："你干吗不早说？真是。"把车开去了。驶至一排带院落的平房前，他停车："到啦，快下去。"谷默下车，原地站着："嗳，哪间房是老团长以前的宿舍？"驾驶员奇怪地斜看他："你手边的门就是。""谢谢啦，"谷默点头，"你的车跑得挺快的。"驾驶员不睬他，轰隆隆驶去。

谷默站在院门口喊"报告"，无人答应，便穿过院落，踏上房前台阶。透过纱门，他看到里头门开着，又喊了声"报告"，仍然无人答应。心想自己再站着就像小偷了，便拽开纱门进屋。

长茶几上摆着一块厚约五公分的棋盘，棋盘上压着两只没开盖的棋子盒，谷默从熟悉的外观上知道里头是云子，喜悦地走近，开盖取出一枚抚弄着，随手啪地敲在棋盘小目位置上，一阵畅快感弄得他腿脚发软，他笑了，笑得好透。

公务员进屋，打量他："就是你呀？你已经主动坐下啦？很自觉嘛。"谷默站起身。公务员摆摆手，"坐吧坐吧，何必呢。团长一会就来。"

谷默说："我以前见过你。你跟老团长上我们连去过。"

"大概吧。你们是哪个营啊？"

"榴炮二营。"

"大概吧。哪个连的？"

"五连。"

"大概吧。叫什么？"

"谷默。"

"刚才那个戴墨镜的，开摩托送你来的？"

"是的。"

"他墨镜上贴一块小金纸。什么怪样嘛。"

"那是外国商标，撕掉可惜了。"

"我不信，好多外国是假外国。"

谷默笑笑。公务员认真比画："不是斜着贴的，你们营应该管一管。团长说，你和什么老头下过的一盘棋，请你先摆出来，他一会要看。"

谷默道："复盘？几个月啦，记不清了。"把两只棋盒都从盘面上拿开，打开盖，食中二指拈起一枚黑子，布上星位。又伸进另一只盒中拈白子，却拈出一个纸团。他看出是张发票，日期表明，这副棋是今天下午才买的。公务员把发票拿过来，铺展开，压到台灯下面，道："对了，团长是这么说的，叫你先把那盘棋想一想，等他回来再摆给他看。"

"我知道他是这么说的。"谷默尽量简短对话，盼望公务员快走。

公务员生气地愣了一会："厕所在大门左边，尿完要冲水。想喝茶自己倒，提醒你一句，你要是输得太惨，团长以后就不找你下了。我还要忙别的事呢。"推门而去。

谷默深思着，时而在盘面布上几子。十余分钟后，他忽然站起来，感觉到：纱门外有人。

苏子昂微笑进屋，拍拍谷默肩头，眼睛却盯着棋盘："继续摆，继续摆。那老头执黑还是执白？"

"执白，"谷默落座，"分先棋。老头开始不肯下。我先付了钱他才落子。"

谷默陆续布上数十子，盘面渐渐丰满。苏子昂坐下，手里转动两枚棋子，注视棋局，几次欲往盘面上递子，又忍住，一言不发。待摆到一百三十七手，谷默重重将一枚黑子敲击上去，口里道："跳！"许久不再落子。"就下到这里。老头把钱扔还我，收摊走了。"苏子昂凝思："白棋可下嘛，干吗认输？"

"我不知道。他一认输，我反而觉得难受死了，好不容易下盘棋，断在半道上。"

"老头脸色呢？"

"看不出脸色，也没说话。"

两人惋惜一会，收了子。猜先，谷默执黑，在右上角星位投子，苏子昂在对角处占据小目。前二十余手，两人落子较快，由着内心冲动。待这股冲动劲被满足后，落子才慢下来，看看已进入中盘。谷默轻描淡写地在远处飞了一手棋。苏子昂半身朝后仰倒，僵硬了十几分钟，轻声说："再摆一盘吧。"两人收起子，上下易手，苏子昂执黑先行，考虑许久，才投上第一子。然后走开泡茶，不断回头往棋盘看。谷默坐着不动，待苏子昂把两杯茶摆好，坐回对面，他才无声无息地摆上一枚白子。这一盘棋下了近二百着。苏子昂将手中残子丢回棋盒，又轻声说："再摆一盘。"第三盘苏子昂仍然执黑，投出一子后，便注视谷默眼睛。谷默眼观鼻，半天不动子。苏子昂委屈地又投出一枚黑子，以此表明自己甘愿接受让二子局，谷默微微点头，啪地打上一子。从手腕的力度看，这时他才开始下棋。两人弈至中盘，各有两块孤棋胶接着，做生死之斗，着着都是胜负手。棋盘仿佛要从中裂开，每一子都在挣扎，引起的棋势的搏动一直波及到最边缘处。两人都使出极强硬手段，却又都是被迫的。胜负的界限越来越薄，呼吸使棋子表面沾了一层热气，使它们像在出汗，棋局不再是平面的，而是彼此紧咬着站起来了。

谷默思考，把各种招数都算透之后，说："我输了。"这是他下棋当中说的唯一一句话。苏子昂低低唔一声，表示听见了，仍然注视棋局。他已经无法从炽热思索中抽身，棋势的巨大惯性仍然带着他走。

谷默发现：苏子昂其实没看出他输了。他如果不说出"我输了"而继续弈子，苏子昂也许会走出误着，这盘棋可能翻盘，胜负瞬间易手。如果是和别人下棋，谷默早这么干了，取胜之后再告诉此人"原本该你赢棋"等等，叫他备尝痛苦。但眼前是苏子昂，他不由地陷入一种纯净的棋境中，胜负一经算透，棋局即告中止。倘若硬往盘面下子，所有已经下定了的棋子统统都会排斥它。

苏子昂凝视许久，点点头，把手中两颗子放入棋盒，身体往后一靠，说："你看，盘面温度高达三千。"

谷默只稍望一眼，便也感觉到棋势的炽热，棋子们几乎熔化。手都搁不上去。他吃惊地说："都不像棋了。"呆呆地又看盘面，"你干吗说三千？"

"随便比喻吧。大概……想起来了。聚能穿甲弹击穿复合装甲时，瞬间温度三千。"苏子昂看表，"两点啦，把你拖那么久。饿了吧？吃些饼干。"苏子昂找出个点心盒，"本该早拿给你吃。但我下棋的时候不喜欢吃东西，也不喜欢别人吃东西。慢慢吃，吃完我开车送你回去。吃啊，哦，你是想洗洗手吧？水在外头。"

"不不。"谷默抓起饼干大嚼。暗想，把我看成什么人了。

"你的棋下得不错。作为业余爱好，足够自豪了。怎么学的？"

"我父亲老叫我陪他们局长下棋。那个局长老在家养病，闲得慌，想下棋。父亲为了巴结他，就把我领去了，说请他指点指点我，我只好跟他下。几乎每天晚上都要去。局长的棋臭死了，瘾头却好大。又不肯下让子棋，坚持要和我分先，下了大半年了，我不干了。父亲就自己陪他下，下完回来吃药片，他有病……”谷默眼睛潮湿了，“我骂他当小丑，供人家取乐。他听了照样下，下完照样吃药片。后来，连局长也不愿跟他下了，要找我下，父亲就求我。我找个朋友，两人到局长家去，下给他看，局长拿点心侍候着，又下了十几次。局长看不过瘾，要自己下，我和朋友就推来推去。局长就不再叫我们了。”

“我像那个局长吗？”苏子昂小心地问。

“不！第三盘，你自愿被我让两子，那一会我好感动，一下子想起从前了。我、我敬佩你！再说，实战证明，让二子我让不动。”

“想不到，你有陪人下棋的历史，怪不得下棋时一言不发，这种差事确实叫人心酸。”苏子昂沉吟着，问：“以后，让二子跟我下，你愿意吗？”

“太好了。我估计，让二子局会互有胜负，双方可下。我随叫随到。”

“我如果连输两盘，就接受让三子局。”

“要是你连赢两盘，就改为让先。这一盘也算。还有，我向你保证，无论下到多晚，我绝不会耽误班里工作，绝不会向连里要补休。团长你放心，完全是我自愿的。”

“那么好，从今天开始。你真不错，我唯一有那么点担心。”苏子昂驾车把谷默送回连队。进入营区时他闭了大灯。尽管如此，连长还是听到车声，光着两条大腿奔出来，朝远去的小车望望，道：“快3点啦。团里派车送你回来，不错嘛。”

谷默道：“团长开车送的。”

“哦，我料到了。怎么样啊？”

“就是下棋，没谈别的。”

“不会吧，一句没谈？”

“在车上，他问了问连队情绪怎么样。”

“这不是谈了吗！你怎么说？”

“我说王小平凭什么记三等功，真要实事求是的话，应该给他个处分。就因为他死了，才立个功。一个换一个。结果，功不值钱，命也不值钱。”

“你瞎说什么。团长反应呢？”

“笑了。车里黑，我没听见声音，但肯定笑了。”

“还问什么了？”

“没问。”

“你休息去吧，想起什么再告诉我。我估计，他以后还会再找你下棋的。”

连长回屋。谷默去补岗，他不愿意因为和团长下棋而少站了一班岗。他在营区走动，心里回味着棋。蓦然，他站定脚，转脸朝家属房方向，似乎听见连长在斥骂谁，还有女人的哭闹……声音湮没在树叶的沙沙中，后来连沙沙声也没有了。夜僵硬着。他想起父亲下棋回来，也是这样斥骂母亲。母亲一面顶撞着，一面把手搁在睡熟的小妹身上，唯恐她吓醒来。日子过去得真快呵，日子的味道却一次次被重复。像没过什么日子。

40. 站在士兵的枪口前

第二天是星期天，起床哨比平时晚吹半小时。谷默被哨音扎了几下，条件反射地叫着：“起床，起床喽。”这是叫给班里人听的，是他每天清晨的一个习惯，如果他不跟着哨音吆喝两句，那哨音就显得不够完整，叫罢，他立刻又迷糊过去。约摸到周围人穿衣服了，他第二次醒来，快速把军装套到身上，两脚蹬进鞋里，和兵们同时着装完毕，觉得自己还多睡了一小会。连长从宿舍门口走过，在窗前停留片刻。尽管老婆来队了，他照样和连队同时起床，来看看兵们的起床动作。更重要的是，让他们看到自己，特别是每天一睁眼就看到自己。连长脚跟前有一堆扫帚，他在扫帚边叉着腰。于是兵们紧忙着去抢扫帚，没抢着扫帚的兵，也显示出忙忙碌碌的样儿。连长踱来踱去，仿佛马上要站下发出指示，但他仍然踱着。有时，他忽然在某个兵身后停住，光看不吱声。于是周围的兵们也顺着他目光看那个兵，总能看出点毛病。要么是衬衣下摆没塞进裤带里，要么是裤兜鼓鼓囊囊怪可疑。连长仍然不吱声，只朝那个兵的班长瞟一眼。这一眼尽够了，有责备班长的意思，也有授权班长责备那个兵的意思。排长们一般不露面，因为外头有连长和班长，他们即使出来，地位也不明确了。他们在屋里把时间对付过去，用检查的目光到处看。兵们几乎没注意到，连长踱着踱着就消失了。值班员吹响第一遍哨，然后甩哨子里面的口水。兵们就朝盥洗室拥去，洗脸刷牙。小值日早就给每只口杯灌满水，牙刷上也挤了段牙膏。水声一响，兵们顿时活跃起来，闹闹嚷嚷，挤挤撞撞，因为意识到热腾腾的早饭已摆到桌面上了。值班员吹响第二遍哨，又甩哨子里的口水，站到饭堂外头固定位置上。兵们结束洗漱，毛巾挂成一排，长短一致，口杯把儿朝一个方向，

“呱唧呱唧”踩着残水出来集合。各班整队，跑步到值班员面前站下。连长又出现在值班员旁边，两臂自然下垂，和兵们一样。“唱支歌！”他说。于是值班员就指挥兵们唱歌。如果值班员是一排长，他准挑一支最短的歌唱。如果值班员是二排长，他准先搓搓手，自语着：“唱个什么呀？”再自答，“唱个某某某吧。”他的歌一般比较长。如果值班员是指挥排长，他准先叫：“注意啦，”手掌往队列当中一劈，“二重唱！这半边唱第一部，那半边唱第二部。”有时他带劈两下，让全连唱三重唱。他能用两只巴掌指挥三部分人，口里也唱出三个开头。等唱完歌解散，连长回家属房吃去。通信员已把饭送去了，一样式的稀饭馒头，只是量多点儿。通信员说：连长老婆比连长能吃，赶上个新兵饭量。

吃饭时，谷默发觉，几乎全连人都知道他昨晚和团长下棋去了。陆续有人端个碗过来问战果，问团长下棋赖皮不赖？问你快要调团里去了吧？谷默告诉他们：“二比一。”他们不信，有人说：“团长才赢你两盘？别吹了吧。”排长隔着桌子朝这边训斥：“饭怎么吃的，有纪律没有？”把兵们训散开，示意谷默过去。等谷默过到他身边，他又说：“算啦，没什么事。”又让谷默回去，满脸烦躁的样子。

从这天起，谷默便从兵堆里给挤出来了，想回都回不去。上头有什么轶事，兵们老爱问他。想转志愿兵的人也偷偷地托他帮忙。谷默用一种捉摸不定的口吻回答他们，基本意思是：“等我见了团长才能定。”兵们就和他一同期待团长下棋的日子。一个多月过去了，团长再没召谷默下棋。谷默理解这种轻慢，他反复告诉自己：其实我早料到了，团长那天偶然来了兴致才把我叫去，他没兴致时也就没我这个人。他可以随意召我下棋，我却不能想下就下，不想下就不下，妈的这乐子是他的不是我的，妈的我再也不跟他下了。

他觉得陪团长下棋和当年陪局长下棋没什么两样。只不过团长的棋比局长的棋稍好些，配得上他谷默的自尊心。把自尊心拿开了再看，下棋就成了他为上头服务。他渐渐地把那场棋看得像失贞那样羞耻。

苏子昂确实遗忘了谷默，生活中充满比谷默重要得多的事情。那天，他处于极度郁闷中，便想在棋上头透口气，郁闷一旦排遣掉，那么用来排遣郁闷的东西，自然也就遗忘掉了。

炮兵团共同课目训练已进行大半，还剩下轻武器实弹射击和考核验收，然后就可以进入兵种专业训练：射击指挥、阵地操作、有线及无线通讯、驾驶分队、观测业务，等等，有数十种之多，每种都上一个专业天地。在苏子昂看来，那时候炮团将散成数十块，技术意识将冲击军事意识，很难再一览无遗。所以他拼命要把共同课目训练搞扎实些，将一种军人精神贯注其中，使今后散布各处的专业训练形散神不散，并导入下半年的高潮：协同训练。

简言之，共同课目为专业训练打基础，专业训练为协同训练做铺垫，呈现“合—分—合”的态势。一个高明的团长，应该死抓两头，把中间那一大块，交给下属们去发挥。

苏子昂得到报告：明天上午榴炮二营五连进行轻武器实弹射击。苏子昂便想下午到五连转一转，看他们状态怎么样。实弹射击时，他不再去了，以免给连队造成压力。他当然希望连队打出个好成绩，他知道，他不在场他们可能打得更好。或者说，打得“更真实些”。

苏子昂叫上一个素质比较差的军务参谋，说：“跟我上车，我要修理修理你。”

那参谋姓胡，尴尬地笑着，拎上黑皮包跟苏子昂上了吉普车。苏子昂拿过他的黑皮包：“里面是什么呀？”打开拉链看，一个旅行杯，一个茶叶盒，一本金庸的《天龙八部》第三卷，还有一本“保密本”（统一配发的工作笔记本）。苏子昂斥道：“唬谁呀？把皮包丢下，扎根腰带去就行了。”

胡参谋没说话，下车放回皮包，找了根腰带来扎。现在他去掉了机关干部标志，像连队出来的人了，这使他感到不舒服。

苏子昂当即夸赞：“嚯！精神多了嘛。其实，就你的体形而论，扎条腰带最潇洒了。你觉得这块硬实些没有？”拍拍胡参谋后腰，“果然硬实些了。我有个体会，扎上腰带之后，连废话也会减掉好多。腰间束紧时，人们就不由得说一句是一句，取消废话。真该建议一下，军以下干部到部队统统扎腰带。这样，连肚子也大不起来了。”

“我试试看，”胡参谋从前座扭过头说，“如果下任团长又用另一套要求我，我怎么办？”

“适应他的要求，这个你无法选择。如果，一个参谋比首长更聪明更正确，因而拥有更大权威的话，肯定是这个部队的灾难。我也当过参谋，最难过的就是适应愚蠢的首长，其次是自私的首长。好啦，别问了，有些道理不能言传，因为言语罩不住它，一说出来就改变意思，你只有自己慢慢领悟，产生自己的道理。”

“团长，我挺喜欢你。”

“这是我的直觉。”苏子昂面色淡漠，不说自己是否喜欢他。

“咱们到哪个连队？”

“榴炮二营五连。”

“去不去营部？”

“不去。直接到训练场。”

五连的兵们正在瞄靶。他们在桉树林带里卧一长溜。枪口前是连队生产地，生产地尽头插着几个胸环靶，距离枪口一百米。

连长和指导员上前晋见苏子昂。苏子昂回礼罢，没与二人握手，佯做不见他俩伸手欲握的样子。他讨厌和人挨个握手，重复的礼节嘛，敬个礼足够了。一握手，连敬礼的味儿也不正了。他略问了几个问题：

“战士们饭量怎么样？”

“超支得厉害，”连长说，“每天超三十斤。平均每人超五六两。再这样下去，连队的结余要吃空了。”

“让他们吃。超支部分，团农场补给你们，你们可不要克扣粮食。省几斤粮食，当心惹出更多麻烦，划不来。菜和肉呢？”

“也不够呵，连里每天往锅里贴几十块。”

“贴！这个时候不贴钱你什么时候贴？共同课目累死人，吃饱吃好才有情绪，最起码也要吃饱。连队精神状态怎么样？”

“呱呱叫！”指导员抢先说，“决心书有几十份了，党员带头，群众跟上，加班加点搞训练。”

听到“呱呱叫”，苏子昂就已不信，待听到后头他已是不悦了：“谁叫下面加班加点的？不科学嘛。训练强度经过我反复研究、计算，接近最大限度了。再加强就是盲目热情，破坏性训练。必须坚决制止！你们鼓励他们了吧？”

“没鼓励，没鼓励。我们只是理解战士们的训练热情，不予伤害。”

“到底有多少加班加点的？你说实话，哪个班？战士姓名？几点到几点加班了？胡参谋等会挨个证实一下。”

指导员支吾着，他把课余时间搞生产，课间休息时翻单杠都算做加班训练。

“假话嘛！”苏子昂沉声道，“我不批评你们讲假话，我批评你们把假话加上花边。现在哪个单位不讲假话？上头逼嘛。连我们也讲些假话。但是，别形成习惯主动讲，上头没逼你也讲。尤其是没讲好，变成蠢话。要我说，假话也得有质量。”

指导员大红脸，难堪地笑。连长频频点头，仿佛他原本也要这么说的。

“轻武器射击训练，到目前有多少课时了？”

指导员明显地松口气，这个问题该连长回答。连长半仰着脸想了一会，又半低着头再想。

“舌头丢了么？”苏子昂恼怒，“自己连队的训练课时也弄不清楚？”

“不不，我想搞精确些，原先的统计有点过。”连长小心地、坚决地道，“七个半课时。保证！”

“这个判断，把人格也搭上啦。”苏子昂笑。

“训练效果呢？当然，枪响以后才知道，不过那时连傻子也知道。你当连长的，应该在枪响之前就能估计个大概。靶子是死的，没有对抗性，不存在对手问题。所以，练到什么程度肯定打到什么程度。你说个判断我听听。”

“及格率百分之九十以上。全部总成绩优秀。”连长嘿嘿笑，“我牛皮吹大了吧？”

“够自信的，到时候看吧。”

苏子昂在连长和指导员陪伴下走向桉树林带，看战士瞄靶。连长提个检查镜，问他：“要不要检查一下？”苏子昂摇头：“那是排长的差事，我不干。我劝你也别干。”指导员凑近问：“团长你看他们练得怎么样？”苏子昂又摇头：“死功夫，看不出好坏，我又没法钻到他们心里去。有一点可以肯定，他们厌烦了。”胡参谋说：“既然没法钻到心里，你怎么知道他们厌烦了。”苏子昂道：“感觉吧。要我瞄到现在，也会厌烦。”连长道：“团长，到连部喝茶去。”苏子昂点头道：“叫他们泡上，我等会就去喝。”说罢，大步走到瞄靶战士们的前面，高声道：“注意啦，起立！”

全体战士持枪起立，没一个敢拍膝盖上的土，统统昂首挺胸，正视前方。苏子昂估计，他们早知道他来了，要不起立动作怎么这么快？

“同志们好！”

“首长好！”兵们大声回答，但不够整齐。

“现在，我到前面去当你们的靶子。十环的环心在这里，”苏子昂指指自己胸口处一枚纽扣，“你们按要领瞄准这里，击发。好，卧倒。”

兵们机械地卧倒了，枪架在土台上。苏子昂沿菜地小径跑到一百米处，把插在那里的胸环靶拔出来扔掉，然后面对一串枪口站立不动。远处传来他的吼声：“标尺一，射击。”

胡参谋脸都黄了：“连长，你们验过枪没？”

“哪敢不验呢……不过，这、这也吓死人。”连长顿足，“战士打团长，叫人怎么想？”

指导员小声而急促地说：“绝对不行，枪口对人，违反用枪规定。团长还带头。”

他们急得要死，但是都不敢阻止。

远处又传来苏子昂的吼声：“击发呀，我没看见你们开栓动作。你们是当兵的吗？”

兵们卧在地面上躁动着，有的回过头紧张地看连长。只听咔嗒一声，有人拉枪栓了，是谷默，只见他瞄了一会，咔地击发。然后又开栓，再瞄准击发。有人开了头，兵们陆续跟着击发。连续击发几次后，居然亢奋起来，起劲地瞄着击发着。枪栓声和击发声响成一片，他们生怕打少了吃亏。

令人畏惧的团长成了他们的靶子，他们内心产生奇异的震颤。这种震颤无可言传，会在精神上持续许久。谁也不知将来的后果，眼前却很痛快。

苏子昂跟靶子一样纹丝不动，注视远处的枪口。其实那些枪口已溶化在土色中，他注视的是想定中的枪口。细碎的击发声隐约可闻，每次开栓，兵们的肩头便起伏一下。他感觉到无数弹丸朝他飞来，他跟每支枪口都构成一条抛物线，即：弹道。他再度获得一个近似的敌人的角度，并从这个角度压迫他的士兵，以求激起他们的对抗。他也从中获得一种近乎享受的刺激，一种精神上的搏杀。好他妈的畅快！他当然知道“枪口严禁朝人”的规定，可他们知道这个规定造成多大的心理束缚么？违背枪的本质！兵们习惯于瞄向模拟人——靶子，一旦瞄向真人便恐惧得连枪都端不住了。苏子昂暗忖：要是宋泗昌看见这场面该多好，老头肯定会感到他受了侵犯，刘华峰呢？那家伙目光是带钩子的，说话不大吐舌头，“别看你让战士们拿枪瞄着你，实际上你是在嘲弄战士们。唔，我就是这么个看法。”……他会这么说的。

苏子昂在靶位站立了十几分钟，做出“停止”的手势，然后跑回来，问：

“扳机扣得激烈不激烈？”

胡参谋道：“好半天没人动，你把战士们吓死了。团长，有必要吗？”

指导员和连长用眼神鼓励胡参谋，然后，一个忧愁着，一个木讷着。

苏子昂笑道：“我想让他们尝尝枪口瞄人的滋味，兴奋一下。没多考虑，就那么干了，你们可能以为我在显示自己吧？那好啊，你们二位也去显示一下。”

指导员很快沉住气：“团长，我们没那意思。”

“我是认真的，你们执行吧。快去，间隔十米，并排站到靶位上。”

指导员和连长阴沉着脸，双双去了。苏子昂扫胡参谋一眼：“别老想什么对不对，先增长点欣赏力吧。”朝兵们走去，泛泛地问，“怎么样啊？打上我没有？”兵们一霎时静极，从枪身上微抬头，用异样的目光看他。谷默在不远处叫道：“团长，我击中你五枪……”兵们跟着活跃开，纷纷告诉他打了几枪，打在什么部位。从他们面部表情看，大多流露亲近之色，仿佛内心正在小声说话。苏子昂高声道：“你们要对得住你们的连长和指导员，瞄准他们，继续练。”

苏子昂退到兵们身后，缓缓走动，观察他们的射击动作。渐渐地肯定了他的一个猜想：瞄完真人之后，再瞄靶子，他们肯定更镇定更轻松。因为，他们瞄向连长指导员时，已经比刚才瞄他时镇定多了，他们的射击心理经过一番冲撞会更加结实。可是这么做，代价不小。作为一个团长，他那不容侵犯的权威被损耗掉些，兵们看他时的目光不可能再和从前一样了。崇拜和熟悉难以并存。

十分钟后，苏子昂发出“暂停”口令，做手势召连长指导员归来，笑问：“站在枪口前有何感想？”连长道：“他妈的，无依无靠，犯罪似的，还有……说不大清。我再想想。”指导员说：“我同意连长意见。”苏子昂暗道：你小子滑头，笑笑：“不是有茶嘛，咱们喝去吧？”

喝茶时，苏子昂皱眉：“苦。”

指导员解释：“政委爱喝这个茶。通信员怎么搞的！交代他泡嫩点嘛，还是泡老了。”作势要去重泡。

苏子昂拖长腔调：“算啦，我也学学政委口味，你坐。坦率说，待会我一走，就给你们留下一个难题：规定枪口不准朝人，今天朝人了，规定也破坏了，以后怎么办？”

指导员和连长不作声，意思明白：你说怎办就怎办呗。胡参谋沉吟一会，踌躇道：“我看这事不提，放一放，冷却几天，也就含糊过去了。今后，还照规定办。”

“最糟糕的办法，”苏子昂向周围看看，“是不是？”剩下两人依旧不作声。“待会我去重申这个规定。我破坏了我修补，在全连面前检讨。”

“团长，你这不是叫我们为难嘛，事情已经过去了，算啦算啦。”指导员笑嘻嘻道。

“有始有终嘛。会做检讨，也是门艺术。”苏子昂饮茶，又道，“信不信由你，本人检讨一次，威望高一次。”

苏子昂叫连长去训练场，让胡参谋到外头“随便转转，看你能不能转出点名堂”。单留下指导员，告诉他一个情况：“刚才你和连长担任靶子时，全连二十七支步枪和冲锋枪，有十九支是瞄准你的，八支瞄准连长……”

指导员霎时变了脸。苏子昂慢慢呷着茶，观赏指导员脸色，由他沉默去。他不说话，那么他也不说。过了许久，指导员呐呐地说：“我工作没做好……不得人心。”

苏子昂目视窗外，冷冷地道：“我们有这么多政工干部，哼！做思想工作的效果如何？效率如何？……今天这个事，你好好想想，我对上对下都不再说，但你要透透地想一想。哦，提醒你一句，如果你要调查哪些人瞄准你，结果会更糟。我也不允许。告辞啦。”

苏子昂叫回胡参谋，登车而去，奔下一个连队。他口里喃喃着：“有些人就希望上面不和，他活动余地就大了，拿一个对付另一个……”

“什么呀？”胡参谋扭头问。

“没事。我在研究‘以下驭上’之术。”停会儿他又补充一句，“初级本。”

小车从砂石质的营区通路上驶过。谷默远远盯住小车，从枪身上面抬起头颅。刚才，苏子昂只同他泛泛地打过招呼，没有什么特别的意思，更没提下棋的事。他断定苏子昂有意识冷淡他，绝非疏忽或健忘。苏子昂何等潇洒地征服了兵们的心智呵，他不可能是一个轻言虚掷之人。除非他故作疏忽，故作遗忘。

41. 笑吟吟作麻辣文章

下午最后一个小时是交班会，团首长、机关各部门领导都须到会。值班员报告一天里全团的基本情况，以及这期间里上级的来电、来函，已落实和待落实的各种指示。苏子昂回到团部办公楼时，交班会已进行一小半了。值班员从记录本上扬起头，犹豫着，要不要重新汇报。苏子昂道："别停下来。"在周兴春旁边落座。尽管四周沙发椅上挤满了人，这个位置却一直空着。苏子昂抓过面前一只竹茶筒摇了摇，空的。立刻有位干部给他端过一杯茶来。苏子昂看看周围人，料定今天仍然比较平淡，事虽多，并无新奇处和严重处，人们认真的脸庞上都有些呆气。其实这帮人都是从下面挑上来的聪明绝顶的人，精力得不到充分发挥，便仿佛思索似的呆在那里。值班员是组织股侯干事，虽然照着记录本读电话记录，但每句话没出口之前已被他熔炼成文件一样的东西。"10 时 25 分，师后勤部张部长来电，霞虎山后期工程因台风干扰延期十天，目前正在抢建，争取'八一'完工，拟调我部卡车四台，于明日 14 时到'工程办'报到。此事意义重大，希按时抵达。借用车时限，暂定一周；师干部科黄干事来电，为筹备师党代会，借调我团干部一人，要求擅长文字工作，带个人行装，时限四十天；军炮后处李参谋来电，万米通讯赛即将开始，速将内定人员初赛成绩报来……"周兴春截断他："要车，要人，要成绩，还要什么？"值班员看一眼记录："明天中午有一位离休副军职干部乘车去厦门疗养，午饭时正好路过我团，军里让我们接待一下。""哦，要酒喝，规格都先告诉了，副军职。就是说，退下来之前是个正师职，谁呀？不知道？打电话来的是谁呀？参谋长？那好好接待一下。"周兴春朝管理股长点头，股长眨眨眼，立刻转入踌躇状。周兴春询问地看看苏子昂："要车的事，先放一放。我了解张部长，他该给咱们六吨油呐。此事暂不答复，等他催来，就说车况不好，正在应付检查，上面规定不准动。要人的事，下面干部这么紧张，从哪个单位给他抽人去？没有基层观念嘛。这样，咱们还有个小刘在师宣传科帮助工作，答复干部科黄干事，说咱们同意把小刘借给干部科了，让他找宣传科长要人去吧。"众人吃吃笑。"笑什么？不许外传。再往下说。"值班员又汇报了若干件事，周兴春都极有分寸地对付过去，几乎没有征求苏子昂的意见，连象征性地扭个头都免了，那轻快自若的劲头，简直可以刮些下来补给别人。苏子昂虽然同意周兴春对各个问题的处理意见，内心却隐忍着不快。明摆着，周兴春在向四周显示：我周兴春仍然是当家的，连团长也认可这一点了。苏子昂暗想，总有一天，周兴春会和他闹翻，结果必定两败俱伤。他应该把那一天推迟些，让自己站稳脚跟，再主动去选择那一天。

周兴春告一段落之后，突然正容道："下面，请团长做指示。"然后半侧身对着他。顿时情势逆转，仿佛周兴春是苏子昂下属，最终都得苏子昂决定。苏子昂猝不及防，被周兴春过度的尊重给挤到孤独位置上去了。他一言不发，摇摇头。周兴春说："散了吧。"众人便下班。经过团长政委面前时，绕个小弯儿，不碰着他俩膝盖。那几步也绕得自然。

待人走尽，周兴春把腿伸笔直，两臂朝后举，全身扯长扯硬，骨关节咔咔地响，肚腹也咕咕几声。他收拢四肢，道："那位老干部干吗不今晚来，我有胃口陪他。"

"这种事多吗？"

"多！我团地处福厦公路正中间，来往的领导都爱在这儿打尖，去年的接待费四万多，师里补了一万，剩下的我们自己贴。"

"我想，老兄不会让他们白吃的。"

"嘿嘿，那自然喽。都是上级机关的人，接待几起，总有那么一起能拨下点物资啊经费啊。总后营房部一个助理员，手里都有十来万元的权限。实在没什么名堂的人，也能提供些内部消息，提拔调动，整编调级，什么话都有。他们也爱卖弄，要对得住满桌菜嘛。只要他们各自说一小点，到我这儿一综合，我知道的就比他们还多还准，嘿嘿。最没名堂的就是离休老干部了，又无权力又无消息，只有一堆架子，生怕被人慢待。唉，权力的好处，在失权后才体会深刻。不过，我蛮喜欢听他们穷聊，尖锐、有见解、无所顾忌，夹杂些自我安慰。我看干部政策应该改革，干几年就把他削职为民，然后再重新起用，就像把稻田水排尽，烤田！烤一烤，根子才肯深扎。老兄就被人烤过。"周兴春欲言又止，腹中又咕咕叫了。苏子昂趁势道："据说，人饥饿的时候，智商和口才都特别好。"

"真阴险你哪，有打击欲！吃饭去吧。"说着他站起来，不在意地问，"榴炮五连情况怎样？"

苏子昂估计已有人向他汇报过，便把五连情况如实告诉他，包括瞄靶的事。

"好，好！精彩，有将帅之气。"周兴春大赞几声，略顿一顿，便又诚恳地低声道，"不过，他们值得你使这么多锋芒吗？不值嘛。你只要偶尔……对了，'寻常看不见，偶尔露峥嵘。'这'偶尔'二字，把握得好，就是真功夫，智慧和锋芒全有了。你想，你那么有魅力，下头可能情不自禁地模仿你，他们又没有真功夫，学不到你魅力中的精髓，岂不乱套？不知不觉当中，个人魅力成主导的了，规章制度成虚设的了。哎呀，我说过头啦……”周兴春抱歉地看苏子昂。

“说下去，说下去，我隐约觉得明白点了。”苏子昂鼓动他。暗想，这家伙善使曲笔，“诱”字上有真功夫。

“像你——不要驾驶员，自己开车。越过营连干部，直接扎到班里。像你——叫个兵上来下棋。这些事，我羡慕你，但我不敢做，怕下头错误理解。包括对一些规定的看法，我和你一样，也憋一肚子气，但我一般场合下不说，我不把自个深思熟虑的东西在一般人头上浪费掉，怪可惜的。要说，就在制定政策的人面前说，让他知道，你老兄除了位置比他低之外，其他方面都不比他低，金子都是埋在沙土里的，被埋进沙土绝不是金子的过错。唉呀，我又过头啦？”

“早呢，阁下心里有道闸门，凡事都不会过头。继续说，好久没人这么开导我了。”

“你知道我是诚恳的。我也知道，像你这样有才干的人，早晚有一天会上去！你当团长，绝对是一个过渡，你别谦虚，咱俩都是注重现实的人，你再谦虚就是不信任我了，就是看不起我了。对吗？说心里话，我一直要想如何给你当好助手，你是理想型的，我是实干型的，一虚一实，一左一右，正好配对。我想，在目前这个时期，咱们宁肯平淡些，从容些，你的希望在来日。目前你越沉住气，来日希望就越大……我也苦恼哇。有千里马没有伯乐，有伯乐没有千里马，千里马和伯乐都有了哩，又没有可供驰骋之路。我想透啦，流水不争先，行云不蔽日，配合你。一荣俱荣，一损俱损嘛。”

苏子昂几次想说话，周兴春都抢在他前头把话说了，如同抢占了制高点。苏子昂感到他们双方都一览无遗，很多话只是更换一种表达来重复自己。周兴春早已适应他那种稳定的生活，在那种类似装配起来的生活中，他能焕发才华与机智，四周样样东西都靠得住，一眼能认出其中意义，好估价也好对接，瞄准个缝缝儿就能下脚，于是便生出感情，把自己交给那种生活，也等于交给一种稳定状态。

苏子昂从“一荣俱荣，一损俱损”中嗅出股不甘屈服的味道。周兴春微笑着递过来个弯曲的警告。看得出，他对自己那番话很满意：多个意向，富有张力。中国人不是爱吃饺子么，那番话就是个饺子，鼓鼓的，把许多剁碎的馅儿一股脑儿包在里头。苏子昂很想使这次谈话没有结果，或者结果不明，把它含糊过去。他觉得，对待周兴春这种干部，一认真就会出毛病。他哈哈大笑，直到周兴春也被感染得笑起来，他才恍然大悟感叹道："我知道了，我知道了，开始我也有点小怀疑，现在我全知道了。老兄要提拔为师政治部主任了，所以现在特别谨慎……"

周兴春大惊："谁说的？没有的事！传播这种消息，等于谋杀我嘛。太不利了，太不利了，注意力全集中到我头上了。"歇口气，又道，"一定是三团黄政委散布的吧？他自己欲擒故纵，所谋者大！老兄，再不要外传了，让事态平静地发展，好么？"

"好好。看来，上头确实看中你了。"苏子昂愕然。他原本不知此事，只是和周兴春说笑而已，不料真撞出大动静来。他一面恨自己迟钝，一面庆幸这玩笑开得壮观。

周兴春一字一沉吟地道："昨天，集团军党委研究通过了，近期往军区报。"

"你居然一点风也不向我透露，你这不是侮辱我吗？把个大好事捂得死死的，不信任归不信任，我理解提拔本身就近乎一场危机。但是，不信任到这种程度，实属罕见！我太伤心了。"苏子昂气愤地连连摇头，"老兄真有深度，把我封锁得好苦。"

周兴春拍打他膝盖，叹息着："这种事，瞬息万变。你信不信吧，出去撒泡尿，回来就没位置了。我想好了，不到下命令那天，我就只当没这回事。我希望知道的人越少越好，闹哄哄只会造成破坏，干扰上级决心。"

"所以，你怕我给你惹麻烦。"苏子昂苦恼地说，"都说官越大胆子越小，其实不对。是在要升官还没升上去的前夕，胆子最小。"

"我承认，我承认。无论如何，请老兄近几个月内睁大眼，上上下下别出事。关键时刻，还是要靠感情……我把话说到这个程度，脸红啊。"周兴春仿佛吐个泡沫，声音轻极了，脸色深了一分，大概就算"红"的意思。

苏子昂慨然应道："有数！你那么诚恳，我能不配合？……吃饭去吧？吃饱了再说。"他不肯再陪人家窘迫了，搞得两人都奄奄一息。

周兴春让苏子昂头里走，然后才并肩跟上。楼道里响起空洞洞的回声，显然人已走空了。周兴春沿途环顾，发现在敞开的门，就顺手把门碰死。看见地上有个纸团，便用脚尖把它踢到纸篓边上。略一犹疑，又回身拾起它塞进纸篓，按它一按，不满地道："大少爷作风，我肯定那纸上只写了一两个字，就揉了扔掉。三分五一张呢。"

捡过这个纸团，再往前走时，周兴春的步态和气概已经焕然一新，领先于苏子昂半肩，每一步都迈得自然而雄阔。他歪过头来："我参军时，就在这楼里当公务员，后来当公务班长，快二十年了哦。唉，弹指一挥间，眼看这楼一年年老下去。"

要告别的口气。苏子昂听了有点难过，半辈子窝在一个地方不动，还叫日子么？他问："现在你是本团最高首长了，对这种跨度自豪吗？"

"好像你又瞄准什么了。我肯定你正在心里拧我。"

"师里刘政委跟你一样，从当兵起就没离开过这个师，他谈到这一点时也很自豪。你们简直跟个痣似的生在部队身上，不过，军以上干部恰好相反，频繁调动。嘿嘿，一头老不动，一头动得厉害。所谓治军之道吧。"

"跟你在一块，我非变坏不行。"周兴春苦恼地皱眉，"你应该到大地方施展才华去。你知道你们干到这一步多不容易？你呀，老在暗示：如果当年不这样，可能比今天更好。挑动我们自己对自己的不满情绪。"

走出楼道口，乐曲声轰然增大。一个女声在电子乐器伴奏下吟叹着，就是听不清她的唱词。她老在一般人不会倒气的地方倒气停顿，就像在文件中乱点逗号。周兴春朝架在树上的大喇叭望一眼，说："那棵香樟多少年都不肯长，我跟他们说是叫它给震的，他们还不信。"

"一旦到位了，谁都不想动它。"

两人进入饭堂，几张餐桌上都撒满残羹，干部都已吃罢离去。苏子昂挑了张干净些的桌面坐下，避免看那堆带肉渣的骨头，说："可能没菜了吧。我定的一号菜。"

周兴春说："没了更好。"朝门洞扬声喊，"小刘呀！"炊事班长奔出来收拾桌面，动作利索，问："是马上吃还是稍等等？"

苏子昂听懂了。"马上吃"是吃现成的，"稍等等"是吃另做的。他瞟周兴春一眼。周兴春道："边吃边等吧。"苏子昂暗赞：精彩。

炊事班长领会了，奔回去忙。苏子昂笑着："来晚了有来晚了的好处。有时真得善于晚到。”

周兴春叹道：“你是一团之长，要叫个干事来晚了试试。就过日子而论，我情愿一辈子在这里干，一切都顺溜溜的。”

炊事班长捧着大托盘过来，拿下四只小碟：松花蛋、花生豆、肉冻、香肠。周兴春夹起一片厚厚的香肠，亮给苏子昂看，说：“瞧这片肠的厚度！要在师里，还不剖成两片啦。要在军区，还不剖成三片四片啦。咱们这儿一片就是一片！所以我并不羡慕上头。”搁进嘴，很响亮地嚼着。苏子昂附合道：“这个例子很典型。”赶紧也嚼上一大片。周兴春道：“小刘哇，我还寄存在你这一瓶五粮液吧？”

“在，就来。”

苏子昂欢喜道：“妈的，你一提到酒，我就感动！”

“五十多块一瓶，还是托了人的。团里弄了十二箱。控制使用。足够应付两年。一般性的接待，不上名酒。”周兴春对正在斟酒的炊事班长道，“小刘啊，二级厨师证书拿到没有？”

“政委还记着哪，嘿嘿，刚刚拿到。要不是你逼我去地方受训，我还没那远见。地方大师傅都说我傻蛋，说能有还不要嘛，它相当于一个局级干部，到香港都摆得开。”

苏子昂噗嗤一笑：“什么都用官职标价。上次我到一个山，人家告诉我，这庙里方丈就是个厅级和尚，出门坐‘桑塔纳’。”

“去，再拿个杯子来，我和团长共敬你一杯，我们炮团总算出了个人才。”

炊事班长两眼睁得碟子那么大，叫了声：“政委关怀……”便说不下去了，浑身乱动。

“拿杯子！”周兴春仿佛叫板，尾音很长。

“免啦，免啦。我从不喝酒，政委最知道我……这样吧，我就用酒瓶盖儿陪两位首长喝一盅。”炊事班长抢过那只拇指大的塑料酒瓶盖子，朝里头倒进少许酒，两只手高高举起它，“敬首长！”

苏子昂道：“你是在点眼药水吗？”

周兴春道：“干！”和苏子昂当地碰一下。又和炊事班长碰，没碰出响来。

炊事班长仰首饮尽：“谢首长啦，慢吃。我再去炒几样菜来。”他将两只杯子斟满酒，离去。

苏子昂用筷子点着他背影："老兄把他加工成什么啦？乖得跟个小蝌蚪似的。上有父母官，下有子弟兵，你这叫怀柔政策。我先把话说在前头：小刘虽然有一技之长，我们也不要重用，此人太甜！"

"当然。我有警惕，不提他当干部，转个志愿兵还行吧？让他发挥专长。咱们花了钱送他受训，怎么也该把投资收回来呵。"见小刘端一道鱼羹上来，他不说了。两人一阵乱吃，间或互敬酒，不需劝，抬抬手就干了。周兴春又提到师里的开会通知，说："我估计着他们该开会了，通知就到了，叫各团去一个主官。我说团长，你去吧。也好和其他团的领导熟悉一下，感受感受当前气氛，我留下看家。"

苏子昂酒意蒙胧中说："我去。看有什么新精神，没说开几天？……五天？妈的，我又上当了！下次再开会，请你先告诉我几天。"

42. 姚力军越瘦越精神

炮团团部距师部八十多公里，会议上午 9 时开始。苏子昂和驾驶员起个大早，扒了两碗炊事班下的面，6 时 30 分驾车出发。他们赶到师部小礼堂，外头的停车场还是空着的，苏子昂提起皮包下来，看见师政治部一个干事站在小礼堂门口吸烟，两眼蛮有精神。苏子昂朝他走去，干事急忙把大半支烟虚握到左手掌内，迎上前敬礼，脸上浮现接待专用的笑容："苏团长到啦，到得早。"抢先两步接过苏子昂的皮包，陪着进入小礼堂。苏子昂注意到那支烟仍然虚握在干事左手掌内，没舍得扔。他叫不出那干事的姓名，人家既然这么熟悉他，他反而不便问人家姓名了。他与干事聊几句过渡性质的话，搞清了其他各团领导都没到。炮团驻地远，所以到得早，不敢像其他团那么从容。苏子昂瞟见干事左手老在冒烟，急道："你忙去，忙去。"

小礼堂实际上是一幢大会议室，苏子昂看看桌椅安置的格局，估计自己的座位应当是在某处，便过去坐下，摘除军帽，按规定摆好。看墙上石英钟，还差二十分钟才开始会议，他感觉自己挺嫩，到得像公务员那么早。他肆意打量，面前整齐地安放着笔盒、十六开白纸、两种墨水、回形针和刨笔刀等物，每个座位前都有一份。其规格和样式和大军区党委会议室相同。他知道它们主要不是供来使用，而是用来提供一种严肃气氛，一种会议氛围。偶尔也被人摆弄几下，以示深思不已。四周字画不多，但都很大，很猛。一幅苍鹰图高悬于正面墙中央，其实偏向一侧会更有味道。苍鹰方眼弯喙，翎羽奓起，仿佛听到口令正扑翅欲起，墨色渲染得极为霸气。间隔数米处是一幅行草，苏子昂先数清楚它有多少个字形，再一除，判别出每句五字，不会弄乱喽，才在心里按住它念。终于念出内中两句："宁为百夫长，胜作一书生。"暗笑它绝对是书生意气，书生笔墨，讨壮士喜欢。再间隔数米是一幅竹，苏子昂见它就烦，凡是会议室必有此物，略去不看。再下去是一幅行楷，录苏东坡《赤壁怀古》，竟是宋泗昌手笔。苏子昂暗惊，他也雅到这地步啦，肯定好，不好怎敢挂？心头一快，眼顺得很，一字字猜着认下去。直觉是前半幅气韵磅礴，后半幅是竭力磅礴。他想大概是写到后头，让人家喝彩声扰乱了手劲。不过，落款那块"泗昌"二字虽小，仍是一身劲道。苏子昂追着这二字想，蓦然佩服了：宋泗昌大胆！敢写不算，还敢挂在这块。别的军区领导谁敢？怕人追究其中渊源，和这个甲种师有何特殊关系。宋泗昌就不怕犯忌。再想，苏子昂连刘华峰也一道佩服了，他敢在师的核心部位高悬宋泗昌的字，此人一向谨慎从事，居然也这般爽朗起来，仿佛故意爽朗似的，偏叫你看，偏叫你跟不上他的境界。

外面有渐近的汽车引擎声，一辆吉普驶入停车场。远处，还有几辆正在道口拐弯。苏子昂知道各团的领导到了，看表：9点差几分，人家才叫好素质呢。所有车辆俱不鸣笛，熟练地进入停车位置。苏子昂起身相迎，他在本师的实力表格上已熟知各团领导的姓名，但彼此从未会过面。他期待有个人替自己介绍一下，左右望望，周围只有几个公务员。他只好硬着头皮出门，预备自己将自己推荐给他们，再亲热片刻，总之，弄得自然点。他看一眼头辆吉普车的牌照，三团的，便高声朝刚从车内下来的上校喊道："吴团长到啦，哈哈哈。"热烈地笑。

吴团长诧异，苏子昂趋势道："我刚到炮团工作，苏子昂呗。"

"噢！苏团长，大名鼎鼎。"吴团长奔过来握手，然后推着苏子昂走向其他几辆车，"老刘，这是炮团的苏团长，这是一团刘奋团长。老孙，过来呀，见见老苏……"

苏子昂相当轻松地和各团领导认识了，亲切寒暄，仿佛上一辈子就相熟。都是团一级的干部，谈笑便相当放得开，相继掏出烟盒，彼此从对方盒里拈一根抽，又抢对方的精致打火机，佯嗔假怒，粗豪地笑。苏子昂为配合感情，也叼上支烟。他挺感谢吴团长替自己介绍，不费什么事就进了圈子。蓦地有人跺了一脚，几乎是忍痛叫着：“苏团长，你真年轻呵。”众人立刻哑然。

苏子昂从外貌上看出，他们岁数普遍比自己大，正想挖苦自己两句，忽然发现他们笑容都硬在脸上了，再过会，又一起松开笑了。如先前那样攀谈，只是偶尔投来含蓄的一瞥。吴团长道：“快开始了，咱们进去吧。”拽住苏子昂胳膊。苏子昂随他入内，再次暗谢他解脱自己，他俩挨着落座，苏子昂凑过头去：“老吴，哪年兵啊？”吴团长告诉他自己是哪年兵，顺带着把其他几位团领导的岁数、兵龄也告诉了他。介绍中，他口角始终保持些许微笑，眼睛却毫无笑意，末了“啊唷”一声：“你看你看，光顾介绍别人，老兄你还没把我对上号呐……”有意停顿凝视他。

“你不是吴团长么？！”

“我叫黄水根，三团政委。吴团长探家了。”

苏子昂大窘，心想这筋斗栽得丑。其他几位团长正诡笑着望他。他对黄政委又恼恨又佩服，自己叫他“老吴老吴”叫半天，他现在才暴露身份，镇定得叫人害怕。苏子昂刚刚和各位见面，就为自己的自信付出了代价。他想，道歉哩还是反击哩？又想，道他妈的鬼歉，他把我当呆子展览。“哎哟老吴，不不老黄——看我都难改了，你可真沉得住气，无怪乎别人说，你要提师里政治部主任了，我完全相信。”

“嘻，肯定是你们周兴春散布的，非让他赔酒不可！回去告诉他，主任这位置，我上不去，他也上不去，”又一次停顿凝视，许久才道，“可能是从外头调入，假如我站在全局角度考虑，也是这样最妥当。”

此语一出，苏子昂真的有点喜欢他了，他整人整在明处，总是不避忌讳不惧惨痛，一步到达终点。在这类人身上，不会有什么质量不高的苦恼。苏子昂心头乱算，却默然无语。面前若是个带敌意、才气很足的家伙，他会侃侃而谈机锋不绝；但他如果喜欢面前这人，稍受点感动便立刻口拙。

师机关的科长们杂沓地来到小礼堂门口，略让一让，再一股脑儿挤进门框，有十好几位。已坐定的团领导们或起立或欠身，忙着朝各方向握手、颔首、欢笑，仿佛竞赛似的，看谁更忙得厉害。苏子昂也做出亲热表情，不管认识与否，人家伸手他就握，肩膀也被人拍了好几下，对话都是半截对半截，才说到半道上就被下一位科长揽走。众人热闹一阵后，各寻位置坐下。虽然没有规定座位，科长们坐在外围窄条会议桌旁，师领导还没来，但麦克风已摆在铺着蓝色天鹅绒的台面上。四周茶杯盖叮当响，公务员执壶沿途冲水，接着是种种拉链哧溜哧溜响，会议气氛陡然扑面。苏子昂浏览几眼小本上的汇报提纲，忽觉身畔寂静，再朝前方望时，刘华峰和姚力军已经到位了，简直跟一道阳光落地那样又庄严又无声息。刘华峰个子矮，身段却益发挺拔地坐在藤椅内，目光缓缓绕场一周，速度均匀，没有在任何人身上留连。扫视完毕，便静坐不动。他的姿态一下子影响到全场，大家也陆续进入凝定状态。刘华峰身边的位置是师长的，此刻姚力军正立在这位置上，用目光点验人员，点罢坐下时，把藤椅稍稍往边一拉，再坐进去。这样，他就全不引人注意地从原先位置上偏开半米多，很自然地使刘华峰居于会场中心。

由于9点钟才开始会议，上午就不再“休息”了，会议紧凑地开到吃饭时间，姚力军才宣布散会。满场椅腿嘎吱嘎吱响，大家起身展臂弯腰。苏子昂感觉饿得舒畅，开会比操炮更耗费体力。他随着团领导们朝招待所餐厅踱去，注意到科长们渐渐朝机关食堂方向去了，并没有谁挽留他们一道吃，他想这大约是惯例。刘华峰和姚力军最后出门，团领导们站下，一齐朝他们喊“留下吃吧”“唉呀呀别走啦”等等，刘华峰微笑着摆摆手：“陈副参谋长陪你们。”简略应一句后，继续朝前走。陈副参谋长站在餐厅门口邀请大家：“请进吧，比不上你们团里油水厚哇。咱们吃宽敞点，六人一桌吧。”

团领导们步入餐厅，先不落座，站在桌边观看。六个八寸碟，摆成朵大梅花。当中是红艳艳的海蟹，周围分别是：红烧田鸡腿、清蒸鲜黄鱼、辣子鸡丁、凉拌猪肚丝、菜心香菇烩虾仁。品种虽不多，但是分量充足用料扎实，地道的团级干部传统。陈副参谋长笑眯眯地两手撵鸭子似的挥着：“坐啊坐啊，不够再添。”黄政委摘下大檐帽，就手朝屏风顶上一挂，众领导也随他脱帽挂到屏风顶上。苏子昂看见不远处有衣帽钩，但他不愿脱离群众，也把帽子挂到屏风立柱顶上。黄政委伸手朝桌面画了一圈：“老陈啊，你到咱三团时，三团待你是什么感情？你还差点意思嘛。”陈副参谋长连忙正色解释：“欠着欠着。下午还开会，规定不许上酒。各位想喝，晚上到我家去，茅台西风我拿不出来，绵阳大曲还有半打，不满意你们就把我劈喽。”

黄政委又笑：“急了吧。我要的就是这份感情，酒算什么。”

苏子昂忽觉胳膊被人一拉，不由地随那人坐下去。刘奋团长在他耳畔说：

“别听他们扯淡，咱们开始行动。”说着用餐巾纸揩筷子。苏子昂才发现那一大盘田鸡腿正在自己面前，而清蒸黄鱼距刘团长最近。原来这桌面不会旋转。

吃罢饭，团领导们又在院内闲站。黄政委摸出几根牙签，一人领了一根去，边剔连啐，聊了不少时间，快上班时，众人才回屋合衣小卧片刻。下午是各团汇报，团领导们都不愿先谈，因为大家才睡过午觉，精神还没恢复，会削弱会场效果。于是便按序列，一团在前，团长刘奋只好先谈。苏子昂应当是最后一个谈，他有些担心准备好的观点被人家先谈掉了。很注意听，越听越放心，便端过茶杯轻啜慢饮起来。无意间和端坐首位的姚力军目光一碰，才晓得姚力军一直在注视自己，目光里有警示意味。看看周围，人家都在拿笔记录，唯有刘华峰和自己光听不记，但刘华峰面色严谨，显然句句都吃下去了，唯独自己潇洒到了轻慢地步。苏子昂提笔在小本子上画了几笔，再看去姚力军，警示目光没有了。苏子昂慨然感叹：力军非当师长不可，否则，他自己都不会饶过自己。

轮到苏子昂汇报时，还差二十分钟散会。这时候发言效果最差，因为人们隐隐约约已惦记晚饭了，讲一半还得挂起来。待明天讲下一半时，这一半搁了一夜已走味了。正踌躇间，姚力军宣布今天就到这里，明天接着谈。苏子昂有点惋惜，他已准备在二十分钟内完成汇报，给人一个重点突出、简短精彩的印象，自信比他们一两小时的发言还要深刻有力。姚力军的关怀剥夺了他一个牛刀小试的机会。晚餐依然丰盛而不奢侈，有人开始担心几天下去该发胖了。黄水根政委淡淡道：“不会吧，只可能有人累瘦喽。”说发胖的人赶紧把话题转移。

天黑透了，团领导们一个个愈发精神，苏子昂提议打牌，众人空喊好哇好，却没人动弹张罗牌。公务员过来请苏子昂接电话，他立刻料到是谁了。黄政委悠然道：“谁的电话啊？不打进屋里来打到值班室去。”苏子昂不语。姚力军在电话里道：“子昂啊，想跟你聊聊，空不空？咖啡给你泡好啦，咱俩聊天是一种精神体操。半年多不见，我得把自己找回来……”

苏子昂喜道：“咖啡别加糖。你住哪？”

“跟你说你也摸不到。去车接你了，你看见03号伏尔加就上。小陈会送你来。对了，最好别惊动其他人。”停会儿又说，“其实知道也没事。”

苏子昂悄笑着：还是老样子，处处谨慎又怕失掉豁达。他不回屋，拿过几份报纸耗时间，估计车该到了，便朝外走。经过团长领导们下榻的房间时，见全空了，只剩黄政委一人独坐在客厅沙发里看电视，他身姿未动，眼睛却朝过道一闪。苏子昂只得站下应酬一句："不是说打牌吗，他们人哩？"

黄水根摆摆手："去吧去吧，各取所需嘛。"一副雍容大度的姿态。苏子昂又在心里赞他一下，无欲则刚。又暗忖，其实他端坐在观礼台上呐，表面正经，暗中窃笑，以为我看你不出？

苏子昂乘伏尔加几分钟就到达姚力军宿舍，一幢五间一套的平房。进门闻到股香气拐进客厅，姚力军正歪在躺椅上沉思，猛见苏子昂，跳起来捉住他胳膊拍打不止，口里一片吟叹，热情得使苏子昂有些窘迫。两人坐下对望，一时找不到话说。苏子昂感动了，为了掩饰心情，端过大杯盛的咖啡呷了一口，感觉到它们像颗铅球滚入腹中，再在身段里化开，缕缕上浮，直达鼻腔与脑髓。好久没尝到它了，部队不欣赏此物。他说："老兄瘦了。"略觉鼻塞。

清瘦使姚力军两眼硕大有神，鼻凸高耸，昔日柔滑的口角变得硬朗朗了，足足年轻下去七八岁。这全是瘦出来的魅力。骨肉里头发光。

姚力军宁静地注视苏子昂，几分钟不说不动也不转移目光，显示出从来没有过的矜持，大概是居于优势地位的人的习惯。他的矜持压迫着苏子昂。苏子昂道："我进来时，你僵在这儿，在想鲁娜吧？我猜？"鲁娜是姚力军的娇妻。

姚力军嘎嘎笑："不瞒你说，放下电话我就在想她，妈的从来没有这么狠想过！真想。都迷迷怔怔了。怎么回事？老姚我也是丢得开的人嘛，大概是因为你到了，带来点旧情，我一下就联想到家了。"姚力军仿佛在夸自己，雄赳赳擂着椅子扶把。

"乖乖。事业成功，情欲旺盛，状态极佳！"

"不要你给老子总结。你呐，还是老毛病，一见面就刺探别人在想什么。不好，进攻性太强。"姚力军让自己冷却掉，轻问："归沐兰怎么样？"

"承蒙关怀。应该还好吧。"

"应该？！"

"否则我怎么说呢。"

姚力军理解地点头："暂时不谈。哎，你看我干得怎么样？在下面听到什么反映没有？你一向刻薄，给本人这半年来个评价。"苏子昂蹙眉思索，缓慢吐露道："感觉上——干得很结实，一碰便知有后劲，才华也使用得到挺适度，威大于智，才大于情。没有扭曲自己屈从人的印象，也没有假轻松的印象。学院里的两年储备，开始生效了，抓人抓素质，抓事抓关节。下面谈你不多，但是一旦谈到，便正容正貌的，从不拿你的轶闻开玩笑，这点不简单。军委常委大区司令，下面都敢开他们几句玩笑，你没有在玩笑里被贬值。总之，很成功。弄得我都有点失望喽。”

姚力军快活地对搓双手，仿佛体内有物辘辘转，半天稳定不下来。看得出他还和以前那样重视苏子昂的意见：“谈点缺点！我现在特需要提高警惕。妈拉巴子，缺点不怕，关键是缺点长在身体哪个部位，这可是你说的。”

“似乎没有值得一提的缺点。你适合于干副职，一旦当上主官，你的缺点可能大批暴露。我想，要不出意外的话，你离师长的位置不远了，也就是说离暴露弱点不远了。”

“到底是你，讲毛病也讲得人相当舒服。真是的，我若当不上师长，干吗要当这个副师长。我虽不如你，但比周围人还略强些。你不同，你是为下世纪准备的师长，本世纪不合用。”姚力军独自大笑，忽然半道上卡住了，甩手指定杯子，“喝咖啡。”久久凝视苏子昂。

“老兄把自己换来换去的，干吗？”

“有个消息，刚刚证实。我们师可能在年内拉上前线轮战。就是说，要打仗！……你怎么啦，干吗一点不兴奋？我以为你会快活得裂掉呢。”

“我也不知道。”苏子昂垂首沉默。姚力军也惊讶地沉默了。过了许久，苏子昂低声说：“很多军人不能珍惜这种幸运，我想我们要珍惜，把它当一生中最后一仗来打。”

“师长正在军区开会，听到点风就拼命争取。政委知道消息后笑了，说这种仗名堂多得很，他现在就可以为战后的事发愁了。”

“那是你们的事，我不管。我只需要实现自己一次。否则，我老觉得自己既是军人又天天在背叛军人。我现在有点新婚前夜时的慌乱，真是一言难尽呵。战争，居然是真的。老天有眼。”

“归沐兰好吗？”姚力军再度问。

苏子昂听出他已全知道了，便说：“我们遇到了危机。”把自己同妻子分裂，同叶子的感情，尽情倾吐给姚力军，一点不做隐瞒。姚力军不出声地惊叹着，问：“你和她发生过关系吗？”问毕又知失言，脸臊红了。苏子昂冷冷刺他一眼：“发生与否有那么重要么？告诉你，我想和她发生关系，可她害怕，她属于那种贴着‘犯罪’边缘爱你的姑娘。我后悔没和她发生关系，也许她也会后悔，这就是我与她最平庸的地方，最不自然的地方。我爱妻子，也爱叶子，我觉得不矛盾。我根本不想后果，只准备承担后果，但不能事先就被后果吓住。我讨厌心细如发、事事圆满。我觉得自己再不来一次精神危机就该老了。人一辈子总该精彩一回吧，否则晚年怀旧也淡而无味了。不管老天给你多少次机会，我只当最后一次来对待。此外，如果一次机会也没有，也不过分伤感。啊，这差不多是我对战争的态度了。说真的，和平和战争，挺像妻子与情人，尽管它们二者势不两立，可我都说不清更爱哪一个。我精神上挺贪婪。我脑海里能够兼容冰炭。我憎恨偷情，暴露自己比隐蔽自己更痛快。"

姚力军佯作平静地呷着咖啡。从姿态上看，苏子昂讲的这些他仿佛都思考过了。可他为了使杯中咖啡不抖动指关节都捏白了："我还是羡慕自己。我绝不受你那份罪。唉，你好久没这样彻底交心了，我不感动也得感动。唏嘘吟叹。"

"因为战争靠近——今晚我对谁都会毫无保留，不仅是对老兄你。战争，光是它的气味飘来，就足以使人超常发挥了。"苏子昂缓缓扫视屋内，目光与窗外夜色一碰，便胶住不动。

第九章

43. 优美的亢奋

谷默坐在火炮牵引车车厢前部，靠左首。这里视界开阔，和驾驶员联系方便，属于班长专座。他身下是折叠好的伪装网，正散发新鲜化纤织物的味道，浓浓地托着人，好像坐在一股热浪上。车厢里装载着刚配发的炮弹。炮弹箱码放得蛮像回事，边缘齐整、凹凸嵌合，无论车厢怎么摇晃，这大堆弹药就和搂在一块似的一声不出。此外，他还领到了六把镜面般的锹，全套夜间照明装置。他感到自己阔气得要命，不由地将一只脚踏在昂贵的瞄准镜盒上——过去他不敢。顿时，无可言传的快意从这只犯忌的脚波及全身。他很想粗鲁地扯开衣纽仰天歪倒，朝车外啐一口，再撬开酒瓶盖子胡灌一气。不然的话，心窝里的骚动就没处去。他已经在想象中那么干了，但军规仍然牢牢按住他四肢。身旁有兵们，他们像受惊鸟抓住枝丫那样抓着车栏杆，一旦有意外好从边上跳下去。谷默担保，真有意外他们反而跳不动了，他们最畏惧的是心里的念头，最不会对付的也是心里的念头。需要他们撒野的时候，他们偏太乖了。优秀的火器骇坏了他们。四炮手把防毒面具箱掀开个小缝，侧眼朝里瞄："那么好的东西真敢剖开用？不怕用废了？"谷默鄙弃地偏开脸，感到自己一下子被搞脏了。

牵引车因为满载，走起来像在深思，一点没有空车时的轻佻。谷默盘踞在车吨弹药上，弹药卧伏在呼吸着的车的胸膛上。他们都贴切地依恋着，舒服着。

前面一门火炮的轮下，扯出弯曲的轮印，三条细细的小波纹，清晰得有点颤抖了，它们宛如从他身上抽出去的旋律，它们摇曳时似乎带起股微风，虽然均匀不变，但是绝对不重复！呵，它们是天然浑成的五线谱，只要把歌词搁在轮印上立刻就可以唱啦。在坡顶，它们如此高亢。进入尘谷，它们又变得多情。一拐弯，它们赶紧把自己折叠起来。谷默极想把这些纤巧的、扭动着的小土条捧到手掌上，碰碰这凝固的旋律。

他猛地心酸了，优美的东西使他联想起苏子昂。使他再度感觉到自己的创伤。

今天下午，在团部仓库领物资时，谷默忽然看见苏子昂，霎时意识到自己一直在思念他。谷默立刻别转脸，停一会儿再严肃地望向他。谷默呆住了，他看见苏子昂居然和一位姑娘站在一起，挺近，神态亲切。那姑娘20岁左右，挎着采访包，手间拎个带拉链的小本——怕人家不知道她是记者似的。她身材娇小，容貌秀丽，有股子很暖和的味儿。她目光老是缠绕在苏子昂身上，揭不开。她不说话，大概靠苏子昂站着她就很舒服了。谷默顿时受到侮辱，眼前的苏子昂与他心目中的形象怎么也对不到一块去。他怎么会和这个女人并肩站着呢？还笑！他属于炮团属于士兵们属于……谷默霎时被烫痛。他紧咬牙关，努力使自己冷却。渐渐地，他对苏子昂产生出崭新的情感愤恨！并且在愤恨中感到痛快。他能够直起腰来啦。他肯定苏子昂没看他一眼，目光只在兵们车炮们身上滑过去，因此这一眼不算！苏子昂更没有单独跟他说话，他只泛泛对着兵们说个不停——其实说给那女人听，因此这些话句句都离谷默老远老远。

谷默又把脸别过去，扭动时几乎听见脖颈咔咔响，相信自己还是蛮有风度的。他认真地查看器材，把螺丝帽上紧，揩掉渗出的黄油，不屑听苏子昂的声音。但是，那言词中的质量在捕捉他，影影绰绰的，他躲不开。

"……如果有两个目标，一个身穿铠甲的人，一个是赤裸裸躺在手中的、笑着的婴儿。假如两个全都是你的敌人，区别只在于：穿铠甲的是逼迫的现实的敌人；婴儿是未来的、更强大的敌人。给你一把刺刀，你刺向哪一个？再深入一步思考，刺向哪一个最符合刺刀的精神？我们即使知道这个婴儿是未来的敌方将领，知道现在消灭他等于消灭一个未来师团，还知道现在不消灭他将来他就消灭你，但我们十有八九还是会刺向穿铠甲的人！毫无武器的婴儿我们反而刺不下去，好像他被钢甲护住似的……刺向他不符合刺刀的精神。愈是柔软，愈是毫无防护，有时就越能遏制攻击。这是一个微妙的境界，许多军人在此变质了……多好的炮呵。但我要告诉你：落到近处的炮弹比直接命中你的炮弹更可怕。为什么？击中你的炮弹只是把你炸碎了，身旁的炮弹却让你看见别人被炸碎了。举个例子……战区的前沿布满防步兵雷，这东西只有一盒擦脸油那么点，轻得很，塑料制品，内装十三克纯硝化钠，遇到十公斤的压力就起爆，爆炸时全无金属碎片，靠气浪啃掉你一只脚。凡是踏雷者小腿以下都没了，但人却活着。我们深入思索一下：为什么它只取人一只脚而不要你性命？这里头不光是造价便宜，更有智慧。战场原则是，以最小的代价换取最大的胜利。什么是最大的胜利？就这颗雷来讲，不是炸死你而是炸伤你。我们想想，阵亡一人只是减损一个战斗力，重伤一人也同样使他丧失战斗力，而且，还得替他止血包扎护送后方。这样一来，对方起码减员三至四人，还不包括伤员哭叫带来的士气损耗。另外，死者已经死了，骨灰盒八十元一个。伤残者还要继续生活，将给社会、家庭和个人心理带来无穷问题。一个塑料疙瘩造成如此巨大后果，这就是现代战争的智慧。于是又产生另一个原则：最大的战斗力产生于班长阵亡之后……”

谷默听到“班长”心头一松，感激地望去。苏子昂面前已聚集了几位参谋，他眉眼放光，辅以大幅度的手势，整个人就好像是个火力支撑点（注：火力支撑点通常配备一门火炮、一挺高机、若干轻型火器，装备优良、工事坚固，具备极顽强的火力效能。是步兵的克星，也是炮兵的首选目标。）似的自豪地屹立着。那姑娘如痴如醉，精神气儿早就歪倒在他身上了。他显然意识到自己的魅力，有意使之更灿烂些。参谋们统统凝缩了，眼神只有针尖那么点，口张得连喉管都露出来了，几乎增强了欣赏力，包括对卓越敌手的欣赏力。不要由于痛苦、憎恶就不愿正眼欣赏力了。没有欣赏力哪有创造力？都有敢死队——战争艺术反而糟蹋掉了。比方说：“最优美的往往最危险。小琴你喜欢跳舞，舞厅里的激光束漂亮不漂亮？它实际上和最先进的武器——热激光器同质。今天不允许开箱让你看看炮弹了，否则你会忍不住想去搂它，它太像一个胖乎乎的婴儿了。事实上，第一颗落在人头上的原子弹名就叫‘小男孩’，第二颗叫‘胖子’，它们都是对亲人的昵称。投弹的那架B29，还是以机长母亲的名字命名的。核弹起爆，人们惊叫：比一千个太阳还要亮！完全是审美语言嘛……你讲什么？唔。你不讲我替你讲吧。打开军事地图看看，凡是成功的战役，它的曲线、锐角、速率等等都十分优美；凡是失败的战役，它的思路、曲弧、示意线等等都是丑陋破碎的，重复之处极多，压抑得很。叫一个完全不懂军事的画家来看，他也能一眼看出谁胜谁败，反差就这么明显！所以，我们这些现代军人除了政治质量之外，除了传统之外，更要注意研究战争艺术，连长排长要注意战场艺术，优秀军人是文明军人。”

那姑娘做了个动作，苏子昂中止，疑惑地看她，马上明白自己说的太多。他佯做随意察看堆在油链上的器材，略略交代几句，往别处去了。姑娘同他保持适当距离。看得出她控制着步伐。

谷默想：这女人听得懂么？配听么？浪费！连那些干部们也未必真懂。我稍听一点就全懂了……他郁郁地带车归来，始终不和兵们说一句话。他把委屈转嫁到兵们头上，好久不能把自己找回来。他渴望藏到哪片云彩里去独自呆着，冷冷地注视下方军营。

炮弹卸进弹药库，按照弹种、批号分别码放。谷默把兵们叫进来，关上弹药库的门，低声喝道：“想不想看看？”

兵们猜到谷默的用意了，他们不由地靠在一块，而把谷默亮在对面。擅自拆封军用装备，尤其是烈性火器，属于严重违法。上面规定：这批弹药进入战区才准拆封，连苏子昂也不敢开给那姑娘看嘛。谷默鄙夷地：“馋得到眼珠子都要掉下来了，不敢说。”

瞄准手道：“看！又不是女人屁股。”

三底手笑了：“就算是，有得看还不看么？”

“拿起子来，”谷默下令。暗想，一关起门来他们胆子就大了。在团里，当苏子昂遗憾着不能让那姑娘看看这批特种弹时，谷默已决定非看不可。他敢做苏子昂想做而不敢做的事。假如以后还有下棋的机会，他将当面把此事告诉苏子昂。他想象，苏子昂那辉煌的面庞一下子被惊奇撕裂……他顿时满腹温存感乱淌。谷默搬过一箱单发装的“钢性铣杀伤爆破榴弹”，往水泥地面一摔，四十多公斤重的木质包装箱咣地跳起，仿佛是实心木块，然而它内部传出金属的颤鸣，悠然不止。炮弹箱是优质杉木制作的，经过化学工艺处理后散发异香，它已经屏住呼吸，预备被撬开，身上的撞痕正在复原，它懂得自己保护自己。谷默叭叭地拧断铅封，打开锁扣，用一柄长达尺余的开启器插进箱盖缝，“吱溜”一声，它就跟蚌似的张开了，一股渗透力很强的金属味儿撞上人脸，熏得眼涩。谷默揭开油纸封盖，一枚漂亮的榴弹正在酣眠。它属于分装式，上半格是黄澄澄的药筒，下半格里嵌着翠绿色弹丸。弹丸高约两尺，如婴儿肌肤般滑润，瞧着它心头怪嫩的。它腰缠一条金色弹带，依靠它在炮膛里高速旋转。

谷默抱着它站立起来，胸膛立刻在军装下鼓起承受它。他掉转身，把弹丸放到干净地面上，放开手，滋啦一下，指纹已留在它身上。它立在那儿，含蓄着劲头，顿时大了几岁。兵位包围着它瞧，从哪个角度瞧它都是一个模样。假如朝它吹声口哨，它肯定会开步走。

它在鼓舞兵们。同时，它在呼唤完整。

谷默不由自主地按照弹丸的意志行事。他到里面搬出一铁盒引信，撬开，取下一枚装上弹丸顶部，旋紧。弹丸配上乌黑的引信，立刻惊醒昂奋，柔媚之色尽去，变得到锋利挺拔，通身流泄透明的寒气。现在，它只欠发射了。谷默还不甘心，他似乎要把弹丸比下去他要抵达极限，他竟然朝配装好的引信伸去手指，猛用力，旋下了拇指大的引信帽。兵们呆住了，一齐注视弹丸顶部银白色小薄片，它已处于“瞬发”状态，只消一颗雨点碰到飞行弹丸的小薄片上，它便在千分之一秒内爆炸。兵们紧张地收缩身躯。

“有什么感想？”谷默努力潇洒些。

兵们不作声，用目光按住弹丸。

“看我。”谷默举起崭新的镐头，对着弹丸顶部飞快砸去。兵们惊叫着摔倒在四周弹药箱上，抱头呻吟。谷默的镐头在距银色金属片一寸远的上空停住，保持不动，观赏着兵们的丑态。“逃有什么用？真要炸响，这座弹药库也会炸，方圆五里片瓦无存！”

他脸面雪白，略显病态。他在这几分钟内瘦掉许多，执镐的双臂开始发抖，他竟忘记将镐头移开，全身和弹丸一道定位。瞄准手上前，连镐头带人把他抱开了。谷默恢复镇定后道：“你们不要动，让我来收拾。”别人干，他不放心。

谷默将它们一样样复原，蓦然冒出一句：“饿了吧？”兵们口里一齐吐气，确实饿啦。对班长敬畏到要死。

44. 胸胆尚开张

伙食好，顿顿赶上过礼拜六。谁瞧谁舒服。

从传达预告号令起，就是二块八一天了，后来涨到三块二一天。连长在军人大会捏着手指头算给大家听，这“三块二”里头，多少是团里的储备，还有多少是当地政府拥军支前……末了，笔直地翘着剩下的大拇指，说：“咱连里‘小公家’，每天敢赔进这个数！”言罢停顿着，让兵们深入理解他话里的精神实质。

吃得好，能增加对战争的想象力，干部战士老兵新兵都没打过仗，因此大家都平站在一条起跑线上，凝视着天边议论不休。人和人亲切极了，过去的那些隔阂，跟穿烂的鞋一样，都交公了。日子火红起来，装备一天天增加。通信地址已更改为“109 信箱 06 分箱”。个人自救训练进行过三次。储藏室的私人物品已配上铝牌编号，它们可能成为遗物。停止休假禁止家属来队取消星期天……所有这些，都令人慨然面临一种逼近。

谷默和兵们常去小卖部。这个小卖部，骑在营区边界线上，就是说：前门在营区内，后门在营区外，光顾小卖部不需向值班员请假。谷默知道，这个妙处完全可以倒过来品味：一旦需要请假，小卖部的收益岂不是被连队规章制度管死了么。

营里的教导员同志家庭生活困难，团首长们为了照顾他安心服役，特批准他家属开办这个小卖部，称“驻军服务社”，一则为兵们服务，再则家属也有了正当收入。在此之前，兵们都管那女人叫教导员老婆，有了小卖部，兵们一致改口称教导员夫人。夫人一点没有原本该有的架子，所进的货色也极配兵们的胃口和钱包，允许赊帐——再通知上士从兵们津贴费里扣下来。此外，她还负责向教导员汇报近况，比方说谁一家伙买了几十元钱罐头，教导员便通知连里查查此人的现金来源，如无问题也该给他“提个醒，注意艰苦朴素啦”。比方说谁买了烈酒去，脸色阴沉沉的，教导员便通知连里注意此人的思想动态，把事故消灭在摇篮里。夫人守着一个柜台就是守着一个观察哨，替丈夫收罗好些情报。轮战的预告号令下达后，教导员夫人又住院打胎去了。老兵们理解：这很自然，要打仗了嘛，教导员跟用了激素似的，再好的避孕措施也不顶用。

如今是教导员小姨子守柜台，兵决不叫“夫人”了，叫她“如夫人”。

如夫人坐在木凳上埋头读一部小说，听到外头脚步声，赶忙拿过毛线活织起来，恰巧盖住膝头上的小说。瞄准手跳过去，透彻地笑：“织什么哪？”如夫人说：“你看呗，姐夫的毛袜。”瞄准手拿过织了半截的筒子，把手揣进去，“卖给我吧，给五十块钱。我们就要去牺牲了。”“屁！死了活该。哎，你们到了前线，有什么战利品记着给我带点回来。”“没问题，我们到了前线除了惦记敌人，剩下的都惦记你。”

谷默斜眼看着，感觉受到冷淡，响亮地叫出：“买东西。”

如夫人笑看他：“自己拿呗。”

瞄准手闻声便欲入柜台，如夫人一把揪住：“没叫你！”腿上那本书哗地掉地下，书页自然张开，像一对张开的翅膀似的，停留在某一页不动。瞄准手弯腰拾起书，如夫人伸手来接，瞄准手一松手，书又掉地下，书面陆续张开，又停在刚才那一页不动了。瞄准手喜道：“我晓得，我晓得，你就喜欢看那一段儿，书都合不上啦。”如夫人拿回书，脸皮闪电似的红一下：“该死你！批判着看嘛……”瞄准手连连道：“用劲批判吧，我早批判过了。刚才那办法是教导员整我的，这书是他从我这没收去的，现在成了你们家庭读物了，显然你们比我会批判。”

谷默叫着：“结账。”他趁他们热闹时，已从货架上取下一堆东西，堆在柜台上。如夫人一颗颗地拨算盘珠子，身段婀娜地扭出维纳斯石膏像的味道来，只是那一对膀子嫌粗，手背也有一朵一朵的肉窝儿。谷默道：“二十七块四！”瞄准手便朝如夫人肉掌上拍一下：“别算啦，班长的数字反应力，几乎赶上我了。”如夫人顺着收下钱：“再来呀。”谷默终于朝她笑笑：“收入不错吧？”如夫人加倍地笑了：“当然哪，仓库都空了。不过，你们一开拔，这店也该关门了。”

谷默叫两个兵把东西塞进军装下面，自己先出门，左右看看，一甩手，兵们陆续出来了。他们朝菜地方向走，菜地就是兵们的后花园。如夫人倚着门框朝他们背影叫了一声，他们一齐转回身，紧张地判断她在叫哪一个，都不吱声也不动。如夫人只好朝瞄准手指一下：“哎呀你。”

瞄准手啪地一个立正，全身直成通条模样，烫人地朝她走去，两人进了门。谷默道：“我们走，不等。”兵们愤怒地跟随班长离去。他们在菜地找了块宽敞地域，顶着附近粪肥发酵的酸臭气，拿出东西大嚼进来。瞄准手摸来了，兵们都不睬他。他掀开军装下摆，从裤带里抽出那本小说：“看，又回来啦。”

谷默说：“是她给你插在那部位的吗？”

“差不多吧，”瞄准手热烈地笑。书本在他手掌上竟然又翻开了，他急忙捏紧它，捺一捺，仿佛书里夹了只青蛙。“她说我们要走了，归还给我。我请她签名留念……”

谷默接过，果然有字，他心里暗念：韩如玉，倏忽有点迷离。三炮手赶紧接过书，张着大嘴认字，好半天后赞叹：“写的跟小图案似的。”接着挨个传阅。挨个咂嘴弄舌。

瞄准手说：“我准备带到前线去，坑道里什么书都没有。别看如玉不怎样，对我们来讲，就是大明星啦，要知足。如玉她……”

“乖乖，一口一个如玉起来。”

谷默做了个动作，待兵们望向他后才说：“我讨厌内心阴暗，讨厌床头挂个女人挂历，要就要个真的，要不就都不要。”

兵们以沉默表示理解，独自揉着不可告人的内心，下身某处一个个硬在那里，但是牙口仍嚼着食物。瞄准手道：“我唯一遗憾的，就是这辈子还没碰过女人。活得不过瘾，死也不过瘾。”

“你刚才碰过她手。”四炮手纠正道，中气很旺。

“咱们这里到底谁有过那事？说实话，暴露出来让大家开开眼嘛。大头你不是一贯挺牛气的么？”

四炮手叹道：“我和我对象只亲过嘴，没来得及那个。家里没地方。”

“亲、亲得怎、怎样哇？说细点。”

“嘿嘿，湿乎乎的，响声也太大，不如人家电影上，瞧着都晕。真他妈会过。”

“你总算亲过，我们呐？假如给我一个机会……愿足，死而无憾！”

谷默静静地听着，一言不发，牙齿无声但有力地咬着肉干，他在噬着一个辛辣的念头。同时漫出熟悉的快意。

瞄准手低声说：“小车。”

兵们从豆架子缝中望去，有辆吉普车开进连里炮场，下来两个人，团长和一个参谋。团长不进连部，只站定在原地，掏出个东西看一下，像是秒表。

“快，有名堂。”谷默急切让大家收拾，眼睛始终不移动。

待兵们把食物归拢好，纷纷往军装里面塞时，他夺过来，一把一把地丢进粪池。兵们心痛地看着咖喱牛肉、酒瓶、花生沉入粪水。

谷默率领兵们从侧后潜回连队，这时哨音大作，一长一短，是召集班长排长报到。

苏子昂直到双脚踏入炮场，才彻底把那位动人的女记者忘掉。他在雄性世界里浸泡太久——几乎半年没和任何女性说过话，那位女记者使他高度亢奋了一番。他知道她被自己迷醉了，但他不准她写自己。他借她品尝到激情，就像借着贝壳怀念大海，其实他心里装着两个人，妻子和叶子，他那样抖擞羽毛其实正为着她俩。女记者恋恋不舍地告辞，因为苏子昂不准她写他——更加倾慕苏子昂，她完全不知道自己被美好地品尝了一回。然而苏子昂却如同沐浴之后，目中精光四射，渴望新的投入了。女记者一走，他就直奔榴炮营炮场。途中，他在车内自己赞叹着自己：全团已经高度兴奋，因此我就该成为最冷却的一个。情绪这玩意儿，确实就是战斗力，用情如用兵，用得透不如用得妙，过半分不如缺半分……直到脚底踩到炮场的沙砾。

连长正在向班排长交代任务，苏子昂距他们远远地站着。但是，一股震慑之威已经飘过去了。微风撩动兵们的衣襟。

连长说："……哨音之后，动炮不动车，进入山下训练场，构筑简易工事，一小时内完成射击准备。此外，团长让我们拿出一个班，完成半永固式火炮射击掩体。你们谁对这个项目有把握？"

几个班长互相对视，然后陆续请战。谷默抱膝不语，面色十分矜持。他本想第一个开口，不料被别人抢了先，他反而不愿开口了，等待连长点自己名。他估计，就素质而论，非他们班不可。这点很明显。

连长扫视谷默几眼，被激怒了。"二班，"他说，"二班准备。"

二班长紧张地说声是。谷默在内心诅咒连长，不再注意倾听下达任务了。他望向本班宿舍门，兵们都呆在屋里，他开始觉得有些愧对他们。后来他想：管他呢，我谁也不为，我只为自己干。这么一想，他身心又撩动着力量。

苏子昂已经等得不耐烦。暗中思忖，喋喋不休的连长不是好连长，此人平日就没有和士兵们沟通起来，否则，关键时刻怎会有这么多话说？他站在炮场中央纹丝不动，用阴冷的目光谴责正在开会的一群人。实际上怪可怜他们。

警报器响，哨音大作。宿舍门框一下子被撑圆了，挤出大堆士兵。他们身上，左右上下缠满枪械、子弹、背包、挎包、图板、器材、水壶……双手按着它们，朝炮库奔跑。他们把紧张夸大了，带点表演性质。苏子昂两眼凝缩，追踪他们每个动作，看得好苦：不是说轻装进入吗？怎还有这许多装备？再略一分析，确信他们身上佩挂的东西一样也少不得，这已经是"轻装"的结果了。

一个兵干脆是被各种破烂包裹着进入战场——这往往是贫穷国家军人的特征。身上每样东西都将占用士兵一份体力，还占去一份心思，搞得这个兵老在忙着照顾自个。苏子昂注意看有无人返回宿舍拿第二趟，没有，他稍许满意，兵们同各自装备还是沟通的，谁也没落下东西。

122 榴弹炮拉平炮身，并拢双架，进入闭锁状态。兵们用肩顶、用手推、用炮绳拽，如同一群工蚁搬运蚁王，沉重的火炮在他们肉体簇拥中朝远处行进。它们共同发出低微声响，分不出是火炮呻吟还是肉体呻吟。苏子昂有意不让动用牵引车，因为在战场复杂地形中牵引车进不去。还有，他要看看炮手和火炮的协调程度，人与兵器能否像弹头和弹壳那样镶成一个整体?

通往山下的土路相当粗糙，近似战时的抢修通路。平日人来人往不觉得什么，此时搁上一门沉重的火炮，路就痛苦地扭曲、开裂了。它硬度不够，炮轮如犁头锲入它腹中，土沫直陷到轮胎处。三炮手和四炮手几乎把肩头塞在轮下，拼命顶扛——腰背鼓成个山包。炮绳拽得直如琴弦，竟透出一层油光。它原本是直径三公分粗的棕麻绳索，由于牵引它的力量太大，它开始铮铮作响。火炮前方的通路，被后面推挤得差不多要从地上跳开。班长们疯狂地咆哮口令，脸庞乍黑乍紫，气血交聚，胸脯成了一只共鸣箱。他们依靠口令，试图把兵们的体力、火炮的重量、通信的坡度、山峰的固执，统统集中到一个点上来，不允许一丝一毫的闪失。这时候，嘶哑而开裂的嗓音反而具有愈发动人的魅力，每一声，都像浪头砸到岩石上碎掉了。苏子昂眼热鼻酸，几乎不忍心倾听这悲怆的、原始的、受伤的嘶鸣。

但是他仍在观赏！他认为这场景具有极高的观赏价值。这场景宛如一个伤口在山野里开放。

他发现：每个兵作为个人无比辉煌。光辉停留在他脸庞、他吱吱响的牙齿间、他隆起的肌腱里、他那暴突的瞳仁上。但是，他们拥挤成一群时，光辉立减，变得呆拙而可笑，压抑着并且抵抗着，左冲右突，茫然夺取生路。好像火把与火把靠近，都变作一堆灰烬。他觉得他在极远处牵扯这粗笨的一群。

兵们力竭精疲，自身已顶不住自身的重量，喘气喷飞了两尺外的土末，血肉之躯伸张到了极限，崩溃已在呼吸之间。这时，火炮被感动得苏醒过来了，先蠕动几下，然后拔地而起，它痛痛快快地碾碎它们，自己毫无反应，兵们追随它欢呼着。下坡了。

苏子昂握着一根二尺长的竹竿，组织全体炮班长观看五连二班构筑工事。他不否认有些班长可能比二班更出色，但他相信他们会干不会看，尤其不会捕捉电光石火般的瞬间。他不讲过程，讲的全是稍纵即逝的美感：

“听，各炮手到位时的脚步声，全响在一个点上。

“大家注意他们握镐的手法，还有与炮尾保持的角度……

“看四炮手清除浮土，他的土是一团团飞出来的，刚好落到工事外侧，一点不分散。”

苏子昂用竹竿一挡，让一柄镐头停在半空，“为什么这柄镐头不粘一点泥土？因为它扎入地下时力度角度都够了。越会用镐，镐越轻；越不会用，镐越重。”他又挡住另一把镐让人看，那柄镐上的粘土几乎比镐头还多。他从掩体顶部拾取一个土块让大家传看：这个土块有一个亮晶晶的侧面，仿佛被剑劈下来的，绰约地照出人影。它正是镐的杰作。

苏子昂即使在称赞兵们某个动作时，脸上也无一丝笑容，声调十分冷硬、蛮横。不久之后，这样的工事上空将弹片如蝗，他们能够在弹片空隙里生存下来吗？战场上最得要的东西——直感和运气，他们练不出。

谷默站在人群后面，前面人的后背遮住他的视线。他不愿挤到前排去看现场，听就够了，伴以自己的想象。他仍然认为：他和他的兵们比二班干得更好。他总被迫窝在刀鞘里。

45. 不尽取，不尽予

苏子昂在返回团部的路上，看见团属有线通讯网路都换成新线了，燕子和麻雀们惊异着不敢朝上头落足。苏子昂想起这两天电话里的声音特别响亮，对方鼻息声都能听见，很有精神气儿，很有信念。这一是因为吃的好，二是因为换了线。而这两条，又都是由于要打仗。

参谋长相当老到，他把上级配发的器材，巧妙地拨出一小点来更新营区装备，大部分带到前线去打仗。这“一小点儿”，就足以使团里某些装备水平跃进十年。打完仗后，部队仍然要返回旧巢住着，干吗不乘机建设一下？周兴春政委在常委会上说，他当兵的时候连里还用着美国线，朝鲜战争时期的。人家美军架线车把轻型被复线往战场一架，无论这一仗是打胜还是打败，都不再拆收线路，部队运行时再架设新线。后来这批线全叫我们带回国，用了十几年。“四铜三钢双股胶皮线哪（注：军用被复线内有四根铜丝、三根钢丝，外复胶皮），一拐子线几百元，”周兴春在会上沉重地叹着，“不打仗哪有东西？”苏子昂立刻接口道：“不搞防事故检查，哪有维修资金？不搞运动大会，谁给下发体育器材？不搞大演习，装备到哪补充去？不打仗，军队地位如何提高？……我当过团长，我不傻，”苏子昂笑，“所以中国人爱搞运动，当兵的渴望战争。”周兴春道：“那么这个事不必议喽？”苏子昂道：“不议！议了麻烦。”

常委们并没对此事做决定，而参谋长照干不误。效率居然比一致决定的事还高。

苏子昂走进办公楼，参谋又递给他一个皮包，言明是常委用的包。内有秒表、指挥尺、五用指北针、带微光的夜间作业笔、防水手电筒、铝合金计算器……俱是炮兵珍爱的小装备，精致玲珑，有很高的适用性和收藏价值。苏子昂当兵二十多年还没这么奢侈过呐，心想这太过分了吧，又狠不下心来下令统统收缴回去。他走进周兴春办公室，看见他桌上也靠墙立一个和自己一模一样的包，脱口道：“妈的，老兄你和政治处主任又不指挥打仗，也要这套装备干吗？让给下头人吧。”

周兴春放下笔，朝后一仰，委屈地说：“你当团长的就不阵亡了么？阵亡后谁顶替你？其二，不参与作战又怎么搞政治工作？我当过指挥干部，进过炮兵学院，懂炮！”

“说得妙。”苏子昂切齿注视，倏忽怪笑着，“你早把这段话想好了，包括表情。等我进来就说。”

“对付你，比对付敌人困难。你满意吧？”

“真是的，你无意中说出个很深刻的道理。和敌人的关系简单明确，和左邻右舍、上级下属的关系就复杂多了。这方面，老兄比我强。到达战区后，一平方公里都不知有多少个师团单位。唉，我预先向你道声辛苦。”

“能这么说，证明你也认识到复杂啦。嘿嘿，我早开始摸情况了。我团大概接防B军炮旅的防区，或者编入预备炮群，跑不出这两个单位。这两家里，我都有学院同学，我非让他们把一切战场经验都给我吐出来。我们少付点代价。”

“我也有两个同学，不过人家已经提拔上去了吧。”苏子昂凝思着，“一提拔，有些话可能就不像没提之前说的那么干脆了。”

“哦，轮战前提的还是战后提的？”

“战前提的。”

“那么战后还得提，瞧这福气。”周兴春断然道。

苏子昂看出周兴春又在思考自己前程了，便说：“你忙，我回我屋去。”

自从苏子昂进门后，周兴春的左手一直无意地盖在面前办公纸上，始终不移动。听到苏子昂说要走，连忙把手掌揭开，恢宏地在空中摇了摇，说：“没什么可瞒你的，想看看看吧。”

“不看不看。你决不会有情人之类的事。”

“说到哪去了！”周兴春不悦，“对我还不了解？”

苏子昂走近观看，纸页上有一列姓名，都是各级干部，有排长、副连长、职务最高的是副参谋长。开头，他还不明白专把他们写在这儿有何用意，待脑子内迅速把这些人过一遍后，陡然心惊。这些干部里，两个因违反军纪受过处分；一个因男女关系问题被降职；一个在现有职务上干了八年没提；还有三个，团里曾研究过他们的转业要求……都是成问题的干部。

“看出意思来了吧？”

“当然。你在草拟……险情。你不放心他们。”

“十三个！堆总一看，我也吓一跳：这么多！后来想，我团二百来个干部，这才占百分之几？谁谁说的，假使把一座城市排出的垃圾堆成山，也十分壮观。”周兴春安慰地拍拍苏子昂胳膊，“还有一两个我还没写呐。我本打算想得透些，之后再和你通气，我俩有个数。此外再不跟任何人泄露，包括上级。你认为我这做法怎样哇？”

“还有两人是谁？你得把人头告诉我，我才能判断这做法怎样嘛。”

“狡猾。一个，是榴炮的谷默。他不是干部，所以我没往名单上放。我只管干部，战士应留给干部去抓。我知道你蛮喜欢这个班长，我也说不出他的明显问题。凭直感，他有极端情绪。指导员说他近几天一直沉默着，不说话的人心里念头最多。”

“有道理。下一个是谁？”

周兴春不语，眼观鼻，脚尖轻轻磕地，示意楼下办公室。苏子昂也垂手不语。

“你到底对我这做法怎么看？”

“稍等等，我还有个问题呐。你这个事，是不是师里刘政委交给你，或者暗示你做的？”

“跟他没关系，没任何人指使我。我觉得我可以做，应该做，所以我就做了。说到刘政委嘛，唔，我说也许不合适。我估计他也会有个名单，不过他不会写在纸面上。喂，你还没含蓄够吗？我等待你暴露真实想法，要坦率。”

苏子昂略一踌躇，断然道：“这种做法，乍一听很可怕，但你应该做！战争的胜利，常常属于考虑最多的人。”

周兴春频频点头，笑了。

苏子昂又道：“但是，战斗的胜利，又往往属于完全不考虑的人，战斗往往是一个战士的临场发挥。我建议你，要搞就深入地搞一下，把它当做一个课题来研究。战后写个论文回顾自己哪些料中了，哪些失误了，为什么？很有价值。政委应该是军人的精神研究专家。我提醒你，我们平时讨厌的人，上了战场可能成英雄。而平时有些扎实可靠的家伙，倒成了怕死鬼。”

“论文嘛……你比我想得远，写了肯定轰动。要不我这样：假如这名单上的大部分成了英雄，我就好好写一个；假如他们不怎么样，让我料中了，我就不写。”

“唉，这太像你了。你一句话就把自己总结到家了。其实，无论结果如何，意义都不变的！”

周兴春仍摇头：“我俩求同存异吧，战后再说。哎，等下真该喝一杯。我没料到你会赞同我的做法，我原估计你会误解我用心呐。”

“我太了解老兄的做法啦。”苏子昂微笑，“我也上过人家的名单，恐怕现在我还在某些人大脑里的名单上。我把这理解为：我苏子昂颇受重视，我喜欢苏子昂被人重视。我敢打赌，老兄在列名单上时，脑子里闪过苏子昂三个字，但不肯朝下写。”

周兴春变色：“你看你，又犯毛病了！就像你自个说的，怎么说来着？”他问苏子昂。苏子昂忙告诉他：“对丑恶的东西有很好的体味。”周兴春接过去：“对！体味来体味去，把自己也变丑恶了，所以，这种体味本身就很危险。老弟，我对你一直是坦率到家的。”

“不坦率也不行啊，我能看出来。”

“你今天干吗这么刻薄？！”周兴春真的动怒。

“没什么……你这个名单，勾起我很复杂的感受。大战在即，所有人都在忙啊。所忙的又都是不得不忙的。有一点我敬佩你，老兄待我确实够坦率，使我几乎没有后顾之忧，我会全心全意投入作战，会对得起你的信任。”

周兴春松口气：“你坐下来坐下来。老站在那儿，我老觉得跟赶火车的人说话。”苏子昂依言坐下，仍把刚发的指挥包抱在怀里。周兴春伸手抓过指挥包，放到墙边靠着，“让我舒服点看你行不行？抱着它跟抱个盾牌似的。哦，我刚才讲到哪块啦？讲过喝一杯没有？”

“讲过。但是没讲你请我还是我请你。”

“今晚就有人请咱俩，‘味中味’酒店，一桌海鲜。我正在考虑答应不答应。”

“哈哈，真有这种事！老兄每说一句话连标点符号都是计划好的，简直无一字无来历。谁做东道？”

周兴春斟酌着，谈了个情况：

有个老兵，六年前退伍回家，饲养鳗鱼苗，出口港台日本，发了大财，现在最少是百万大户。报上都登过几次，被宣传是退伍军人的榜样。此人前天来县城联系业务，顺道拐进团里看看老战友，一进营门就看出要打仗了。他立刻拍电报回去，辞掉公司副总经理职务，坚决要求二次入伍，参加作战。并且调来十万元钱，贡献给团里做作战经费。他要求回到原先的炮班当炮手，负伤或是战死，绝无怨言。他这辈子就想真正地打一次仗……

周兴春说：“就是送我一套西装的那位，叫陈元凯。在部队时表现不错，又憨又土，万没想到退伍后会成为企业家，万万没想到成了企业家后还想回头当兵打仗。你说这是什么世道？”

“我完全相信这种事！”

“估计吃完饭，他会把我俩请进豪华套间，拿出请战书什么的，搞不好还是血写的。保卫边疆啦，赤胆忠心献人民啦……”

“这些别信。我估计，他想打仗，只是想实现他多年的理想。我熟悉这种人，多数华而不实。当然也有一诺千金的时候。”

“看来你不同意。”

“不同意。太诗情画意了，实际上玷污这场战争。他把它当成自己的东西了。”

“他已经变成个穷鬼了！”周兴春觉得沉重地说，“按照合同，他解约就得赔偿经济损失，他现在除了调来的十万元，资产已一无所有了。”

“不是有这十万元吗？我们又不会要他的，够他老婆孩子吃几年。”苏子昂脸色不变，心里多少有些感动。

“当然不会要他的钱，靠私人的款子去打仗，我们不成雇佣军了么。不过我想，这个事可以做一篇大文章。比如说：他的参战热情，他的献身精神，上战场立个功什么的，多好的典型！为什么不用？我们一直想到战后，他不是我们的光荣吗？”

“我都明白，”苏子昂苦笑，“见的太多了。”

“师里刘政委刚才挂电话来，哦，我没报告此事，他不知怎么先知道了，也许陈元凯的事迹已传到他那去了。他在电话里让我们慎重考虑，他不干预团常委的意见。他说，要看到此事的政治意义和宣传价值。如果我们决定接收，师里会特批的。我理解，刘政委同意接收，但是决定权给我们。”周兴春远远点指着苏子昂，“你比克劳塞维茨还伟大吗？连他都说战争是政治的继续。我们这支军队，传统上是既善于打军事仗，又善于打政治仗。这方面，我们和克劳塞维茨是通着的。”

有一点周兴春没说，刘华峰在电话里透露过一句，“老周你要多从全师角度考虑问题，不光是炮团的事……”这话又亲切又透彻。

苏子昂说：“常委会上讨论吧，如果你们决定了，我服从。我想，其他常委会站在你那边的，我肯定再度孤立。”

周兴春惋惜地：“我实在不想当着其他人的面，暴露我俩有不一致的地方。特别是目前形势下，我俩最好像一个人一样。”苏子昂哈哈笑：“本来是我对不住你，听你一说，好像是你对不住我似的。坦率地讲，我俩协调到这种程度，已经够做全军团长政委的榜样喽。你还要我怎么样？非得叫你一声‘亲爱的’吗？把我贡献给你不成？”

“别开玩笑。‘味中味’去不去，陈元凯同志等着哩。”苏子昂思考着，道：“如果吃完饭，你允许我当面拒绝他的要求，我就去。我想试试说服他放弃参战。我自以为我比别人更了解他。”

周兴春也思考着，道：“好吧，给你一个机会。如果他本人放弃要求，我们也不必开会了。我也服你了。唉，这种事要在别的部队抢都抢不着。”

“这倒是真的。”

傍晚，苏子昂和周兴春踱进县城中心街道。周兴春换上挺括西装，领带优雅，脚上的网眼皮鞋晶亮，一点也没有部队干部着西装常见的不适，潇洒得很。他穿五百块钱的西装就跟穿五块钱的衬衣一样自若。苏子昂上身穿浅色夹克，色块跳跃；下身着运动裤，质地也很优良。在街面上走走，老给人一种上过影视的印象。唯一暴露他俩军人身份的，便是两人都蓄着短平头。

这个县城的规模和繁华程度，已超出一般城市。尤其在夜晚，它跟个太阳那么亮。各家饭馆、酒店、咖啡厅大张门脸，出入的人群颇具派头，音乐声中混杂着锅铲和煎炸的乱响，肉味儿仿佛从里头摔出来，砸得人脸朝后一仰。苏子昂边走边说：“妈的，到没到？快要到了吧。”周兴春说：“最亮的那座楼就是。”苏子昂说：“一路都是铺垫，那个楼是我的胃口高潮。”周兴春说：“最好你把想说的话也饿掉了。”苏子昂说：“没事，吃饱了又有了。”周兴春说：“你别像机关食堂那种吃相噢，那地方的菜可是一道一道慢慢上。”苏子昂说：“我这人看上去朴实，其实在这种地方比你有经验。”

走到距“味中味”几十米的地方，周兴春忽然拽住苏子昂，示意：“看！”

闪亮的霓虹灯下面，笔直地站着陈元凯。他不知从哪搞来一套士兵服穿上了，戴着大盖帽，穿着旧解放鞋，没有领章帽徽。西装革履的男士和华丽的女人从他面前经过，他毫无怯色。人家惊异地看他，他也保持平淡。他跟个路牌似的立在显眼的地方，面孔没有表情。他在等候，肯定等候许久了。因为他身体两边已停满小轿车，就他站的地方还空着。已经有人从三楼大厅探头朝下看他了……

周兴春低声说：“我们反倒穿起了西装……”

此人对自己的理想非常执着，苏子昂想，到底是真的渴望投入战火？还是一种表演？假如是表演，演到这种程度也挺有质量了。

“老周，如果你们不在他身上做什么大文章，如果你们不利用他的话，我……他跟我想的有点不同。”苏子昂罕见地口吃了。

周兴春意识到他准备妥协，立刻拽他走向前去。陈元凯以队列动作半边向右转，朝他们敬礼，脸上仍无笑容。

46. 血，再次被模拟

剩下的时间只够再搞一次步炮协同山地进攻演习。如果演习之后还有时间，那肯定短小得不能视为时间了。

姚力军带领炮兵团长苏子昂和步兵团长刘奋去看地形。演习区域在一百八十公里外的亚热带丛林里，从师的驻地到那块区域，需要拼接起六幅一比五万军用地图，他们相当阔绰地容纳开进、展开、战斗、追歼四个阶段。将近二十年来，这个师没有在这么大的区域里搞过实弹演习。以往小小动点刀枪，就要被集镇、厂矿、居民区阻挡，还得当心碰伤了高压线什么的，搞的分队跟蚯蚓似的在泥沟里钻，根本没有实战气氛。然而这次，只需将地图哗啦啦抖开，指挥员就会感到自身骨节咔咔作响，战斗地域如此广大，肯定是这辈子最豪华的一次演习。姚力军动用了师里长期封存的一台指挥车，它前后轮双驱动，带空调、底盘高、抗震性好。他将自己摆进前座，斜扎上安全带，惬意地一时不肯说话。苏子昂坐后排左侧，刘奋坐后排右侧，两人各靠一扇车窗，当中央的一个参谋夹一个炮管那么粗的皮筒，直顶指挥车顶篷，里面是闽西南全套军用地图。一百八十公里坐下来，他将比打仗还累。

指挥车由国道拐进省道，由省道钻入山区土路。姚力军翻一翻驾驶员带的几盒音乐磁带，丢开不听。扭头看车窗外边，说："告诉你们，我准备拿出八万块来做自然环境赔偿！"他说话时并不回头，轻妙地表达出自己的重大决定。他话里的"我"字，代表师。他没说整个演习将开支多少。但是，那八万块就是起点，好比宴会开头时的冷盘，只需瞄一眼冷盘的规格，便已知宴席的规格。

刘奋道："好！其实，有些打断的树，我们可以扛回来，补个猪圈修个饭桌，用得着的……"

苏子昂嗬嗬笑，有意笑得夸张，手臂越过参谋拍刘奋肩膀："老刘真是智勇双全。长年不打仗，考虑问题就是不一样！你首先是个好当家的，其次才是团长。"

"我气不过嘛，姚副师长就这么被当地政府敲诈？！"

这次演习，苏子昂负责炮火支援，刘奋负责步兵进攻，他们两个兵种的协调程度决定演习成败。演习的总体想定由姚力军负责。它原本只是若干次规模有限的战斗，但姚力军阐述想定时总用战役般的口吻："支援部队，战场转移。”“前期与后期的衔接问题。”“各参战部队应把生存训练也带进去……”很有气势，很有战场深度。苏子昂暗笑，接着有点妒忌，毕竟自己没有驾驭总体阵容的资格，而姚力军就占据着那个位置。虽然他生拙，可仍把位置占得挺结实。他把位置与人的关系瞧得很透。用高度弥补了其他不足。

由于刘奋和参谋在场，苏子昂有意表现对姚副师长的尊重。对“想定”的疑虑，他用请示的口吻提出来：“副师长，这次演习的伤亡问题，是怎么个预算？”

姚力军扫一眼后视镜——苏子昂的脸正悬挂在后视镜里。他有几秒钟不说话，然后回头对参谋道：“小张啊，我们在车里谈的一切，都不准外传。方案还没有定嘛，难免谈得乱一些，啊，谈得开阔一些。”

参谋郑重地点头：“是。”

姚力军又回身坐好，再度瞥一眼后视镜，说：“伤亡问题，当然是一个不亡最好。这个问题，我还没下决心。你们俩先议一议，看怎么往军区报。”

苏子昂和刘奋沉默着。许久，苏子昂说：“老刘，伤亡主要是伤亡你的人，步兵老大哥冲锋在前嘛。你先谈个意见吧，我补充。”刘奋说：“演习毕竟不是实战，我们前面没有敌人火力。所以，造成伤亡的原因，除我们步兵分队自身因素外，主要是炮兵老大哥的炮火支持，你朝我们队伍里掉一个偏弹，我们就得伤亡一片。因此，这次演习的伤亡预计，主要决定于支持火炮的射击精度。苏团长，我相信你对自己炮手的素质有把握，你最有权威谈这个问题，还是你先谈。”

苏子昂暗自称赞对手高明，简直不像个要把战场烂木头扛回家的人。他知道自己占不到他的上风，于是他迅速将自己放到和对手一般高的位置上，平等地也是平静地开口了：“这次演习虽然是不实战，可它是最贴近实战的一次演习。‘想定’中要求，炮火准备一开始，步兵分队就要进入冲锋位置。炮火一旦延伸，步兵就发起冲击。我们的炮火屏障距离你们步兵的冲锋线，只有三十米，等于要求人们用尺子量着实地打嘛。一枚122榴弹，分裂五百多块弹片，杀伤半径二百多米，打‘空炸’杀伤范围更大，仅仅是由于山地有个坡度，大部分弹片顺山势飞到空中去了。步兵位置在炸点水平面下方，才不至于伤害他们。但是气浪与声浪呢？要考虑进去！会把人震下悬崖的，会把前面的人掀到后面人的枪口上的。还有，弹丸一旦命中岩石，那么炸起的岩石也统统成了弹片，它们的飞行角度不可预测也不受控制，造成的间接杀伤不能小看……”苏子昂见刘奋急于插话，连忙提高声音，他不喜欢别人冲断他的思路。“步兵的班排长在率领冲锋时，往往脱离与炮兵前指的联系，一看炮火暂停，就往上冲了，忘记第二排炮弹正在空中飞，需要飞行几十秒才会抵达爆炸。这几十秒钟里，他们甚至能冲到炮兵靶标前面去。我们在观察所看见了也干着急，我们无法把发射的炮弹追回来。还有，步兵老大哥容易夸大炮火的伤害，这主要是爆炸时的巨大声浪造成的心理冲击，以为就在身边炸了，其实有一段距离……”刘奋气急，又欲冲断苏子昂的话。苏子昂赶紧按住刘奋的手，轻柔地拍打着，嘴上仍然不停地说，不给他插话机会。刘奋干脆抽回手，双臂抱在胸前，做出副泰然自若的神态，意思是：“让你说完我再说。”然而苏子昂又降低声音，显得从容不迫了。“刘团长啊，你肯定知道，射弹有个散布面。射程越远口径越大，散布面也就越大。我们炮兵一般不使用‘命中目标’这个词，而使用‘覆盖目标’这个词。为什么？就因为射弹有个合理散布，难得直接砸在点状目标上，炮弹以威力大补偿精度差还有富裕，覆盖必然摧毁。这个‘合理散布面’叫公算偏差，是火炮天然误差。八千公尺射程上，122 榴炮公算偏差是多少呢？大约三十米！明白我的意思吧？就是说，当我们瞄准目标发射时，偶尔有炮弹落到三十米外的步兵头上，我们并没有操作错误，我们仍然可以视做覆盖目标。这一类官司，就算打到军委去，我们也输不了！”苏子昂终于喘口气，紧张地注视刘奋。

刘奋冷冷地道：“苏团长吆喝半天了，没接触实质问题，干脆说吧，你开一个价：在这次演习当中，你准备报销我们多少弟兄？你的价码一出来，‘心理冲击’呀，‘射弹散布’呀，‘覆盖目标’呀，统统都有了。”

“我们会采取种种措施，最大程度地提高火炮射击精度。也会派出最有经验的指挥干部，跟随步兵推进，搞好步炮配合，把伤亡限制在最低……”

“开一个价！然后我们再讨论……”

“半个排。”苏子昂说。他原想说一个排的，出口又变了。刘团长那张脸使他感到压抑。

“不行！”刘奋猛然转身，肩头撞到了张参谋胸脯，他冷静地朝张参谋说声对不起，又朝苏子昂厉声低喝，“绝对不行，十几条战士生命。”

“请你不要夸大。你我都知道，伤亡半个排，其中主要是伤，阵亡占其中八分之一都不到。演习的伤与亡比例远低于实战，因为没有人故意瞄准胸膛和头颅开火，意外弹片绝大多数不致命。半个排除——我还把你们自己的误伤也估计进去了。”

“老张，我跟你换个位置。”刘奋把年轻的张参谋唤成老张，显得异常尊重他。刘奋坐到苏子昂身边，而张参谋坐到靠窗的舒适处去了。刚才两个团长争执时，口沫和手臂总是落到他身上。现在，刘奋说话方便了。

“要肉搏啊！”苏子昂作势惊叫，想缓和气氛。

姚力军一直不表态，他在前排托着腮。他的过分沉着使苏子昂又气愤又佩服。

“老苏啊，你说的一切，有部分道理。可你想过没有，一旦造成重大伤亡，必然会损伤士气。临战前，士气可鼓不可泄，尤其不可再鼓再泄；再者，演习中的伤亡，一概以事故论！并不是所有人都能把它理解成应付的代价；第三，上报半个排，军区能批么？军区领导会怎么想？换句话说吧，就算我们敢报，上面敢批吗？哪位大人敢签这个字？还不得送到军区常委讨论，一讨论等于打回，还可能诱发对这次演习的担忧。”

姚力军微微点头，幅度极小，但是刘奋和苏子昂都察觉到了。他俩即使在剧烈争辩中，也拨出一部分精神来注意姚力军的后背。

苏子昂同时也发现自己有个失误：同刘奋争执上瘾，竟真把刘奋视做对手，其实真正重要的目标是姚力军，他不加入争论但比谁都动摇得厉害，他正在痛苦地权衡利弊呐。

苏子昂说：“老刘哇，你讲的这三个意思，恰巧我都考虑过。我们这次演习正是针对临战设计搞的，环境和条件都是照着战场来的，这是我们开战之前最后一个机会，我希望放开胆子狠狠练一家伙。这里没伤亡，上战场会有更多伤亡。区别在于：这里伤亡是事故，战场的伤亡是烈士。我们是不是想把同样的鲜血带到战场上流？宁肯在战场多流几倍也不在这少流一点？！这是什么逻辑嘛，把人往荒谬中逼嘛，真诚地玩虚假嘛。”苏子昂观察他们反应，觉得应趁其惊愕扩大战果，“我问过司令部，我师十五年以来各类演习没死过人。我觉得这并不一定是演习成功，反而是演习强度不够，不是演习是演戏。以色列空军每年摔的飞机——就比率而言是西方空军最高的，战斗力怎样？我不说你也知道！他们有的空军将领谈到这点时，非但不丑，还很自豪呐。唉，我们呀，怕死人——比死人更可怕。我想过，上报伤亡半个排，让军区议去，批下来成了半个班。你要报半个班呐，就要求你不得伤亡。当然，我们还有一个选择，就是强度减下来，把规模搞小点，把演习搁进盆景里。”

刘奋仍不同意苏子昂观点。苏子昂谈到了以色列，他也跟着谈以色列；苏子昂谈北约组织每年陆海空演习伤亡，他也跟着谈北约的实战演习……居然在同样材料上都能谈出相反的道理。张参谋大开眼界，快活得吱吱叫。

姚力军对驾驶员说：“停车，放松一下。”

四个人都下车解手，各自寻个方位，听动静都憋坏了。然后姚力军踱到一个土坡顶站着，苏子昂和刘奋跟过来，一边站一个。

姚力军指着远处说：“拐过那座山，就进入演习区域了。我们在那山下吃饭，车上有师招待所准备的干粮。吃完饭，就勘察地形。”

两人俱无异议，面色仍然僵硬。

姚力军说：“那片山峰真漂亮，怎么看也不像战场啊。是不是漂亮？”

两人细细观赏，都承认它漂亮。于是姚力军叹息一声，率先回指挥车了。

苏子昂和刘奋伫立不动，仿佛只要对方不动自己也不肯动。两人之间，空着姚力军站过的位置。

苏子昂说：“自元朝中期出现火炮后，炮兵一直是伴随步兵作战的。我们这两个兵种已经相互配合几百年了，应该说是所有兵种当中，相互感情最深、鲜血沟通最多的两个兵种。但是，火炮从诞生的那天起，也就诞生了与步兵的矛盾。随着战争的发展，我们两个兵种之间矛盾并没有消除，而且还有扩大分野的趋势……”

“你说得对。”

“不过，我们两人今天的争论，主要的并不是兵种矛盾。”

“你说得对。”

“我真遗憾。”

“我也遗憾。”

于是两人也返回。从开始起步到进入车门，两人一直保持原先的间隔。刘奋又坐回老位置上去了。张参谋回到中间座位。姚力军换了只手托腮。驾驶员播放起磁带音乐。

第十章

47. 双重杀伤

苏子昂率有 122 榴弹炮六个连；85 加农炮六个连；110 口径十七管火箭炮三个连；120 迫击炮三个连。此外，他还增配了只带番号、不含实力的图上部队：130 加农炮三个连；152 加榴炮三个连；它们共同组成一支层次丰富、火力绵密的地面炮群。统属苏子昂指挥，并且高高托举他。

苏子昂还从未享有过这么多火力，他把它们分三个网络配置到四十多平方公里的阵地区域里。它们延伸出来的弹道，足够控制两千五百平方公里的地域。它们每倾泻上百吨弹丸，大片地域及空域的气温将升高三至五度。声浪在山谷间撞来撞去，太阳也将退远一些。这时，苏子昂特别思念他在学院时期的同学，真希望他们坐在观礼台上，看看他也有过如此辉煌的瞬间。许多年来，他渴求这个瞬间如同渴求一个公正。炮火会洗净他的压抑，弹道重新扩张了他的胸膛。人生是一个浪头，因此只有一次顶点，阳光也只在这顶点上停留片刻随即离开了，但是一个顶点足以补偿无数个弯曲。苏子昂想起苏联卫国战争初期，斯大林把幸存的红军将领从牢里放出来，交给他们部队，让他们上战场。他们异常忠于祖国，甚至比没有受过冤屈的将军更加忠勇，他们喊着“乌拉”战死……苏子昂开始理解他们的激情了，因为斯大林把战斗掷还给了真正的军人，如同允许情侣拥抱。军人的激情便是军人的宿命。

在垂天大幕掀开以前，苏子昂用望远镜再度欣赏他的区域：山岭起伏着流向天边，蓦地受惊般凝定，简直就是苏子昂自己的、新鲜而自然的躯体。炮阵地们，散布在山野的皱褶里，被包裹着，被消化掉了。苏子昂肉眼看不见它们，就像隔着皮肤因而看不见自己的内脏，但是他透彻地感受到它们。在他西南面，方位角 32–00 至 52–00，是敌方阵地，苏子昂感谢它们。它们不仅具备想定中的敌手的意义，而且具备牵引他并且升华他的价值。没有它们，他也贬值了，也根本不会到这来了。军人与敌人有着无限深远的血缘联系，相互低唤，彼此依存，毕生都在渴求碰撞——伪装成死亡的完结。军人们不善于掩藏这种原始的欲望，像老也长不大的孩子，咕噜着失去敌人的痛苦。

苏子昂站在敌我分界的边缘，有着被双方弹道交叉、高高挑起的凌驾感。他和精神稳稳地端踞在天空。四周十分平静，而且有越来越平静的趋向。平静到了极致，蓦然碎裂。空中传来嗤嗤啾啾的声音，很清亮，很冰凉，很瘙痒，天空正在被一柄锋利的刃划开。弹丸们排着队列飞过来，速度和间隔早被规定好，阳光来不及照耀它们。弹道经过观察指挥所上空，弯曲出个优美的弧，弧的顶点凝聚着黄金切割率：0.618……弹丸在能过切割率时放慢速度，几乎停定在天空，品味着某个念头。接着它们完全不动——失速，阳光在此时掳住它们，它们在峰巅耽留片刻，调整身躯，再凄厉地冲刺下来。

当它们通过观察所上空时，不少人举首观看，明知看不见也禁不住要看。苏子昂却预先把目光投放到终点：一排长达四十米的堑壕。然后，弹群在他想定的区域内爆炸；再后，从目标区传来猛烈声浪；最后，从遥远的炮阵地才传来火炮低奋的、属于这批弹丸的隆隆发射声。

弹群覆盖了目标区，如同茶杯盖覆盖茶杯。

爆光呈现不同的色彩、不同的音响。击中岩石的呈白炽色，声浪高亢；击中沙土的呈金黄色，爆音雄浑；击中草木的呈表灰色，响声从无数缝隙里迸射出来。吟回不绝……只需稍一看炸点，苏子昂就对射击诸元、气温药温、阵地指挥、火炮操作、地图与实地的反差等等因素，统统有数了，它们全部综合在炸点上。他等待助手们将首批射击成果报上来，然后指挥全炮群进入效力射击。

天地间充溢着轰轰烈烈的巨响，山坡和树林被一块块揭到空中，目标区域逐渐被大片厚厚的硝烟裹住，爆光刺破硝烟透射出来。面对敌方的皮肤、脸庞被烘热，观察所人员都微微伏下身体，紧张地观看这罕见的场面。

在浓密的炮声里，苏子昂忽然感觉到身边的断断续续的鸟叫，他有些惊讶：炮声中怎么会掺进这种鸣叫呢？即使有，它怎么会穿透炮声呢？它们完全不成比例呀。后来他再次听到鸟鸣，而且确定它就在身边草丛里。他弯腰搜寻，果然在半米处的草根下有一只黄雀，它抖开翅膀支撑身体，腹下羽毛零乱，可能是被弹片击伤了，从目标区飞落到这里。它圆睁着眼粒儿，仰着细嫩的口角唧啾不止，由于它的音频和炮声不同，因此凶猛的炮声盖不住它。黄雀颤抖着身体持续发出颤抖的鸣叫。苏子昂摘下军帽轻轻盖住它。

炮火开始延伸，步兵发起冲击了。前锋线异常抵近弹群的炸点，士兵们几乎是以钢盔顶住火墙前进。苏子昂想，今天要不死几个人才怪呐。他迅速朝侧后方望去，担任救护的直升飞机已经停在巨大的地标上。他倏忽闪过一缕意念：那鸟儿还有救么？他赶紧注意前方局面：步兵冲击和炮火屏障，正保持紧密而致命的关系，缓缓向前推进。

攻击A地区后，有一个战斗间隙。苏子昂正和各主要助手交换着情况，不料，周兴春从炮群基地指挥所打来了电话，他要苏子昂立刻下来一趟，他说：“电话里不好谈。我等你。”

前指到基指需驾车二十分钟，苏子昂在途中已做好应付意外事变的准备，他最怕听到炸死人的消息。不过，这类消息并不属于连电话里都禁止谈论的范围啊，他很困惑，怀疑周兴春故作曲折。

苏子昂看见周兴春守在路口，便行驶到他身边停车。周兴春拉开车门跳入前座，道：“不进团部了吧，就在这儿谈。”

“出了什么事？”苏子昂扫视村里那幢大瓦屋，团部驻扎在那里，似乎很平静。

“上午射击情况怎样？”

“比预想的好！刘奋挂电话来，一句感谢话没有，光是提醒我们，关键是下午。”

“榴炮五连怎样？”

“射击精度不错。”

“五连四炮呢？”

“它是榴炮系列的试射火炮，当然不错，指哪打哪，班长就是那个谷默。到底出了什么事？”苏子昂厌烦周兴春连连追问，却不直接说出情况。显然，对方的思维已经跳出去几步了，而自己一无所知。这差不多是轻慢。

“奇怪啦！”周兴春阴沉着脸，断续说出事件。

昨天下午榴炮五连所驻村庄里，有个民女被人奸污了，受害人父母刚才追到团部，说是部队上的人干的，共三人。从他们提供的情况看，像谷默等人所为……苏子昂气极，骂句脏话。周兴春反而冷静，道：“受害人既像申冤告状也像借此敲诈，提出很高的赔偿要求。妈的，此地风情实在败坏！我根据这几个鸟人的举报，判断情况是：昨天下午3时，那个民女到五连驻地附近同兵们调侃，想趁机摸点东西走。谷默首先提出，他们就要上战场了，还从来没有碰过女人，他要求那民女跟他的兵干一次，他把身上所有的钱全给民女。那民女犹豫，兵们害怕，谷默大骂他们草包孬种，自己带头干了。兵们也发疯，两个人跟着发生性行为。后来民女抓起钱跑了。此事不知怎么被她爹晓得，狠揍一顿，告到乡政府，乡政府带他们告到团里。经过就是这样。”

“你认为可信吗？”

“老苏呵！临战之前，党纪国法全不顾了，掏钱让自己的兵痛快一下，然后准备战死沙场，这种动机和方式，你觉得像不像谷默？”周兴春盯住苏子昂，“也许别人也有这类念头，但是谁敢这么极端！”

苏子昂呻吟：“被战争气氛烫坏了，可能的。一群傻蛋。”

“我准备慎重调查一下，不过我们要做好最坏准备。一旦事件成立，只有抓人了。”

“弄清楚再说！”

“谷默他们还在炮阵地，你看要不要撤下？”周兴春做出个含蓄的手势，并且停在半道上，“假如我们一概不知，我们没责任区。现在我们知道情况了，就不能迟钝了，必须做出反应。万一他们在炮场上发了神经，步兵就得人头开花，你我失职，后果太严重了。”

“怪不得你追问上午射击情况。也奇怪，五连四炮射击正常，按道理他们不应该这么正常！既然能够正常操作说明他们没有心慌意乱，能控制自己。我的意见，让他们继续参加演习，把下午射击计划完成再说。理由两条：第一，他们是榴炮火系的基准炮位，换掉需做大变动，我担心一动就乱。第二，撤掉他们，等于把事情立刻在阵地上传播开。下午还打不打？炮手们还能全身心投入吗？”

“让他们继续操炮，是个极大冒险。”

“我知道是冒险，但并不大。”

“子昂同志，我保留意见喽。”

苏子昂惊愕地看着他，点下头，平淡地说：“我承担责任，而且我建议：在下午演习完成前，不向师里报。因为事情还需调查。我们傍晚再报，不过夜就行。”他知道周兴春能明白自己的真实意图，不想使师里强令他撤下谷默等人。他希望，这点责任周兴春应当敢负。

周兴春思考片刻，道：“假如我一方面坚持要撤下他们，一方面又压下情况不报，以拖延来争取时间。你说，我不成了狡猾的无能吗？”

“那你就报！快报！妈个蛋，他们鸡巴犯错误，他们的技术没错误。”

“冷静点吧。我将把你的意见一并上报。”

“到底是你啊！再见。”

苏子昂驾车疾驶，恼恨地诅咒着自己：其实我早该看清这些人……其实我已经看清，但是一到那种时候又对他们抱希望……他驾车在五连阵地后面拐个弯儿，从山坡上望去，士兵们团聚在炮后，正在小结。四炮的谷默和炮手们也无异样。他看不出他们曾经犯罪。怎么看都不像。

回到观察所，参谋长起身道：“师里刘政委找你，有十分种了，一直没撤线，等你。”

苏子昂抓起摆在行军桌上的话机，报出姓名，对方略做转换，刘华峰的声音出现了：“苏团长，周兴春刚才向我报告过了，你有什么补充吗？”

“我相信他已完整地转达了我的意见。”

“转达了。”电话里静默一会，“我同意你的意见，暂时不动他们，等任务完成再说。否则，乱了军心将更危险。我要求你采取必要措施，把下午演习圆满完成。”

苏子昂感谢刘华峰的决断。他知道这并不是刘华峰和自己一致，而是刘华峰比周兴春更深刻。他说：“该采取的措施都采取了。”

“总还有该采取而没有采取的！找一找，一定有。”刘华峰挂断话机。

苏子昂叫来参谋长，叫他立刻向榴炮阵地发布命令：“派一个干部到四炮保障射击，复查全部操作。”想想之后又更改命令，“让五连所有干部下到各炮，保证每门炮都有一个干部在位。”苏子昂认为，这样，谷默他们就不会感觉到异常了。

值班参谋又请苏子昂接电话，是刘奋打来的。作为过渡，刘奋先硬巴巴地笑几声，才说："苏团长，你们炮火掌握得不错，'前指'人员有功呵。如果下午还能保持上午的精度，我们给炮兵老大哥请功，我本人将登门谢罪。"

"到底有伤亡没有？"

"轻伤两名。"

"对不起。"

"不必了，关键是下午 4 时以后，阳光将直射眼睛，有利于敌不利于我，你们可要看清楚些。"

"请放心吧，我已派出侧翼观察所，协同保障，避开了直射强光。"

"你没事吧？"刘奋听出声音不对，"难道你还真的记我仇啦？果真如此的话，那我俩都上了姚副师长的当。他那天坐山观虎斗，最后收获的还是他，演习证明了这一点。"刘奋热情地哈哈大笑。

"告诉你，我们倒可能伤亡几个，这是我事先没想到的事……"

"什么叫可能？"

"比如膛炸，比如失足，比如别的什么，以后再说吧。唉，我现在真希望面前就是战场。你说，你我这次配合得那么协调，却不是战场，真可惜。我还从来没这么靠近实战，除了不那么叫以外，其他都像。"

"我也有同样感觉。"

"有你这句话我就满足啦。说明我们不那么荒唐。"

两人互道再见，苏子昂放下电话，命令自己忘记那件事。即使它是一个灾难，现在也不该去想它。他看看观察所人员，他们面孔湿漉漉的，汗水透过衣背，还在为上午的成功兴奋不已。望远镜、图板、指挥箱四处摊放，乍一看很混乱，实际上都在使用者最顺手的位置，不在先前规定的位置上了。他观察对面山地，它们挨了那么多炮火，原该满目弹创。但是硝烟散尽后，阳光一照，又一点痕迹都看不出来，草木们把弹创全遮住了，自然本能的力量叫人暗惊。不过，听不到鸟鸣，小动物也早跑得干干净净，山地太静默了，这叫他感受很深，静默得像一只巨大沙盘。

当天晚上，谷默被单独召到营部，营长和教导员代表组织共同找他谈话，几乎没费事，他就承认了自己的罪行。苏子昂周兴春共同下令：逮捕。

48. 苦痛

团部招待所住满上校与大校，他们来自军区保卫部、检查院、法院和集团军政治部。师保卫科的人都住不进去，在机关宿舍搭铺。苏子昂烦他们，大多数工作组都是部队的负担，但他又绝不敢怠慢他们。由周兴春专门配合他们工作，自己则天天跑各营抓备战，竭力使指战员们摆脱沮丧，并让自己先做出个振奋的模样来，给他们看。

他特别渴望两个人能在最关键的时候来到这里，宋泗昌和刘华峰。他已经睡梦中同他俩争辩过多次。白天，一人独坐时，他脑中继续深化争辩。有时竟觉得这是自己同自己对阵。他能够摸拟出他俩的语言，向自己说话。尽管来了一大堆工作组，其实不过是档次很高的调查班子，并无最终决定权。握有这种权力的人又往往与此保持距离。宋泗昌就是其中最重要的一个，他有一言九鼎使万众静默的权威，还有与此相配的个人魅力，苏子昂想念他又诅咒他，他至今没有任何指示，起码是没有传达到他这一级。至于刘华峰，苏子昂则特别想知道他的隐蔽心思，他三天没在炮团露面了。这意味着，一旦露面，他已经有个难以动摇的态度。他总是最后发言，总是产生最终结论。

苏子昂控制自己的心情，不去看望关押着的谷默。因为那一点用也没有。

苏子昂从三营返回团部时，团值班员向他报告：刘华峰的车在一百七十四公里路碑处抛锚了，打电话到团里，要他们去一台车替换。

苏子昂问："刘政委有没有说到团里来？"

值班员回答："只是要车，别的没说。"

"通知食堂准备饭，向周政委报告一下，我开车去接了。"

一百七十四公里路碑地处集团军与炮团的中间，刘华峰显然是从军里来的，事先竟没来个电话通知。苏子昂无法猜测刘华峰带回什么批示，他觉得刘华峰有些和工作组相似，都有点神秘气氛。

半小时后，苏子昂到达一百七十四公里处。刘华峰站在自己的轿车旁，笑道："这么快。还亲自来。"

"我担心政委你过门而不入，直接回师部去了，所以我来拦截你啦。"苏子昂察看着轿车，估计短时间修不好。"政委先坐我车去团里，回头我再调人来。"

"只好这样了。"刘华峰坐进苏子昂的吉普车，便闭目不语，样子又似打盹又似思索。苏子昂明白他不想说话，便也专心开车。快到团部时，刘华峰低声道："不去招待所，直接到食堂吃饭。"

"政委不和工作组碰碰头？"

"他们干他们的，我们干我们的，不失礼节就行。我原本根本没准备到你们团来，而是准备把你们叫到师部去研究一下情况，听听你们的意见。"

"军里有什么精神吗？"

"吃完饭再说吧，我希望我们大家能统一认识。"刘华峰此语一出，好像暗示必然有分歧似的，声音也颇为不悦。

周兴春已在办公楼前等候，与刘华峰敬礼握手毕，就直看苏子昂，模样有点不自在。苏子昂想：噢，你以为我巴结领导呀。太敏感了。倏忽又觉得悲凉，以前他俩没这般提防对方。

吃饭时，刘华峰几乎一言不发。苏子昂心里有气，外表却愈发从容。周兴春东一句西一句，话题不明白，纯粹是怕冷场而说话。刘华峰用筷子敲敲中间那只九寸菜盘，道："这条大黄鱼，你们干吗不吃。"

苏子昂周兴春从两个方向伸出筷子，剖开黄鱼肉，夹到自己碗里去。刘华峰斟满三杯酒，举着它道："一个班子，通常是第一年密切配合，第二年发生摩擦，第三年展开对抗，第四年迫使上级改组更新。所以，我们从大军区到军师团，大致每隔四年左右就会调整一次班子。今天我有个感觉，你们这个班子似乎周期更快，刚刚半年嘛，眼色就不对了。我刘华峰虽然和潘师长合不来，但我不希望我和老潘的情况在你们之间发生。来，举杯，危机当头，最怕内部自伤，最怕小聪明，最怕互不了解。我敬二位一杯，两个字：团结！"

这是刘华峰头一次在下属面前提到和师长的矛盾，他有些激动。他的激动感染了苏子昂和周兴春。他率先饮尽，坐回座位。苏子昂目视周兴春："政委说得好，我们连干三杯。"

"这几天我是有点反常，从今晚开始，我把自己彻底交给你。"

"我也是。"

两人三杯饮尽，眼睛都潮湿了。刘华峰沉声道："危机二字，我理解有两个意思，一是危险，二是机会。所以，有了危机应该兴奋起来，敢于大有作为。你周兴春，任师政治部主任的报告已经批准了，不久就下命令，你怕什么时候？你苏子昂，这次步炮协同实弹演习十分成功，集团军领导对你刮目相看。

好，我把不该说的都说出来了，二位认真想一想，除了团结一心打开局面外，还有什么别的选择吗？”

周兴春把颤动的手放到桌子下面，泪水盈眶，低声重复：“惭愧，惭愧。”

苏子昂对他说：“老周，不妨就做好下不了命令的准备，但是领导的信任和魅力，太震动我了。”

“我明白。目前形势对我不利，但请相信，我周兴春耐放，放不馊的。”

刘华峰笑道：“吃饱了吗？饱了就换个地方喝茶去，你们二位谁有好茶？”

周兴春喜道：“上我宿舍去，好茶好烟齐备。”

周兴春把二人领到自己宿舍，打开门，让他们先进，然后端出铁观音和精致茶具，将茶盅儿挨个烫了一遍，泡起功夫茶。过片刻，茶香缭绕，连呼吸都畅快些。他自豪地问：“这茶怎样？”刘华峰端起茶盅嗅一嗅，轻啜一下，在口里含了一会才咽下：“好。闻到这味儿，什么都不愿想。”缓缓饮尽，长吁一口气。周兴春又替他斟满：“政委会吃茶。”刘华峰道：“还不好说茶吃我。情愿。”又将一盅茶饮尽，一丝声儿都不出。双手揉搓自己的太阳穴、鼻隆、面颊、耳廓，揉搓好久，松开手，那几个部位都隐隐生光，两眼跟两汪水似的，说话声音也像从洞穴里传出的：“明天下午，工作组和军师两级的有关领导开一次会，大致确定对谷默事件的处理办法，它不光是法院一家的事。党委必须有个态度，我想听听你们的意见。”

周兴春道：“人是我们的。怎么判他，反而和我们无关啦？是不是担心我们不能公正对待？”

“事情已经移交出去了，不属于你们团党委处理范围了，你要记着这一点。工作组情况怎样？”

“完全避开我们，一点消息也不透露。我把他们照顾得无微不至，加装了两部电话，调拨一台小车，配了十几个台灯，还有一位打字员，伙食标准十块钱一天，十天赔进去两千多。当然，我不想感动他们，也感动不了他们。我只想别得个阻挠办案的罪名……”

刘华峰不在意地听着，问苏子昂：“部队情绪怎么样？”

“榴炮五连惶惶不安，不过工作还照常进行。其他单位波动不明显，好像这事与他们无关，只等着看结果，反正火烧不到他们头上。唉，看起来是稳定，实际上是麻木。”苏子昂不希望部队被此事搅乱，可目前情况却是，五连出了事，其他连队只把此事当新闻来谈论，没有深刻的苦痛和关注，惊讶一下子也就过去了，缺乏整体的生命感应，他痛他的，我干我的。苏子昂一想到这种状况就感到绝望。他盯着刘华峰问道："上级会不会因为此事取消我们的参战任务？"

刘华峰指着苏子昂对周兴春说："这才是压倒一切的问题。实话告诉你们，你们差一点就上不去，直到今天上午才最后决定：任务不变。"

周兴春呻吟着："我有点预感。"

苏子昂道："不过，他们也会考虑到，一旦取消我们的参战任务，是扩大灾难，炮团十年翻不了身。所以，还不如信任我们，给出我们一个雪耻的机会，让我们含愤出战，可能更加激发战斗力，我理解上级的用心。"他见刘华峰并不愉快地点头，暗想：我太聪明了就显不出别人聪明了，不错，肯定是。"我们感谢领导的信任，救了我们团。至于谷默……我想过很久，全说了吧。我认为他犯罪有各种各样的原因，主要是病态的战斗情绪导致的，后果严重，罪不可赦。我们是上个月 3 号接到号令进入临战状态的，等于进入战场。这以后的一切行为都必须受军法约束，违令者只有重判不贷，才能严明军纪，保持军威，使全体官兵受震动。"

"你的意见是？"周兴春睁大眼问。

"都知道的，何必逼我说。"苏子昂道，"公审，枪毙。"

刘华峰的目光闪动，随即黯然了，道："你们两个没交换过意见。"

周兴春身体靠拢，难受地说："非杀他不可吗？判个十年八年不行？比方说，那娘们勾引人，是个卖淫的。再比方说，谷默神经不正常……"

刘华峰截断他："我同意苏子昂的意见，按军法从事。从现在起，一切考虑都必须服从战场要求。"

苏子昂想：怎么变成我的意见了。

刘华峰又道："看上面怎么宣判吧，你们团领导要做好思想准备，借助此事，深入进行一次临战教育，分清荣耻界限，扫除一切不合时宜的想法，提高到军人气节上来，全身心地投入战场。谷默的血是有价值的，要正确理解，要大震军心。心慈手软不行，我们是叫敌人逼出来的，我们别无选择！教育提纲由师里团里联合搞，工作组一走，我就驻进来。"刘华峰叹道，"还有二十多天就要开进啦，我真想多一点时间。"

周兴春道："政委，我想通了。"

"不会那么快。我觉得这种事，要等到明年从战场上凯旋，才会彻底想通。谷默情绪怎样，崩溃了吗？他今年多大岁数？"

"21岁，服役两年了，是个独子。"

刘华峰沉默许久，摇摇头："我们对不起他父母……让他吃好些，关押条件也改善一下。在判决之前，不要让他知道情况以免精神崩溃。另外，让他写一个认罪悔过的材料，谈一谈是怎么堕落成罪犯的，供大家吸取教训，教育中用得着这个材料。他一句话，比我们说几十句还管用。让他发挥作用。"

苏子昂对刘华峰冷静而深远的思索吃惊，想一想，不得不承认他是对的。点头道："我去探望他一下吧。"

刘华峰出去解手的时候，周兴春凑到苏子昂耳畔切齿道："老兄，现在我看清了，你比我心狠。"

苏子昂说："我知道你会这么看的。"

苏子昂来到关押处：一个废弃的弹药库。灯光雪亮，照得几十米外的草叶都历历可见。远处传来电视机里的球赛声。近些，是几畦菜地，带着湿漉漉的水气，隐约有秋虫鸣叫。哨兵抱着枪缩在棉大衣里，跟呆子一样。苏子昂走得近了他才听到动静，连忙起立。苏子昂问："你冷吗？怎么现在就穿起大衣了？"哨兵含糊其词。苏子昂听出大概意思，不是冷，是一个人在这儿害怕。他让哨兵站到远处路口上去，掏出从保卫干事那儿要来的钥匙，打开门锁进去。

里面的灯光暗淡，苏子昂适应一会才看清谷默，他坐在一张方桌旁边，手里握着笔，两眼硕大而惊恐，桌上纸片零乱。他站起来立正，垂下头，身上也穿着一件旧棉大衣，领章帽徽全被扒掉了。

苏子昂朝他走去，脚下踩着个东西，俯身看，是一包未开封的云烟。再看，地上到处都有一包包的香烟、糖果、花生等物。他把它们一包包拾起来，堆在木板床上。"是战士们从窗外丢进来的吗？"

谷默说："是，他们可怜我。团长，你请坐。"谷默把唯一的椅子让给苏子昂，自己退立一旁。

"你也坐啊。"

谷默便坐在床上，仅仅一站一退，他已累得喘息了，上半身无力地弯垂，全无先前的军人姿态。苏子昂为镇定自己破开一盒烟，取出两支，却找不到火柴，便在地面上搜寻，果然在墙根附近摸到一盒，那里还有几只霉烂的桔子。苏子昂点燃两支烟，递一支给谷默。谷默将那支烟在嘴唇上轻轻碰一下，便拿在手上不抽了。

“大家送你的东西，你应该吃一些嘛。”苏子昂惊异地看清谷默，瘦得真厉害，连头发都稀疏了。他又看见面前的纸片上，有许多掉落的头发。他控制着自己，拿起一张纸，抖掉头发，靠近灯光细看。这时他听见谷默的声音。

“别动……我还没写完，写完你们再看。”

苏子昂放下：“写什么哪？”

“团长，会不会枪毙我？”

苏子昂立刻镇定下来：“别胡思乱想，绝不会的。谁这么说过？”

“我自己想的……要不然，他们给我丢进这么多东西干吗……还不是可怜我，让我吃好点再死。我……我好后悔。”谷默把脸扎进大衣领口痛哭。

苏子昂吃力地道：“改造自己，重新做人……”他说不下去了。

“我只有一个要求，让我死到战场上。我绝不会逃跑，绝不会叛变，我会拼命打仗，真的……万一我活下来了，你们再枪毙我。我请求领导，让我上战场。求求你们哪，让我上战场……我不想白死了。我要上战场。”谷默重复地、神经质地哭叫着，四肢发抖。

苏子昂大喝：“够啦！老实告诉你，你玷污了人民军队的荣誉，你不配成为军人，你无权上战场！”

谷默愕然，颤声道：“我无权？……”

苏子昂目光再度落到纸片上，看出那全是求战书。写给团里的、师里的、军里的，还有写给军区党委和中央军委的。他说：“写吧，等你写完，我们替你转交上去，争取一下。”

“骗我，我知道的。什么戴罪立功啊，都是做梦……我、我完啦，彻底完啦。”谷默喘息几下，渐渐平静，“我把自己毁掉的，我对不起你，该坐牢我坐，该杀头就杀，我死无怨言。嘿，真悲惨，我跟做梦一样……”谷默凄婉地笑了。

“好好认罪，服从关押，有什么要求，跟哨兵说好了，我叫他们尽量满足你。”

“你……团长你要走啦？”

“你还有什么话？”

“我想下棋，想和你最后下一盘棋，我们以前说好的……你全忘了。”

苏子昂慢慢说：“对不起，那确实是怪我。谷默你觉得自己身体行吗？明天再下好不好？”

“今天下。我一刻都不愿等了。”

苏子昂到门口唤进哨兵，让他跑步到自己宿舍取棋具。自己在门外凉风中来回踱步，乱糟糟地想：为他违反规定值不值得？他怎么会有下棋的脑子呢？他要是真的还能下棋，倒挺了不起。我不信他这次还能赢我……

哨兵胳膊下夹着棋盘，手里提个皮包，快步跑来。苏子昂问：“有谁看到你了吗？”

“政委看见了。他问我，我说你要和谷默下棋，我来不及编词了……”

“他怎么说？”

“他叫我不得告诉任何人。”

“站岗去吧。如果工作组来了，吆喝几声，让我听见。”

苏子昂把棋具端进屋里。谷默已经直直地坐在床架上，左手拿着个大桔子，正在吃，看见苏子昂胸前的棋具，忙把大半个桔子塞进嘴，双手朝桌面一撸，纸笔纷纷落地。他把桔子吞下去，动情地说：“团长，我死也感谢你。”

苏子昂不语，将黑棋置于自己面前，谷默便将白棋托了过去。苏子昂在盘面两个星位上投下两枚棋子意即继续被谷默让二子。谷默几乎看不出地点点头，脸庞增添了血色，右手插进棋盒，伸出来时，食中两指之间已轻巧地拈住了一枚白子，他啪地将它击上棋盘。接着，身体软软地摔倒，昏过去了。

苏子昂呆呆站立几秒钟忽然产生意念：如果他现在就死该多好呵。他过去扶起谷默试试鼻息，还活着，只是一时昏厥。他把他抱起来放到床上，抚摸着他的额头，凝视他惨白的面庞。忽然大惊：他手指碰到谷默头发，头发就掉落……

谷默醒了，勉强睁眼，口里继续不清地说话，声音极弱。苏子昂低下头去听，仿佛是“摸摸我……”或者是“救救我……”他解开谷默领口，好让他呼吸通畅些。谷默忽然捉住苏子昂的手，用脸庞压着揉着，苦痛地哭泣了。

苏子昂不忍心抽回手，竭力抑制住自己的排斥感，他从来没经受过这种亲昵，又像女人又不像，倒像插在某种动物的内脏里。直到谷默昏昏睡去，他才把手掌抽回，湿漉漉的。他到门边水缸里洗了手，换了会气才进来收拾棋具，他听到棋子落地，不愿意弯身去找，这屋里的气味令他窒息。他迅速离去。

快到宿舍时，苏子昂看见有个黑影在院子门口伫立。他估计是周兴春，走近看，果然。

“怎么样？他真的跟你下棋啦？”周兴春问。

苏子昂无法道出复杂感觉，半晌才说：“当初我转业就好了，我现在确实后悔。”

周兴春在黑暗中拍他手背，他抽筋似的朝后退。周兴春奇怪道：“老兄中弹了么？”

“别挖苦了，有话进屋说。”

苏子昂抢先钻进周兴春宿舍，坐下便喝桌上的残茶，将茶盅喝空后又举着茶壶对嘴喝，喘道：“今晚非洗个澡不可，一身臭汗。”

“我们派到谷默家去的人回来了。他母亲知道情况后，当场昏过去，住院了。他父亲说他不要这个儿子，不肯来部队。没想到，他父亲还是市教育局的局长呐，一个官，县团级。”

“狗屁局长！妈的，儿子要死了也不敢来看一眼，不是人。”苏子昂愤愤道，“没胆子。”

“一个家庭毁了。知道吗，彻底毁了，所以别刻薄人家了。你站在他父母角度想想看，痛苦到何种程度？”

苏子昂无奈道：“喝酒吧？”周兴春连连摇头。“那么下棋？”周兴春道：“不会！”苏子昂说：“又不喝酒又不下棋，我俩就干坐着哀叹吗？与其哀叹，不如喝酒，态度倒更积极些。”

周兴春进屋取酒去了。

49. 歃血出征

审判大会在机场主跑道上召开。警卫排提前一天将两千六百米长的跑道打扫干净，画上了白线，标定：进口、出口、各分队位置、车辆停放区……一夜风吹，已将白线吹粗大些了。会场四周照例设定岗哨，佩戴钢盔、野战服，荷枪挺立，两腿微微分开。上午10时许，部队进场完毕。除炮团外，280师所属的各部队也都奉命派出部分人员到会。他们是作为代表，把看到的一切带回去传达。炮团人员全部佩带钢盔，肩窝里靠着一支步枪或冲锋枪，席地而坐，营与营之间，保持一条狭窄而笔直的间隔。阳光蒸发出铁器的味道，大片钢盔上方，晃动着透明的热浪。会场正前方设置了三张桌子，分别是公诉人、审判长、辩护人。两侧各有一只立式音箱，音箱上镶着军徽。几个手持摄像机和照相机的军人，不断变换角度拍摄，打量场内外，接着再变换角度拍摄。老百姓们闻风赶来，在机窝的土屏顶部站着，朝这边看，好些人手里还拿着扁担、木耙，几只狗在他们腿间伸头缩脑。渐渐地，老百姓越来越多，附近几个机窝全叫他们站满了。还有人骑自行车赶来，然后把车一支，坐在上头看。但是没有一人敢越过无形的警戒线，连狗也不敢。他们比军人们兴奋。

军区检查院和法院的人走向台子，分别担任公诉人和审判长，一个中校，一个上校。辩护人的席位空着。谷默拒绝辩护。

几位地方乡镇部门的领导不引人注意地接近会场，在侧面一溜折叠椅上坐下，他们为出席这场面把衣服都换了，举止很拘谨。受害者父母夹在他们当中，始终不抬头，看不清面目。请他们来现场观看，是为了消除谷默事件造成的恶劣影响。

苏子昂站在会场最后方，两眼陷在钢盔阴影里，脸色发青，毫无表情。身边是潘师长、刘政委等领导，他们也一言不发。

前方宣布审判大会开始，苏子昂看了下表，10 点 15 分。他希望按计划 11 点结束。

谷默被两名武装人员从囚车内推出，他摇晃一下站稳了，惨白的面孔在阳光下格外刺目。他被剃了光头，从背后铐着手铐，扒掉了领章的旧军装十分难看。他被架着走向会场，途中站住挣扎了一下，似乎想挣脱架送自己走，同时脸涨得血红。押送人员有力地将他上身压弯掉了，迅速推向台前规定位置。苏子昂自从那次探望后再没见过谷默，他被转移到别的部队关押去了。苏子昂暗忖：他知不知道今天将要判他死刑？苏子昂感到轻微的晕眩，闭一会眼，再睁时便恢复自制。审判已经开始，声音遥远而断续，苏子昂听不清，但是程序与内容他早已熟知。他仰起头望着上方那大块蓝天，在整个审判过程中他都痴迷地望着它，宛如化入其中。

会场忽然骚动，谷默已被判处死刑，立即执行。在短暂的静默中，蓦地响起一阵瘆人的嘶喊："部队呀……"

受害者母亲踉跄地扑向台面，接着受害者父亲也跑过去扶她，她拍打着台面，朝审判长哭叫恳求，土话中夹杂着普通话："部队呀，不杀人哪……放了班长啊，不怪他啊……求部队啦，不杀人哪……"声音异常凄惨。

刘华峰低声吩咐身边的干部，苏子昂认出是师政治部的干事，他们分别架住受害者父母，一面劝说着什么，一面架着他们朝场外急走。不远处停放的旅行车轰地敞开车门，他们把受害者父母放进去，车迅速驶离会场。

刘华峰仿佛自语："我料到会出现这种情况。不及时制止的话，会引起战士们对罪犯的同情。"他身边的干部点头称是。刘华峰叹了口气。

谷默被人按着押出会场，其动作比进场时更加凶猛利索。法场设在二百米外一个废弃的机窝里，那儿已布上十几人，大约从那人的目光中获得了指令，便同时猛踹谷默腿窝，谷默一声未出，不由地跪下来。这时，从囚车里跳出一位不显眼的中年人，大步朝谷默走去。他没有佩军衔帽徽，帽檐儿压得很低，别人辨不清他的脸，但他显然是一个军人，这从他走路的姿势中可以看出来。他戴着一副白手套，身上没有武器。

苏子昂冷冷地看着，那边的人他一个都不认识。他们全无言语，行动起来却十分默契。

戴白手套的人经过持枪士兵时，其中一个递出自动步枪。他接过去，边走边推弹上膛，一直走到谷默背后两三步处才站住，点点头。两个按住谷默的人同时松手，朝两旁跳开。谷默刚要直腰，他抬起枪口，几乎触到谷默后脑：当，当。

谷默朝前猛一摔，被弹丸的前冲力带出去好远，面朝下倒在泥地里，四肢还在抽搐。

那人弯腰检视弹孔，确信无疑了，便关上枪保险，掉头而去。经过那群士兵时，把枪一伸，其中一人接过去。他重新钻进囚车。

从吉普车里又跑出两个人，直奔谷默尸体。他们从携带的皮包里取出一只喷雾器，朝尸体和周围地面喷射白色雾气。然后取出一个墨绿色尸袋，铺展开，把尸体装进去，再拉上拉链。两人一前一后将它提走。其他人都原地不动。

苏子昂隐约看见一只小小的金属牌摇晃着，一闪一闪，挂在尸袋上。

尸体进入囚车。法场人员大约是接到指令了，从各处奔向自己的车，霎时空无一人。几辆车陆续开走。他们始终没跟部队人员说过话。

会场一直静默着，指战员都低着头，数千只钢盔以一种奇怪的角度朝前倾斜，很像是一大片突然冻住的浪头。他们看不见法场，但那两声枪响，所有人都听见了。直到现在，他们才确信谷默真的给毙了。不再会有奇迹了。

台上略加整理，搬走了两边的桌子，保留了中间的审判席和一只麦克风。周兴春步履沉重地朝它走去，站定后，望着大家，用极其低沉的声音说："同志们，我们刚刚经历了一场深刻的教育……"

周兴春的讲话稿是刘华峰组织人撰写的，一周前就已完成。刘华峰亲自修改多次，他非常重视这篇讲话，要求周兴春把稿子全部背下来，再丢开稿子讲，像即席发言那样。周兴春做到了，他仿佛句句发自内心，语调和手势协调有力，越说越动感情。他从谷默的犯罪根源谈起，谈到应当如何认识这件事情。他表示痛心，表示永远铭记此时此境。他要求人们必须分清荣耻，强化军人气节，树立对敌仇恨，勇敢地投入战场，让敌人偿付更多更多的血。他的发言异常动人，许多战士忍不住落泪，他成功地把人们的伤痛引到战斗渴望上去，达到一种宏阔辉煌的极致。他率领全场高呼口号：

"誓死保卫祖国，誓死保卫边疆！"

"一往无前，英勇杀敌！"

"有我无敌，顽强战斗！"

"分清荣耻界限，增强革命气节！"

"为祖国人民而战无上光荣！"

口号给予全场以巨大的宣泄，钢枪被举到头顶，声音震耳欲聋，然后士兵们喘息着，满足了。

苏子昂在周兴春讲话时悄悄离去，来到枪毙谷默的机窝里，地面有股刺鼻的药水味，看不到血迹或脑浆。他在尸体撞出的痕迹里，发现一枚白色围棋子，便把它拾起来。不远处，他又看见一枚黑色围棋子，便又把它拾起来。他估计是那天晚上遗失的，谷默一直装在身边，死时从衣袋里掉出来了。

苏子昂抚弄着它们，它们偷偷地发出嚓嚓的声音。他把它们装入上衣口袋，心想：他是我团在战争中的第一位死者，可惜不是死在战场上，而是死在接近战场的路上。

数小时后，炮团各营连装车挂炮完毕，在炮场出口处集结，待命出发。苏子昂乘指挥车驶上路旁山坡，远远望去，一条公路干线，相继贯通十八个炮兵连，像一串蜿蜒的子弹带，卧伏在山野里。他用望远镜仔细观察，每台车都披挂伪装网，车外没有人员走动。营房的门窗已全部锁闭，留守人员在各连出口处站立成一排横队，为即将离去的战友送行。他放下望远镜，深深同情那些留守人员。

通信参谋跑开。三名战士各自举起信号枪，作战参谋下令发射。三颗绿色信号在天空划出美妙的弧。顿时，方圆十数公里内都响起引擎低吼。五分钟后，通信参谋从报话兵手中接过开进指令，苏子昂下令："开进！"作战参谋指挥那三名战士同时射出红色信号弹。

留守人员开始敬礼，车炮缓缓驶入干线，连归入营，营归入团。直属队在前，战炮分队居中，后勤分队随后，各车之间保持着规定间隔，组成绵绵不绝的行军序列，朝东南方向进发。

苏子昂率两个参谋在路旁观看，他所指挥的各种车辆、火炮行驶了一小时二十分钟才全部通过。最后开来一辆吉普车，车顶摇曳着鞭状天线，车里跳下一个士兵，拔去了路口处方向牌。他看见苏子昂，便明亮地笑了一下。

苏子昂进入指挥车，车内关紧门窗，驾驶员将车驶上公路左侧，高速跟进。他们沿途超越一支又一支战炮分队，两个半小时后，成为全团的首车。

50. 仿佛是父亲

炮兵团经过四天摩托化行军，抵达省界边缘的一个军用车站，他们将在这里等候装运火车，再发往前线。

这里的地理环境已明显具有亚热带风貌，丛林莽莽，空气潮湿，山岭的姿态都那么细腻，而且彼此相似，简直难以从军用地图上确定其位置。因此，这里就是理想的、陌生的、被复制的战场环境，一下子便和军人们心态对接上了。当地群众操一种近乎鸟叫的语言，这语言也令人增强警惕性。炮兵团奉命在这里开展临战训练，学习各种稀奇古怪的战场知识，开始感受一些轻微的恐怖。

苏子昂接到集团军司令部通知，要他即刻赴邻近机场搭乘军区值班飞机返回军区。通知里未说明啥原因，当天下午，苏子昂便抵达军区所驻城市的南郊机场。宋泗昌的驾驶员开车来接他，并把他送入武陵路甲九号。

苏子昂推开厚厚的玻璃门，看见一位中年女人在客厅里，他恍惚了一会才认出：这是他母亲，也就是他父亲的续弦夫人，也就是他继母。两年多没见面，她似乎在独处中汲取到某种气蕴，愈发雍容美丽了。她穿一件鹅黄色缀花毛衣，脑后松松地盘着发髻，为了驱除紧张而点燃一支香烟。相隔数米都能触到她含蕴着的光彩。母亲掐灭香烟，像一缕云霞那样轻轻站起来："我本来想到机场去接你，可他说，宋泗昌说，在家里等吧，我就没去。"

苏子昂强笑道："啊，不用去，您去了我会大吃一惊。您身体好吧……"

"泗昌说你有点意外是可能性的，但不会大吃一惊。我们坐下好吗？他开完会就会回来。"

苏子昂坐下了。沙发、地毯、温馨的阳光、奇丽的盆花、还有茶几上薄胆茶杯，都让他不适应。他让自己放松，想着：我不是在这种环境里生活过很多年吗。他说："你们要结合了，对吧？"

"他提出来的。去年就有人跟我提过，我没同意。上个月他直接找我……我就……唉，子昂，你觉得合适吗？"母亲不安地看他。

"哦，很合适，越想越觉得合适。简直太理想了。宋泗昌是一个不凡的男人，我很佩服他。您做得对，重新生活吧，我祝贺你们。"

母亲吃惊地："你……又讽刺了。"

"不是！"苏子昂叫着，"我真心感到高兴。怎么搞的，一回到这种环境里来，我说真心话也像讽刺挖苦。祝贺你们，我相信你们会幸福。"

"泗昌叫我跟孩子们谈谈，听听你们的意见，尤其是先跟你谈，因为你不是我亲生的。"

"我支持你们的选择。其实，就是我们一起反对，宋泗昌也不会改变决定，所以他了不起。"苏子昂不由地想起死去的父亲，为他悲哀，但脸上丝毫不流露。

母亲听到楼外汽车声，眼睛一闪，捋捋头发站起身子，这个动作又让苏子昂心酸：父亲在世时，她也是如此迎接父亲进门的。

脚步声在门外停住，接着敲了两下门，宋泗昌笑着推门进来，目视苏子昂："你来啦。哈哈哈，我担心你来不了。"显得异常高兴。

母亲给宋泗昌端去一杯茶，顺手取走他的军帽挂在衣架上，然后，朝二人款款一笑，欲离去。宋泗昌喊住她："照我们商量的，等下，司令员、政委，还有老刘、老王他们都会来家吃饭的，叫胡师傅辛苦些，做几个菜。你呐，弄一个汤吧？你做的汤全军第一！哈哈哈。”

母亲笑道：“多年不弄了，试试吧。”她把手轻轻地按住苏子昂肩头，柔声说，“你坐呵，晚上在这吃饭，饭后送你回家。”

宋泗昌手掌轻击茶几，连声说：“在这吃在这吃，我们有话说。”母亲离去了。宋泗昌含笑望定苏子昂，“我终于要有个家了，你意外吗？”

“开始有些意外，后来想想，这才像你的风格。你从什么时候喜欢上她的，我居然一点都没有察觉。”

“苏司令员在世的时候，我就暗暗地喜欢他了。用年轻人的说法，叫做崇拜吧。我没想到能如愿以偿。我对你父亲的感情和忠诚，你十几年来全知道，我至今不变，现在，我要娶他的妻子了，你信不信，我多少有点犯罪的感觉。但是，这更使我加倍喜欢她，什么也挡不住我娶她。”

“她嫁给你，我放心。父亲已经死去多年，活着的人应该活得更好。啊，我敬佩你的勇气，现在你什么都得到了。”

“准备今晚正式地意思一下，请几个人在家里聚聚，此外就不摆什么场子了。这是我希望你回来一下的原因，你的两个妹妹，明天才能赶到。不等她们了，你回来就行。你是你父亲的唯一儿子。我是不是太迫不及待了？”

“有一点。坦率地说，我们正在奔赴前线……我觉得反差太大了。”

“我知道你会这么想的，我过分了，毫无顾忌！把个团长叫回来参加自己的婚礼。”宋泗昌嗬嗬大笑，“不错，我就是这么干了，有人会给我记上一条的。但是，我是这么想的，要是你不在，我就对不起你，对不起你父亲。偷偷摸摸，不够光明正大，啊，不尽兴不过瘾。”宋泗昌眯住眼，低声道，“我准备为此付出代价。”

“为什么这样说？”

“哦，你刚才怎么讲的？我什么都有了，对吧！未必呀，苏子昂。我娶了你母亲，娶了前司令员的遗孀，这种事发生在我们现实生活里，会造成什么影响？我这个副司令，这个中将，基本到头了，再也休想当什么大区司令了。大家都祝贺我成家，都来喝我的喜酒，嘴上不说，也说不出什么道道来，我没犯法嘛，恋爱自由嘛，但他们心里都明白，我把前途断送掉了。”

苏子昂真正感动着：“这很像历史上的一些故事，不爱江山爱美人。”

“我不管什么故事不故事，那都是人编的。我两个都爱，人家怎么理解，随他去，我不想把自己撕开。我承认现实，也不能太屈服现实。”宋泗昌走到窗前，伫立一会，“等我退下来后，种些花，读读书，练练书法。你和爱人孩子搬来住好吗？我喜欢热闹。我没有儿子，一直没热闹过。我期望，从今以后我们能成一家人。”

苏子昂想：他想成为我的父亲。

宋泗昌道：“这个问题可能叫你难堪，你不必立刻回答，我宋泗昌也不喜欢叫人怜悯。等你以后想定了再说。现在谈另一件事，你们团的情况我基本了解，枪毙谷默是不得已，实际上也是为那场战争做出的牺牲，你们做得对！现在士气怎样？”

“哀兵，真正的哀兵出击。”苏子昂汇报了炮团目前情况。

“你们军的参战任务取消了，部队原地待命，照常训练，保持参战态势，使我们的战略意图，在敌国眼内看起来没有变化。但你们作战任务已被终止了，部队不会再开进一步。”

“为什么？”苏子昂惊叫，霎时感到极度空虚。他大叫一声后，实际上已迅速绝望。

“别激动！”宋泗昌轻叱着，“你又不是没一点战略眼光的人，总该有些思想准备。现在该国已表示愿意参加国际谈判，我们没必要再加强军事压力了。战争原本就是政治的延续，是为完成政治目的而不得不使用的军事手段，现在我国政府的目的已基本达到了，你们要准备撤军。”

“我明白！我简直太熟悉这种政治谋略了。‘政治与军事不可克服的矛盾，经常给军人造成严重伤害。’约米尼说的。”苏子昂忽然在身上乱摸，翻出那两枚围棋子，放到茶几上，微微地笑着，“这是一个战士的遗物，喏，一黑一白。在枪毙他之前，你们对所谓的战略意图都已知道得清清楚楚了吧？”

“我当然清楚。不过，这不会改变判决。你们已经进入战时，就必须把一切都纳入战时轨道。否则，那只是在口头上空喊打仗。”

“我们千方百计费尽心机，才把部队激发到临战的边缘，我们把全部力量都投入其中了，如果这股力量得不到爆发，它会反过来伤害部队自身！在我们营区上，就有一个团的残骸，这是大裁军的时候垮掉的……”苏子昂苦痛至极。

宋泗昌沉默许久，道：“考虑到了。我知道你们面临危机，军心可能大乱。下午的会议已决定，我代表军区党委去部队宣布命令，明天乘值班机，你必须和我同机返回。”

苏子昂喃喃地：“当了军人终生遗憾，不当军人遗憾终生。”

“高级指挥学院张院长亲自找我谈过，他很欣赏你。他认为，你更适合于从事军事研究工作。学院的着眼点更远些，自由度也更大些，也许你在那里更能发挥才能，他跟我要你，很坚决。”

“你的意见呢？”

“我同意。因为，你们这代人可能不会有战争机会了。”

“击中要害。”苏子昂木然。

“洗个澡去吧，一股子炮油味。换套衣服，你可以穿我的衣服，我们俩身材差不多。你把我的军衔扒掉，佩上你自己军衔就行了。去吧。”

苏子昂想：我多久没洗澡啦？……朝门口走去，临出门时回脸望一下宋泗昌，见他正在拨弄茶几上的两枚棋子，便说：“它们是云子，是围棋的棋子。把这两个子儿摞起来，可以变出六种组合形式……”

“别说啦，孩子。”

苏子昂洗完澡走出浴室，母亲胳膊上搭着一套军装过来了：“这是他的，你换上吧。”

苏子昂打开看看，母亲已经去掉了宋泗昌的中将军衔，换上了他的上校军衔。他穿上军装，母亲靠近他，小心翼翼地替他翻出领口，他看见了她头上有几根白发，以及她躲闪着的、潮湿的眼睛。他变得很僵硬，听由母亲的手在他身上抚动。母亲靠得更近了，几乎贴在他胸口，声音颤抖：“子昂，我对不起你父亲……你别怪我。你们从来不回家看我……我一个人实在过不下去……”她终于哭泣了。

苏子昂扶住母亲：“爱他吧。我爱你们。”

宋泗昌在楼下开怀大笑，隐约还有其他人的声音。母亲说：“下去吧，他们全来了。”她背过身去擦泪，然后匆匆离去。半道上又站住，回过身来略微发抖地道，“搬来住，好么？”

苏子昂极感难言。母亲赶紧说：“那么常来看看我，好么？”苏子昂用力点头。

夜晚，苏子昂乘宋泗昌的轿车回家。在距干休所站地的街口，他下了车，他要一个人走回去。此时，月亮只为他而发光，街道只为他而延伸着。他不思考回家之后说什么，准备一切听凭自然。现在，他只想好好地享受独自归家的美好境界。

干休所大门关闭，他推开边门进去。

幼儿园门口亮着一盏照明灯，那灯将亮到天亮。

他又在两边的建筑物上嗅到了太阳的气息。

他看见有一个老人在铺满月光的草坪上演练气功，白发晶莹如雪，双臂缓缓浮动，老人没有左手，但丝毫不影响他那玄妙的功法。苏子昂猜出他是同一幢楼的黄老，他的左手是被敌人战刀劈掉的。每天早晨，他都用断臂挽着只菜篮子，篮子里有两瓶奶，牛奶是孙儿的。

苏子昂继续往前走，忽然念动：和这院内一大片浑浑沌沌的老人们相比，自己竟是一个平淡的人。

月光使地面的一切变得含蓄。月亮是一个老人。苏子昂沿奋斗目标熟悉的小路朝深处走。

路尽头，是家。

路尽头，只有家。